学会读懂人心的智慧

Xuehui Dudong Renxin De Zhihui

吉林出版集团有限责任公司

前言

一篇美文犹如一杯清茶，沁人心脾；一则故事犹如一面旗帜，指引方向；一本好书犹如一缕阳光，照进天堂。在您人生的路上，希望这些优秀的书籍能成为您的辅助力量，伴您成长，伴您进取，伴您翱翔！

品味优美浪漫的散文，阅读经典名著文章，体会人生哲理智慧，叩问真善美的心灵。我们所追求的正是让您在人生的航行中不断适应风雨的洗涤，不断学会独立成长，不断获取鼓舞的力量。为此，我们精心编选了本套励志丛书，愿与您分享。

本套"知书达礼·励志馆"系列丛书包括：《世界最美的散文》《中国最美的散文》《卡耐基励志经典全集》《鲁迅经典小说全集》《鲁迅经典散文全集》《鲁迅经典杂文集》《滴水藏海——小故事中的大智慧全集》《走进不抱怨的世界》《这样做女孩最命好》《这样做男孩最成功》《有一种心态叫阳光》《学会读懂人心的智慧》《学会品味生活的哲理》《泰戈尔经典诗歌全集》《世界名著全知道》《每天读个好故事》《细节决定成败全集》《好习惯 好性格 好人生》《好思维 好方法 好未来》《做人做事全知道》共二十本。涉及中外名家经典散文、小说和诗歌，励志成长的哲理，做人做事的智慧等内容，以丰富的知识，多样的形式，博洽的内容，优美的文辞，带您踏上一段心灵阅读的旅程。

本套丛书为您全面展示了中国文学大师鲁迅的杂文、散文和小说，让您可以充分领略大师的文学风采；品鉴中外经典散文，可以让您启迪心智、陶冶性情；还为您精心编选了印度诗人泰戈尔的诗集，带您徜徉于诗的海洋；了解中外名著简介，可以为您的经典阅读提供方向；甄选了大量励志、成功故事，可以坚定您的梦想、激励您前行；而阅读哲理、智慧故事则可以帮助您树立信念、塑造个性……我们所努力的一切，只是希望您能从这些书中寻找到人生的真意，获得追求成功的勇气和力量！

当您重新扬起生活的风帆，昂首前行时，相信您的内心已经萦绕着自信自强的阳光，今后任何的风雨险阻也不能阻挡前进脚步的铿锵，如果每个人都能坚定自己的航向，如此，寰宇之内也就会无限美好、惠风和畅！

|目录| Contents

幸福住在隔壁

|目录| Contents

飘香的生命

心灵的天空 <<

坚信"天生我材必有用",正视自己,坦然处世,时时以自信自强的阳光,去冲破自暴自弃的阴霾,热情地投身社会生活,快速找准自己的位置,并能尽力地在这一位置上扬其所长。

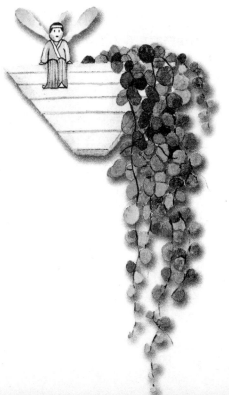

一开始还为那位"卖弄"的忘年交担心，为他"难堪"，但读到文章结尾时，心里已豁然开朗，觉得他非常可敬了。如果我们每个人都能很勇敢地去"卖弄"自己所学或正在学的东西，那所收获的将不只是成功，还有自信和快乐！

人 生 妙 谛
Ren sheng miao di

新释"卖弄"

● 陈大超

　　一年前，我的忘年交 Z 到我这里来玩的时候，不论有谁在场，他都不忘"卖弄"他刚学的英语，在饭桌上也是如此。"他好多单词的音都发错了。"我请来陪他的一位朋友悄悄对我说。我说你可以纠正他呀，他却说："他那么大年纪了，我哪好意思。"可是我的孩子就不客气了，一见他发错音立刻就要纠正。他虽然很难堪，但却哈哈笑着说："好，好，看来还是小孩子真诚——我到处卖弄的目的，就是想遇到真诚的人来纠正我啊。"

　　今年 Z 到我这里来玩的时候，仍然喜欢卖弄英语，但我发现他的口型、他的发音，已经很像那么回事了。我的朋友们也非常佩服他，说他都六十多岁的人了，而且已经发表了那么多文学作品了，还能从头开始学英语，并且不怕出丑，不怕难堪，真是值得我们学习。

　　朋友都走了，我笑着跟 Z 说："你上次来的时候，朋友们还觉得你很多话故意用英语来说，是想在大家面前卖弄，可是这一次，他们反而被你的卖弄感动了，都说要向你学习呢。"他听了哈哈一笑说："我才不怕别人说我卖弄呢。"又拉着我的手说："大超啊，所谓卖弄，正是我做人的诀窍啊！我不卖弄，哪里能发表那么多的作品啊！我不卖弄，英语哪里能学得这么快啊！"

　　他说自己年轻的时候，参加过一个文艺宣传队。"我们从省里请来一个很有名气的演员来指导我们，他说从今以后，你们走到哪里就要唱到哪里、做到哪里，千万不要怕别人说你们是卖弄——有人会讽刺，有人会挖苦，也会有人善意地帮你们一把，教你们一招，哪怕人家只是一字之师、一句之师，只在某个表情某个动作上纠正了你，也会让你得到进步。所以我要提醒你们，什么叫满桶水不荡半桶水荡？就是如果一个人在某个方面只有半桶水，那他就得让自己的半桶水荡起来，只有荡起来才能引起别人的注意，才能让别人一点一滴地来帮助你、丰富你，这样时间一长，你的半桶水就成了满桶水。"他说自己一下子就把这位名演员的这番话记到心里去了。他这一生，也就成了个敢于卖弄的受益者。

　　经他这一说，我立刻就对"卖弄"一词有了新的理解，并决定写篇文章，给被许多人视为贬义词的"卖弄"平反。

约翰·贡德勒凭借着勤奋和机智，成就了一个餐饮界的传奇。要知道，现在遭遇的困难正是将来成功的铺垫。不管遇到怎样的困难，我们都要坚定信念，勇敢前行，迎接未来的阳光。

人生妙谛
Ren sheng miao di

一个欧洲打工仔的王朝

● 余泽民

在出国淘金的中国人里，不少人都有过到餐馆打工的经历。当然，从厨房打杂开始的人生不仅中国人才有，在布达佩斯英雄广场街边一幢宫廷式的饭庄门楣上，就刻着一个餐馆打工仔的家姓——贡德勒。贡德勒饭庄是匈牙利最华贵的餐饮王朝，就连罗马教皇保罗二世、英国女王伊丽莎白等欧洲显贵都曾慕名造访。而这个王朝的神话，是从一个流浪儿开始的。

约翰·贡德勒出生在德国一个小城。10 岁时，父亲病故，母亲改嫁。男孩不喜欢自己的继父，13 岁时出走，一路打工到了布达佩斯。约翰在餐馆干了 12 年，吃了许多苦，也偷学了一身好厨艺，25 岁时在布达佩斯开了第一家店——"维也纳啤酒屋"，2 年后买下"花丛饭馆"。由于约翰的手艺精湛，饭馆成了议员、银行家、艺术家的据点，音乐家李斯特也是饭馆的常客。31 岁那年，约翰又成了伊丽莎白王后宾馆的主人，并将自己的德国名字匈牙利化，改为"贡德勒·亚诺士"。

昔日的打工仔凭着自己的勤奋和技艺，逐渐跻身于社会上层。41 岁时，由于他对布达佩斯旅游业发展的贡献，又从奥匈帝国皇帝手中获得了"骑士勋章"。

约翰·贡德勒共有 5 个儿子，孩子们为父亲打工，但是究竟哪个能接自己的班，他费的心思不比一个老国王少。有一天，正在举行宴会的大堂突然停电，趁客人还未醒过神儿来，大儿子卡洛伊已不动声色、风度翩翩地领着侍者端上了蜡烛，数百人的大厅变成了童话城堡……后来水晶灯又亮了，谁都没有意识到这原是一次技术故障。大儿子的沉着机智，被父亲看在眼里。约翰为了重点培养他，将卡洛伊先后送到

德国、瑞士和法国学习。

1910年，已经主管了家族产业的卡洛伊，决定接手城中规模最大、位置最好的"动物园餐厅"。几乎一夜之间，他就将这座面向游客的普通餐厅，改造为全国之最的贵族饭庄，并以贡德勒家族的姓氏命名。近百年来，但凡到过布达佩斯的达官显贵、社会名流全都尝过"贡德饭庄"的美味。

卡洛伊的细心很像他父亲，他提议做了两件小事：饭庄里灯虽很多，但光线柔和，这是为了照顾那些皮肤不佳的女士的自信；饭庄还准备了许多套各种尺码的高档西装，这是为了帮助那些偶然登门、衣冠不整的客人。

当然，在中国人里也肯定不乏类似的故事。我举这个欧洲人的例子，不过是想添一个佐证：无论一个人现在做什么，只要将今天视为通往明天的台阶，就能使一时的委屈变成长久的享受。

孩子跳过的不仅仅是横杆,还有心中无法逾越的障碍。其实,很多时候心中的樊篱束缚了我们渴望成功的心,这时,只需轻轻跨出一步,你便会发现,成功的彼岸就在眼前。

人生妙谛
Ren sheng miao di

跳杆不断往上抬

● 马付才

5岁那年,因为一次车祸,我的腿受了伤,走路一瘸一拐的。为了看起来和别人一样,我不得不把一只脚稍稍踮起来,使两条腿显得平衡些。

成了瘸子后,我那颗小小的心开始自卑。体育课我不再上了,而第一位体育老师也从不要求我上体育课,就这样,渐渐地,不上体育课成了我独享的"特权",直到我上初中。

上初中时,教我们体育课的是一位姓杨的老师。杨老师刚从体校毕业分配到我们学校,他给我们上第一节课时,我又习惯性地告诉他,我有病不能上体育课。他说:"你怎么不能上体育课,我知道你腿不太好,但还不至于连体育课都不能上吧。"我固执地站着不动,杨老师看着我,口气缓和了一下,说:"你和我们一起做做广播操总可以吧。"看着杨老师那坚定的目光,我点头同意了。

杨老师领我们做了一套广播体操后,就在沙坑边指导同学们跳高。我站在旁边看同学们一个个从跳杆上跳过去,突然听到杨老师叫我的名字。他说:"你,该你跳了。"我不相信地看着他,什么,让我也跳高,我一个瘸子,能行吗?

杨老师以为我没听见,又大声叫我的名字。我气愤地说:"不,我不行的,你明知道我是这个样子,为什么非要我这样做?"杨老师说:"你看看这跳杆的高度,我知道你是能跳过去的,你为什么不跳呢?你的腿没有你想象的那么严重,你干吗一定要把自己当成一个残疾人、窝囊废,而不敢去面对这个跳杆呢?"

我突然像疯了一样向跳杆冲过去。对"残疾人"这个字眼,我是最敏感不过了,我一定要跳过那个跳杆。等跌落在沙坑之后我回头看,跳杆竟纹丝不动。我不相信我真的跳了过去。杨老师的声音又一次响起:"再来一次。"起跑、冲刺、跳,我又轻松地跳过去了。他看都不看我一眼,再次说道:"再跳一次。"第三次,我是含着泪水轻松地跳过了那个高度。

下课时间到了,杨老师一声解散后同学们都四散跑开了。我眼中充满着愤怒的泪水,一瘸一拐地离开操场,在路上我的肩膀被人轻轻地拍了一下,回过头,是杨老师。他说:"你知道吗,其实在你第二次和第三次起跳的时候,我都暗暗地把跳杆往上抬升了,但是你仍然跳了过去。

你的腿我早就观察过了，真的没那么严重，现在你正是长身体的时候，多锻炼锻炼对你那条腿是有好处的。你一直以为你不行，是因为在你的心中早已为自己设置了限制。记着，以后不管什么时候都不要给自己设限，而是要把跳杆不断往上抬。"

原来，我不但跳了过去，而且跳杆还在不断地往上升；原来，我也可以跳得很高呀。

我开始和同学们一起出早操，一起跑步，每次上体育课时，我都主动地把跳杆不断往上抬，一次次往上，一次次成功超越。初三的时候，我发现我那条残疾的腿已经很有力了，而且走路的时候似乎也不那么瘸了。

现在，大学毕业的我早已走向了社会，每当我在事业上徘徊不前的时候，我常常想起当年杨老师对我说的那句话："不要为自己设限，要把跳杆不断往上抬。"

我知道，只有不自我设限的人生，才会不断地突破。

每个人都有自己的优点和缺点，一味地用逃避来掩饰自己的缺点，只会像放大镜一样，让别人都注意到它，重要的是自己看得起自己，只有自尊才能摆脱自卑，才能在别人面前抬起头来。

人生妙谛
Ren sheng miao di

曾经自卑

● 刘清车

十几年前，他从一个仅有二十多万人口的北方小城考进了北京的大学。上学的第一天，与他邻桌的女同学第一句话就问他："你从哪里来？"而这个问题正是他最忌讳的，因为在他的逻辑里，出生于小城，就意味着小家子气，没见过世面，肯定被那些来自大城市的同学瞧不起。

就因为这个女同学的问话，使他一个学期都不敢和同班的女同学说话，以至于一个学期结束的时候，很多同班的女同学都不认识他！

很长一段时间，自卑的阴影占据着他的心灵。最明显的体现就是每次照相，他都要下意识地戴上一个大墨镜，以掩饰自己的内心。

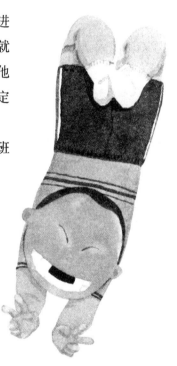

20年前，她也在北京的一所大学里上学。

大部分日子，她也都在疑心、自卑中度过。她疑心同学们会在暗地里嘲笑她，嫌她肥胖的样子太难看。

她不敢穿裙子，不敢上体育课。大学时期结束的时候，她差点儿毕不了业，不是因为功课太差，而是因为她不敢参加体育长跑测试！老师说："只要你跑了，不管多慢，都算你及格。"可她就是不跑。她想跟老师解释，她不是在抗拒，而是因为恐慌，恐惧自己肥胖的身体跑起步来一定非常的愚笨，一定会遭到同学们的嘲笑。可是，她连跟老师解释的勇气也没有，茫然不知所措，只能傻乎乎地跟着老师走。老师回家做饭去了，她也跟着。最后老师烦了，勉强算她及格。

在最近播出的一个电视晚会上，她对他说："要是那时候我们是同学，可能是永远不会说话的两个人。你会认为，人家是北京城里的姑娘，怎么会瞧得起我呢？而我则会想，人家长得那么帅，怎么会瞧得上我呢？"

他,现在是中央电视台著名节目主持人,经常对着全国几亿电视观众侃侃而谈,他主持节目给人印象最深的特点就是从容自信。他的名字叫白岩松。

她,现在也是中央电视台著名节目主持人,而且是第一个完全依靠才气而丝毫没有凭借外貌走上中央电视台主持人岗位的。她的名字叫张越。

喔——

原来是他们,

原来他们也会自卑,

原来自卑是可以彻底摆脱的。

英雄并不像我们想象中的那样头上戴着光环,对什么都无所畏惧。他们也有常人的弱点和恐惧,但是,正是那份为人民、为祖国无私奉献的责任感,让他们在面对困难与危险时选择了迎上前去,用自己的实际行动谱写出了英雄的壮美诗篇。

人 生 妙 谛
Ren sheng miao di

勇敢的定义

● 张霄峰 译

我的舅舅是个英雄。外公一家世代行医,舅舅也不例外,在"二战"期间的一次战斗中,他作为军医荣获一枚军功章。故事的经过是这样的:舅舅身为随军医疗队的一员,随同部队行军。由于情报错误,部队不知前方山头有敌人。

他们在毫无掩护地前进时,中了敌人的埋伏,几秒钟内死伤遍地。在敌人的火力覆盖下,没有人能站起身来。直到12小时后,空中支援重创了敌军才解除险情。在此期间,舅舅身背医药箱爬到伤员们身旁,用止血带为他们止血,帮重伤员写遗书。待援军赶来、敌军撤退之时,他已经挽救了几十条生命。这一英勇行为受到了表彰,他的照片登上了家乡报纸的头版。

当年我只有7岁,亲戚中出了一名真正的英雄,我因此立刻成为整个二年级的话题。更妙的是,他获准休假回来探亲,我激动得浑身轻飘飘的。私下里我却对此事颇感惊讶,因为印象中舅舅毫无英雄气概,矮小、秃顶、近视,而且有个小啤酒肚。也许战争使他脱胎换骨了?但是结果我看到他仍是老样子,依然是那么害羞,当邻居们争先恐后地与他握手时,他却是一副手足无措的样子。

终于轮到我了,我爬到他的膝上,告诉他我觉得他非常勇敢,肯定从来不知道什么是害怕。

舅舅微笑着告诉我事实远非如此,实际上当时他害怕得要命。在极度失望之下,我脱口而出:"那他们为什么给你军功章?"舅舅和蔼地向我解释,不知道害怕的人肯定是脑子有问题。勇敢的意思并非无所畏惧,它意味着即使感到害怕,仍然坚持去做事。

关于勇敢,这是我学到的最初一课。对我来说,这一课意义重大。儿时的我非常害怕黑暗,为此我深深地感到羞耻。恐惧进一步发展成为我的心理障碍,伤害着我的自尊心。得知舅舅也会害怕,让我获得了解放,令我不再为自己感到羞耻。既然身为英雄的舅舅也会害怕,也许你我也有希望成为英雄。

人生妙谛
Ren sheng miao di

天下事本无难易之分,只是人们思想倦怠,不去想解决的方法。鉴于此,人应群策群力,扬起思想的帆,让它在智慧的海洋中自由前行,如此方能冲破风浪的阻碍,到达梦想的彼岸。

让头脑卷起风暴

● 陆　鹏

什么是"头脑风暴"?我们还是先看一个有趣的故事。

有一年,美国北方格外寒冷,大雪纷飞,电线上积满冰雪,大跨度的电线常被积雪压断,严重地影响了人们的正常通讯。

过去,许多人试图解决这一问题,但都未能如愿以偿。后来,电讯公司经理应用奥斯本发明的头脑风暴法,解决了这一难题。

他召开了一种能让头脑卷起风暴的座谈会,参加会议的是不同专业的技术人员,他们必须遵守以下四项基本原则:

第一,自由思考。即要求与会者尽可能解放思想,无拘无束地思考问题并畅所欲言,不必顾虑自己的想法或说法是否"离经叛道"或"荒唐可笑";

第二,延迟评判。即要求与会者在会上不要对他人的设想评头论足,不要发表"这主意好极了"、"这种想法太离谱了"之类的"捧杀句"或"扼杀句"。至于对设想的评判,留在会后组织专人考虑;

第三,以量求质。即鼓励与会者尽可能多而广地提出设想,以大量的设想来保证质量较高的设想的存在;

第四,结合改善。即鼓励与会者积极进行智力互补,在增加自己提出设想的同时,注意思考如何把两个或更多的设想结合成另一个更完善的设想。

按照这种会议规则,大家七嘴八舌地议论开来。有人提出设计一种专用的电线清雪机;有人想到用电热来融化冰雪;有人建议用振荡技术来清除积雪;还有人提出能否带上几把大扫帚,乘坐直升飞机去扫电线上的积雪。对于这种"坐飞机扫雪"的设想,尽管大家心里觉得滑稽可笑,但在会上也无人提出批评。

相反,有一个工程师在百思不得其解时,听到用飞机扫雪的想法后,大脑突然受到冲击,一种简单可行且高效率的清雪方法冒了出来。他想,每当大雪过后,出动直升飞机沿积雪严重的电线飞行，依靠高速旋转的螺旋桨即可将电线上的积雪迅速扇落。他马上提出"用直升飞机扇雪"的新设想，顿时又引起其他与会者的联想，有关用飞机除雪的主意一下子又多了七八条。不到一小时，与会的十名技术人员共提出九十多条新设想。

会后，公司组织专家对设想进行分类论证。专家们认为设计专用清雪机、采用电热或电磁振荡等方法清除电线上的积雪，在技术上虽然可行，但研制费用大、周期长，一时难以见效。那种因"坐飞机扫雪"激发出来的几个设想，倒是一种大胆的新方案，如果可行，将是一种既简单又高效的好办法。经过现场试验，发现用直升飞机扇雪确实能奏效，一个久悬未决的难题，终于在头脑风暴会中得到了巧妙的解决。

从上例可见，所谓头脑风暴会，实际上是一种智力激励法。奥斯本借用这场会议让与会者敞开思想，使各种设想在相互碰撞中激起头脑的创造性"风暴"。

R 人 生 妙 谛
en sheng miao di

"条条大路通罗马。"也就是说通往成功的路有很多,就看
走路人怎么去选择所走的路线。不过,无论如何选择,唯一不能
避免的就是在前进的道路上出现错误。这时切记要勇于承担自
己的过错,在错误中吸取教训,再次踏上成功之路。

不必承担他人的过错

● 叶 子

刚大学毕业时我曾去一家知名的企业应聘,面试的最后是一道测试题:有 10 个孩子在铁轨上玩耍,其中 9 个孩子都在一条崭新的铁轨上玩,而只有一个孩子觉得这可能不安全,所以他选择了一条废弃的、铁锈斑斑的铁轨,并因此遭到另外 9 个孩子的嘲笑。

正在孩子们玩得专心致志的时候,一辆火车从崭新的铁轨上飞速驶来,让孩子们马上撤离是来不及了,但是,如果你正在现场,看到新旧铁轨之间有个连接卡,如果你把连接卡扳到旧铁轨上,那么就只有一个孩子失去生命,如果不扳,那你就只能眼睁睁看到 9 个孩子丧生在车轮底下,现在,火车马上就要驶过来了,你该怎么办?

我思考了几秒,觉得这很难作答,但是我看到几位负责面试的经理,都表情严肃地盯着我,我又必须回答。我仿佛看见一辆飞速行驶的火车正向 9 个孩子冲过来,于是我有些紧张地说:"如果非要做决定,那我还是扳吧,毕竟这边有 9 个孩子……"

所有面试的经理依然表情肃穆,其中一个,正是这个企业的总经理对我说:"对不起,您的面试没有通过。"我有些沮丧地站起身来,鼓起勇气问:"可以告诉我应该怎么做吗?"

总经理说:"你为什么要去扳铁轨呢?你是以人数的多少来做的决定。但是在现实工作中,真理往往掌握在少数人手中,很多的人缺乏对事物正确的判断,只是有一种盲从性,看别人都去做,就认为这是正确的。事实证明,10 个孩子中,只有一个孩子做了一个正确的选择,另外 9 个孩子当初的选择是错误的,为什么这 9 个人的过错要让一个无辜的人来承担?这是不公平的!所以,你不应该去扳铁轨,你应该以事物的对错来做决定,9 个孩子错了,那他们就应该承担过错,因为谁都要为自己的行为负责!"

很多时候,我们都因为自己将困难想象得过于强大而放弃努力。这时,一份肯定和鼓励,就会让我们有了克服困难的动力,从而怀揣梦想上路,满怀激情拼搏,感受奋斗的乐趣,收获成功的欣喜。

Ren sheng miao di
人 生 妙 谛

我冲刺了谁的目标

● 温志林

火车上两天一夜的旅程结束后,我便正式成为了一个真正意义上的新兵连的战士。

每天训练时的操场上,除了号令声就是喘息声,而在这些喘息声中,我的喘息声可能是最惨的一个。用班长的话说就是那里面有一半带了哭音。我安慰自己:"以你的体能素质,新兵连结束时考核,你能及格就算你优秀。"不只如此,我还以一个形象的寓言故事强化这种安慰:龟兔赛跑,兔子的目标是赢得比赛,而乌龟的目标只是跑完全程。

训练到第二周时,上面传来一个消息让渐渐安定下来的新兵连又沸腾了起来——师里将择优组成一个侦察连,名列前 20 名的新兵将有资格参加初选。

其实大家对侦察连究竟是什么样子并不是很了解,只是从字面听它很威风、很诱人,另外,前 20 名的界定条件也点燃了那些正青春气盛的少年斗志。

我也同样显出兴奋之情,但只持续了几分钟。

几分钟后,冷静地分析一下自己的情况,我便泄气了,我决定放弃角逐。晚上,我躺在床铺上,失望的情绪像海浪一样一阵高过一阵扑来,我翻来覆去无法入睡。

就在我翻来覆去时,无意中触到一张小纸片,根据新兵连的卫生标准要求,规定之外的东西是不能出现的,更何况我自己根本没有往床铺上放过这类东西。

借手电筒的光,我打开纸条,看到上面简单写着两行字:"今天训练中,我发现你投弹技巧不错,可有意主攻投弹。"字条的落款是连长。

捏着纸条,我反复回味上午的训练,上午我的投弹成绩只能算中等,但连长发现我"技巧不错",如果我加强训练,主攻投

弹,会不会像连长说的那样,真的脱颖而出到侦察连去?

随后的日子,我是在一种亢奋与忘我中度过的,人的信念一旦被激发,它所爆发出的潜能真是不可估量,我的投弹成绩从49米到56米,最后竟达70.22米,仅比第一名72.23米少2.01米。

三个月后,我以全师投弹第二名的专项成绩加入侦察连。庆祝会上,连长高兴地说:"真没想到会是你,当初我还以为韶建辉最有希望,并且还特意留了一张纸条让他主攻投手榴弹。"韶建辉是睡在我上铺的同班战友。

我们都不完美,但也不是一无是处,因为我们每一个人都是有价值的,只有把自己放在最适合发展的领域,找到自己的长处并使之发扬光大才是正确的做法。沉浸在自卑中只会浪费自己的时间。

人生妙谛
Ren sheng miao di

扬长避短皆天才

● 张国学

古籍《淮南子》中曾讲述了这样一个故事:楚国大将子发与齐国作战,屡战屡败。无奈,他只好听取谋士"广罗天下奇才"的建议,大张旗鼓地招集能人奇士。有一惯盗者前来求见,自称身怀绝技,可以在军中为楚国效力。子发发现他其貌不扬,意在不收。可盗者再三表示希望能给他一次施展所长的机会,如果不能建功立业,他会自动离去。就在子发接收他的当天晚上,这名盗者潜入齐国军营把将军车子上的帷幔偷来了,子发随即派人送还给齐国。第二天晚上,盗者又潜入齐军大帐,偷走了将军的枕头,子发同样派人送了回去。第三天晚上,盗者居然又把将军的发簪取回,子发再一次派人送回。这下齐国大将非常惊恐,说:"如果再不退兵,恐怕连脑袋都保不住了。"于是退兵而去,楚国靠盗者之力三天就转危为安了。我国四大古典名著之一的《水浒传》也有很多用人之长的例子:吴用绰号"智多星",他做军师自然充分发挥了其智慧和谋略;戴宗号称"神行太保",让他传递信息、情报当然无人可及了;朱贵是开酒店出身的,他在山下开了个酒店,从而成为梁山对外开放的不可缺少的窗口;就连名次排在最后的段景住,也因擅长贩卖马,从而使梁山的"马业"兴旺起来。

举世闻名的大人物们,也往往是以自身奋斗的足迹书写着因扬长避短而成为天才的历史。大科学家爱因斯坦在20世纪50年代,曾多次被邀请担任以色列的总统,但他一次次拒绝了。他说:"我整个一生都在同客观物质打交道,因而既缺乏天生的才智,也缺乏经验来处理行政事务以及公正地对待别人的能力,所以,本人不适合接此重任。"事实上,他就是凭借着"同客观物质打交道"的所长,摘取了物理学诺贝尔奖的桂冠。大文豪马克·吐温也是这样。他经过商,做过打字机生意,办过出版公司,可结果却亏了30万美元,赔光了稿费不算,还欠了一屁股的债,他的妻子奥莉姬知道丈夫虽没有经商的本事,但却有着极高的文学天赋,于是便帮助他鼓起勇气,振作精神,重走创作之路。这样,马克·吐温毅然舍弃了经商之短,很快就摆脱了失败的痛苦,积极投身文学创作,并在文学创作上取得了辉煌的成就。

善于经营自己的长处,努力发挥自己的强项,是提高人生价值、创造事业辉煌的秘诀。俗话说,寸有所长,尺有所短,世间万物从没有十全十美的,人生于世,也都或多或少地存在着缺

陷和不足。狂妄自大、目空一切，一味地自我感觉良好固然不可，但"自知之明"也不是念念不忘自己的短处，从而背上沉重的思想包袱，使心田笼罩于自惭形秽的阴影之中。正确的做法应该是：坚信"天生我材必有用"，正视自己，坦然处世，时时以自信自强的阳光，去冲破自暴自弃的阴霾，热情地投身社会生活，快速找准自己的位置，并能尽力地在这一位置上扬其所长。能量才而用，被用者就是人才；能展其所长，这个人就是天才。否则，正如富兰克林所说，即使是宝贝，但放错了地方也只能是废物。

总是仰视别人的人,自己会变得越来越渺小。抛开一切世俗的想法,以平等的心态和每一个人交往,并能在交往中坚持自己的想法,才会博得他人的尊敬。

人生妙谛
Ren sheng miao di

永远不要低三下四

● 董　刚

一天,他的父亲在办公室看账本,可能是有一个地方不明白,父亲喊一个伙计的名字,让伙计过来一下。伙计正在外面做事,听到老板的喊声,马上答应一声跑了过来。父亲喊他的时候他正在抽烟,而伙计知道,老板是最讨厌人抽烟的,于是,伙计边跑边把正在燃着的烟斗塞进裤子口袋,然后来到父亲面前。

父亲是应该看到伙计的举动的,因为这时伙计的裤子开始冒烟了。但是父亲什么都没有说,冷冷地看着伙计,既没有让伙计把裤子口袋里的烟斗拿出来,也没有让伙计把火拍熄,就好像没看到冒烟的裤子似的,直到伙计汇报完工作狼狈地离开。

儿子正好在父亲的办公室里看到这一幕,感觉气愤不已,他愤怒地对父亲大喊:"你怎么能这样对待别人!"那是他第一次对父亲发火,从他记事起,父亲给他的印象就是不苟言笑,虽然很严肃,但是心地很善良,不管是对家人还是身边的人,父亲从不把气愤挂在脸上,是个少有的好人。儿子的想法很简单,既然是好人就不能这样。

对于儿子的愤怒,父亲显得很平静,等儿子埋怨完之后,父亲心平气和地对儿子说:"我没有让他把烟斗放进口袋,桌子上有烟灰缸,他也可以到门外把烟头扔出去,他甚至可以继续抽烟,但他自己选择了口袋。"见儿子没怎么听明白,父亲拉起儿子的手,"你应该知道,每一个人都有自己的尊严,不要为了别人的脸色而自卑。记住,永远不要低三下四!"

　　许多年之后,儿子长大成人。虽然他来自非洲一个很小的国家,但是通过努力,最主要是从不低三下四,他成为了联合国第七任秘书长,执掌联合国十年之久。

　　他就是刚刚离任的联合国秘书长科菲·安南,一个来自非洲小国的联合国秘书长。谁都清楚,联合国秘书长这个位置并不好坐,尤其是来自小国的秘书长,有很多人都可以对他指手画脚。在那些资本大国面前,安南的策略是,不管谁提意见或是建议,他都认真聆听,但他只按照自己的思路去做事。正因为安南从来没有低三下四,联合国在他的领导下每天都有新的变化,就算那些看不起他的国家的人,在评价安南人品的时候也赞不绝口。安南知道,他所得到的这一切,与父亲的教育是分不开的,不低三下四,让他在做事的时候没有心理负担,让他能够坚持自己的想法,这是他个人事业成功的关键因素之一。

利欲熏染着世人之心,让人心着色,逐步迷失自我。急功近利地追求那有如浮云的财富。孰不知,我们正在为了一己之欲而沦落,从而放弃了人性中的真善美,抛弃了爱。让我们擦亮心灵,珍爱生活,切不要等有朝一日翻然醒悟时才知道已后悔莫及。

人 生 妙 谛
Ren sheng miao di

上帝的迷惘

● 少木森

　　那蔚蓝蔚蓝的童话的天空里肯定住着智慧的、无所不能的上帝。据老格林说,有那么一天,上帝到人间旅游,他疲倦了,想找一个住处,在路边有两所房子,一所又大又漂亮,住着富人;一所又小又破旧,是穷人的。他想到漂亮的房子里去过夜,就敲富人家的门。富人打开窗户,看见上帝的穿着朴素,不像有钱人,就说没有地方留外人住宿。上帝于是去敲穷人家的门,穷人马上打开小门,请他进去,拿出他们所有的东西,如煮山芋、羊奶等,请客人一起吃,穷人夫妻还把自己的床让给客人睡,他们铺上草睡在地上。

　　上帝非常感慨地发现了自己造物的不公平,让品德高尚的人受了穷,而让品德恶劣的人享受了富贵。回到天堂后,他把"创造之手"轻轻一翻,天底下的贫富状况立刻反转了。比如富人们走私贩假的,犯了事,抄了家,罚了款;炒股做期货的,血本无归;子孙不争气的,败坏了家业。总之,所有的富人都变成了穷人。而穷人中奖的、炒股的都发了横财;走私的、造假售假也一路顺风顺水。总之,所有穷人都成了富人。

　　过了一段时间,上帝又回到人间,这回他是巡视来了,他想看看那些新近富起来的富人是怎么接待他的。他同样看到了路边有两所房子,一所又大又漂亮,住着富人;一所又小又破旧,是穷人的。他想到漂亮的房子里去过夜,就敲这新富起来的富人家的门,富人打开窗户,同样因为看见上帝的穿着朴素,不像有钱人,就说没有地方留外人住宿。上帝于是去敲刚刚穷下来的穷人家的门,穷人马上打开小门,同样请他进去,拿出他们所有的东西,如煮山芋、羊奶等,请客人一起吃,穷人夫妻还把自己的床让给客人睡,他们铺上草睡在地上。

　　上帝十分生气,没等回到天堂就把"创造之手"一翻,又把所有穷人变成了富人,而把所有

富人变成了穷人。然而,当他再度去求宿时,得到的还是与原先那两次一模一样的结果。上帝迷惘了,以他超凡的智慧竟也不知道这是为什么,最终长长地叹一口气,说:"钱,这个东西呀!"读童话的儿童对上帝的感叹很不以为然,告诉上帝应该说:"人,这个东西呀!"

除了童话的天空里有活动着的上帝外,我们现实生活中是永远也别想撞上上帝来你家求宿的事儿。所以,我们谁都用不着担心上帝那"创造之手"会轻轻翻动一下,把我们变穷变富了,或者变成什么东西。你说,是吗?

一只普通的笔,经过多次改造,可以变得很好用;而一只高级的笔,仅仅保持原有的状态,用起来也不过如此。人也是如此,不进则退,不管开始处于多么领先的位置,如果不再前进,那么必将落后。

人生妙谛
Ren sheng miao di

不同的笔

● 董　刚

有一个公司,人人都以成为部门经理詹姆斯的手下为荣,因为只要到了詹姆斯的手下,就算文凭不高,能力不强,也照样能在詹姆斯的指点下成才。总经理感到很好奇,于是特意把一个名牌大学的毕业生放到詹姆斯手下,因为总经理很看好这个大学生,想把他培养成自己的接班人。

可是一段时间过去了,这个大学生仍显得那么默默无闻,倒是同时去的几个并非名牌学校出来的学生,在詹姆斯的指点下崭露头角。总经理认为詹姆斯肯定没有尽心尽力培养,于是到詹姆斯的办公室兴师问罪。

詹姆斯面对质问什么也没有说,他把手里的钢笔递给总经理,又让总经理用这支笔写几个字试试。这是一支普通的笔,当然不能和总经理使用的那种价格昂贵的笔相比,但是总经理一试就感觉到了,虽然詹姆斯的笔很普通,但是却比他的笔好用多了。

"这支笔已经不是当初的模样了,为了发挥出最佳的状态,我对它进行了多次的改进。"詹姆斯平静地说。

"因为它是一支普通的笔,我能心安理得地按照自己的目标去改造,但是如果是一支昂贵的笔,就算不是很好用,我在改造之前也会三思,因为一旦失败或者失误,我自己的损失将更大。而对于笔来说,昂贵的笔肯定不愿意接受别人的改造,两者结合在一起,普通的笔当然能够脱颖而出,而昂贵的笔总是维持着它开始时的一切。这就是笔与笔的不同。"詹姆斯说。

R 人 生 妙 谛
en sheng miao di

> 虚空的谷穗总是昂首向天，只有饱满的谷穗才能俯视大地。谦虚不仅是一种品德，也是进取和成功的必要前提，因为谦虚的人经常会发现不足，从而能不断努力完善自我，弥补缺憾，成就梦想。

傲慢、天堂与地狱

● 谢明渊

"谦受益，满招损"，这是个几乎人人都知晓的道理。然而，越是明明白白的道理，真正做起来就越不容易。这与人强烈的表现欲有关，也与人的品德修养有关。唐朝有个名扬天下的大将郭子仪，他任朔方节度使时，击败"安史之乱"的史思明，后又收复了长安、洛阳，因而晋升为中书令(相当于宰相)。他常去佛寺拜访禅师，以一个平凡的佛教徒自居。有一天，郭子仪在探访禅师时提了这样一个问题："请问师父，佛教是如何解释傲慢的？"

禅师听了这句话，忽然变了面孔，一脸怒气，双眼一瞪，以一种极其傲慢的态度冲这位宰相喝问道："你这个呆头在说什么胡话？"

刹那之间，所有在场的人都惊呆了：郭子仪乃"一人之下万人之上"的相国，这和尚怎能用这种口气说话？对于这种突如其来的"侮辱"，郭子仪也无法忍受，他的脸上开始出现轻微但却很严肃的愤怒表情。恰在这时候，禅师又恢复了先前那慈祥的面容，微笑着对郭子仪说："大人，这就是'傲慢'。"

这使我又想起一个"天堂与地狱"的故事。故事发生在一位日本禅师和一位日本武士之间，这天，名叫信重的武士向名叫白隐的禅师请教说："真有地狱和天堂吗？你能带我去参观参观吗？"

"你是做什么的？"白隐禅师问。

答曰："我是一名武士。"

"你是一名武士？"禅师大声说，"哪个蠢主人会要你做他的保镖？看你的那张脸简直像一个讨饭的乞丐！"

"你说什么？"武士热血上涌，伸手要抽腰间的宝剑，他哪受得了这样的讥嘲！

禅师照样火上浇油："哦，你也有一把宝剑吗？你的宝剑太钝了，砍不下我的脑袋。"

武士勃然大怒，"哐"的一声抽出了寒光闪闪的利剑，对准了白隐禅师的胸膛。

此刻，禅师安然自若地注视着武士说道："地狱之门由此打开！"

一瞬间，武士恢复了理智，觉察到了自己的冒失无礼，连忙收起宝剑，向白隐鞠了一躬，谦卑地道歉。

白隐禅师面带微笑，温和地告诉武士："天堂之门由此敞开！"

不论是以"傲慢"来向郭子仪解释傲慢的禅师，还是这位用幽默生动甚至含了惊险的方式使武士懂得了"当你萌生行凶作恶之念时，你正向地狱迈进；当你谦卑慈爱时，你已身在天堂"的道理的禅师，除了智慧，他们都还有一种无私无畏的精神。如果看到宰相就奴颜婢膝，或看到武士就胆战心惊，还会是这样的结局吗？

R *en sheng miao di* 人生妙谛

一个优秀教师的责任不仅是传授知识,还有一个更重要的使命,就是教会学生做人的态度,教会学生如何尊重他人。身教重于言教,老师的一个善行就胜过讲许多大道理。

人生一课

● 蔡 良

一次,我为培训中心代课,只来了四个学生,我认认真真地上了两个半小时。回家时天黑路滑,跌了一身泥。事后,有个朋友好心地劝我:"干吗要这样认真,出两个思考题糊弄一下不就行了?"我说:"我不能辜负那四位顶着风雨来上课的学生。"他似乎很不理解。其实,我还有段心事没有说出来。

在我上大学二年级的时候,一个周末下午,有堂选修辅导课。教师是从另一所大学请来的。当时开学不久,再加上是周末,学校组织了好几个活动,班里的同学都忙得不亦乐乎,谁也没心思去上什么课了。当时我正准备参加一场年级足球赛,成天忙着在球场上训练,当然也不准备去听课,尤其是这种辅导课。

跑到球场,我才发现没带足球鞋,只好又转身回到教室。我一头冲进教室,脚步却不由自主地停住了:教室里空空荡荡,只有一位埋头擦汗的白发老人坐在前排。我不觉一愣,才想起今天下午有课。不知为什么,我心里有些紧张,便把脚步放轻放慢,然后向座位走去。"来上课的?"一个沉着的声音在教室前排响起,我感到有一种深邃的目光在望着自己。我没敢吭声,坐在座位上穿好足球鞋。就在我刚想站起来的时候,他突然转过身来,一字一句地对我说:"只有一个人,我这课也要上,不能辜负你。"

这句话就如同一枚钉子把我钉在凳子上。他走上讲台,背影有些苍老,但脚步却很坚定。我看见他打开厚厚的一叠教案,然后转身,一丝不苟地写下一行板书,他的声音依然沉着而洪亮,空空荡荡的教室里响起一种震撼人心的回声。我悄悄地把那双足球鞋脱了,又悄悄地拿出课本,仔细地放好,用一种近乎虔诚的心情去捕捉老师的每一句话,每一个动作⋯⋯

后来有很多在球场上的同学都回来了,和我一样,端坐在课桌前,听这位白发的老人给我们上课。事后我才知道,他们在操场上等我,老不见人,便来找我,却在窗外看到教室里的情景,大家你看看我,我看看你,都从后门悄悄溜进了教室。这堂课时间过得真快,我真希望时间能过得慢点,好让更多的同学来听他的课,好像只有这样才不辜负他的一片心。下课了,他拍拍身上的粉笔灰,向我点了点头,夹起教案走出教室。望着他的白发和微驼的背,我的眼睛有点湿。

从那以后,我再也没有遇到这位教师,可他说的那句话却深深地铭刻在我的心里。真的,不论遇到什么困难和挫折,我们都不应该辜负别人的信任和尊重,也许只有这样真诚地对待生活,回首往事时,我们才不会有什么愧疚和遗憾。

人生妙谛
Ren sheng miao di

生命有生生不息的力量,那是自然赋予万物最强大的力量,如果只图一时安逸,梦想着坐享其成,无异于慢性自杀。因此,请勇敢地去接受风雨的洗礼,这样你才能明白生命的真谛!

折断后的翅膀更强健

● 盛剑云

在巴西的亚马逊平原上,生活着一种叫雕鹰的雄鹰,因其飞行时间之长、速度之快、动作之敏捷堪称鹰中之最,故有"飞行之王"的美称。被它发现的小动物,一般都难以逃脱它的捕捉。但这个"王"并不是那么容易当上的,在它称霸长空的背后,蕴藏着滴血的悲壮——

当雕鹰还是一只幼鹰的时候,便要经受母鹰近乎残酷的三步训练:第一步是母鹰带上雏鹰学习飞翔,而这时雏鹰的飞翔只不过比爬行好一些。雏鹰需要每天成百上千次地训练,才能获得母亲口中的食物;第二步,母鹰把幼鹰带到悬崖上,然后把它们一一摔下去,有的幼鹰因为胆怯而被活活摔死,但这丝毫动摇不了母鹰的"铁石心肠";第三步,那些被母鹰推下悬崖而能胜利飞翔的幼鹰,还得经历母鹰最后一次"血淋淋"的考验:母鹰竟然把幼鹰那正在成长的翅膀骨骼折断,然后再次把它们从悬崖上推下,有的幼鹰就是在这时悲壮丧命。尽管这很残酷,但母鹰明白,虽然这种训练充满痛苦的泪水,但同时也在构筑着孩子生命的蓝天。经过这一道道"鬼门关"幸存下来的幼鹰,从此便可以不愁食物,成为新一代笑傲蓝天的"飞行之王"。

有些被折断翅膀的幼鹰,被好心的猎人带回家里养大,但这样的雕鹰长大后,那两米多长的翅膀已成累赘,只能飞到房屋那么高便要落下来。原来,母鹰"残忍"地折断幼鹰翅膀的骨骼,是决定幼鹰未来能否翱翔蓝天的关键所在。雕鹰翅膀骨骼的再生能力很强,只要在被折断后仍能忍着剧痛不停地振翅飞翔,使翅膀不断地充血,不久便能痊愈,而痊愈后的翅膀则似神话中的凤凰涅槃,将长得更强健有力。如果不这样,雕鹰也就失去了这仅有的一个机遇,它也就永远与蓝天无缘。

贫穷也好，困顿也好，都可以通过不懈的努力去改变。而自卑，会使一个人丧失斗志和信念，最终在成功面前止步。因此，不论境遇如何，不论命运如何，请保持乐观的心态，高昂着头去迎接生命中的困苦与挑战。

人生妙谛
Ren sheng miao di

一个平常的故事

● 张林薇

冬天时我回家，母亲告诉我祥死了。我吃了一惊，那个拄着拐杖踽踽独行的影子出现在了眼前。

祥小时候是个健康健全的孩子，有一次爬树摔了下来，从此就拄上了单拐。祥拄着拐杖勉强念到初中就辍学回家了，家徒四壁的他迷恋上了画画。而那时我中学毕业在家务农的二哥也正在狂热地钻研书画，并且达到了废寝忘食的地步。

天道酬勤，他们的画被选进了乡文化站的橱窗里。一种成就感激励着他们，他们期待有一天祖辈沿袭的宿命能有一个改观。

还没等到机会来临，他们的命运就因为一个看似偶然其实必然的原因在一个岔路口分道扬镳了。那是两个乡村青年第一次到县城。他们先到新华书店买了几本书，然后不经意地走到县文化馆的门前，里面正举行一个职工书画展，他们走了进去，一幅不落地看完了那些字画。走出大门时，二哥摸摸路旁一排冬青树的叶子，充满神往地说："将来要能到这里来工作就好了。"而祥却拄着拐杖站在冬青旁说了一句话："还画什么劲呢？再怎么画，咱也赶不上人家的。"

祥就以这句话为他几年的梦想和追求画上了句号，一次县城之行，让他增长了见识，也让他一下子丧失了所有坚持的信心和勇气，他回到家后就收起了纸和笔。二哥独自坚持了下来，两年后他成了文化馆的一名正式职工。谈不上事业有成，他只是过上了自己想要的生活。

祥的故事向我们展示了一个比贫困还要可怕的东西，那就是自卑，有时候扼杀一个人的梦想、打垮一个人的精神的，不是贫困，不是恶劣的环境，也不是别的什么坚硬的东西，而恰恰是来自自己心底的卑微感。

人生妙谛 *Ren sheng miao di*

在竞争日益激烈的今天，为了生活很多人都失去了自我，在忙碌中度过每一天。但是，平庸的一生不应属于我们。寒冬里绽放的腊梅才能笑傲群芳，暴风雨后的彩虹才能拥有七彩光芒，让我们展现真我风采，活出精彩人生！

原味

● 严展堂

有一位朋友吃牛排，总在未加酱之前，先切一小块，尝尝牛排的原味；喝咖啡时，习惯在放糖、奶精之前，先啜一口，尽管它是苦涩的。

认识小野已经很久了，他的第一部作品《蛹之生》曾经风靡多少莘莘学子，也吸引我阅读他的一部又一部作品。这些年来，显然他的关怀面更加广泛、切入点更加精准、技巧愈加圆融纯熟，但我对其热度似乎已退，是我移情别恋还是他的魅力稍减？答案，很久以后我才找到。

偶然在《中国时报》读到一篇沈君山教授评大陆围棋高手聂卫平今昔棋风之转变的文章：聂卫平这些年南征北讨、东征西战，将他的技巧磨炼得更加纯熟，经验更加丰富，下棋也就愈加稳重。但当年在北大荒，地处辽阔，百里不见人，而培养出独尊天地的霸气，已不复见。换句话说，失去了"原味"！

蓦然发现答案就是"原味"。就是"原味"两字，让我觉得小野离我愈来愈远，小野当然还是小野，只是已非当年我初认识的小野。更成熟后的小野，好比加入奶精和糖的咖啡，虽更容易入口，但我却怀念苦涩的咖啡原味。

记得有一个故事：

同学们都迷恋师大附近的辣牛肉面，有一次同他们一起去吃，见同学们个个涕泗纵横，直呼过瘾。我问其中一位"好吃吗？"他边擦眼泪、边吸鼻涕地说："辣得够味！"这才晓得原来同学们是被"辣"所迷惑，而忘了"原味"是牛肉面。

不否认佐料的作用，只是要调到恰到好处，很难！相信看过李安电影《饮食男女》的人，应不会忘记剧中郎雄饰演大厨的角色。一个好厨师，必定要有敏锐的味觉，因为味觉关系着佐料调放的适度与否。佐料的不适当，会遮盖了原味，让菜变得不好吃；佐料若恰到好处，除能保持原味，更能诱发另一种风味。

在瞬息万变的世界，如何才能在待人处事方面逐渐圆融，却又不失去个人风格？如何在汲汲名利之时，尚能把持自己，保有一颗赤子之心，更保有自己的"原味"？

生活中·总有很多不如意,这是无法选择的,但是幸好我们还能选择自己的心态。面对苦难与挫折,是消极地适应生活的安排,还是积极地去改变那些不如意的地方? 相信每一个人都会做出正确的选择。

Ren sheng miao di
人 生 妙 谛

心态的力量

● 张晓风

阿济·泰勒·摩尔顿刚刚当选美国财政部长的时候,给南卡罗来纳州一个学院的全体学生发表演讲。整个学院礼堂坐满了兴致勃勃的学生。然而,泰勒的演讲却令听众大感意外。

泰勒讲道:"我的生母是聋子,因此没有办法说话,我不知道自己的父亲是谁,也不知道他是否还活着,我这辈子找到的第一份工作,是在棉花田里锄地。"台下的听众全都呆住了。"如果情况不如意,我们总可以想办法,加以改变,"她继续说,"一个人的未来怎么样,不是因为运气,不是因为环境,也不是因为生下来的状况,"她轻轻地重复刚才说过的话,"如果情况不如人意,我们总可以想办法加以改变。"

"一个人若想改变眼前充满不幸或无法尽如人意的境况,"她以坚定的语气向下说道,"只要问一问自己:'我希望情况变成什么样?'然后全身心地投入,采取行动,朝理想的目标前进即可。"接着她的脸绽现出美丽的笑容,"我相信大家会比我做得更好!"

人与人之间原本只有微小的差别,但却造成了巨大的差异。其原因正在于心态。积极的心态,激励和改变了无数次深陷逆境的泰勒;积极的心态,是走向成功,实现自己人生目标的灵丹妙药。

人生妙谛
Ren sheng miao di

"金无足赤,人无完人。"面对自己的错误和不足,要学会"低头",只有学会"低头",才能正视自己的错误。人生之路漫长曲折,高昂着头是无法看清脚下的路的,只有低头前行,看清脚下的路,才能走得更稳,走得更远。

记住低头

● 黄春景

被称为美国之父的富兰克林,年轻时曾去拜访一位前辈。年轻气盛的他,挺胸昂首迈着大步,进门撞在门框上。迎接他的前辈见此情景,笑笑说:"很疼吧?可这将是你今天来访的最大收获。一个人活在世上,就必须时刻记住低头。"

无独有偶,记得也有人问苏格拉底:"你是天下最有学问的人,那么你说天与地之间的高度是多少?"苏格拉底毫不迟疑地说:"三尺!"那人不以为然:"我们每个人都有五尺高,天与地之间只有三尺,那不戳破苍穹了!"苏格拉底笑着说:"所以,凡是高度超过三尺的人,要长立于天地之间,就要懂得低头呀。"

大师说的"记住低头"和"懂得低头"之说,就是要记住不论你的资历、能力如何,在浩瀚的社会里,你只是一个小分子,无疑是渺小的,要在人生舞台上唱低调,在生活中保持低姿态,把自己看轻些,把别人看重些,把奋斗的目标看高些。富兰克林就从中领悟到了深刻的道理,并把它列入一生的生活准则之中,促使他后来成就一番伟业。

其实,我们的生活又何尝不是如此呢?如果把我们的人生比作爬山,有的人在山脚刚刚起步,有的正向山腰跋涉,有的已信步顶峰。但此时,不管你处在什么位置,请你记住:把自己放在山的最低处,时时警醒自己。即使"会当凌绝顶",也要记住低头,因为,在你所经历的漫长人生旅途中,总难免有碰头的时候。

> 心灵的天空是一片纯净与蔚蓝,那里没有贫穷与痛苦,有的只是勤劳与质朴。只要对未来充满希望,对理想坚定信念,生活中的困难就不能把我们带到人生的低谷,反而会促使我们产生巨大的动力飞向成功的彼岸。

R 人 生 妙 谛
en sheng miao di

心灵的天空

● 梁树杰

有一个夏天永远留在我的记忆里,而紧紧牵住这段记忆的是一个女孩。

那年夏天酷暑难挨,中午下班后我打着一把遮阳伞,被涌动的热浪驱赶着快步回家。走到楼梯口,收伞的瞬间,蓦地发现一个十多岁的瘦小乡下女孩蹲在我的脚下。她的右臂挎着一个浅蓝色的包袱,黑红的圆脸盘上布满汗渍,那件缀有小红花的衬衣蒸腾着热气,一双粘满污垢的胶鞋被脚趾穿了一个洞。她抬头怔怔地望了我半晌,突然一跃而起:"婶,你不认识我了?我是小玲。"

那一瞬间,我心头不由一颤。从她那山东口音我已断定她来自丈夫的家乡。我仔细端详着,有一个模糊的影子开始在我脑海中晃动。

那年我新婚不久,随丈夫来到他的故乡——山东一个偏僻的小村庄。初到婆家,入乡随俗,走访亲戚朋友是必不可少的。一天傍晚,丈夫牵着我的手,来到他的堂哥家。低矮、简陋的茅草房,几件黑乎乎的家具,粗糙的泥墙上挂着一个相框。那时堂哥尚在县城打工,已经离家半年多,打工期间只给家里捎过一回"在外挺好"的口信,我只能在相片上拜见堂哥了。照片上的堂哥有些苍老,额头皱纹纵横,憨厚的表情中夹杂着木讷。堂嫂在家操持家务,见到我们她显得很局促,不住地在衣襟上擦拭双手。她身后尾随着一个顽皮且脏兮兮的男孩,相框中他的照片最多。只有照片上那个脖颈上系着红领巾的女孩没有见到。不一会儿门口忽地出现了一个手提书包、背上驮着一个背篓的女孩,她气喘吁吁地望着我们,浅浅地笑着,嘴角嗫嚅半晌,轻轻地叫了我一声:"婶。"

堂嫂告诉我,由于家中缺少劳力,女儿每天都要在放学的路上打一篓猪草回家。每天回家不打猪草,第二天就不要上学去了。在那一刻,我的心灵突然间被一种东西触动了,我抚摸她湿漉漉的头,鼻子一酸,说:"没事的,婶以后供你读书。"

她敛了笑,明亮的双眸顿然泊在一片泪光中。

我们走远了,她那湿润的目光被我们的背影拉得很长很长,久久地缠绕着我。

回到都市,伴随时光的流逝,我已经淡忘了当时的承诺,甚至遗忘了她的模样。

我双手紧紧地揽住了她：我嗅到了她身上那股浓烈的汗酸气味，触摸到了她因瘦削而凸出的骨骼。我想，这孩子孤身一人，长途跋涉，是为一个梦而来。这个梦是我早年为她编织下的，而我却把它忘记了。

在她洗澡的空暇，我抖掉她带来的那个蓝布包袱上的尘埃，里面整齐地包着她的初中课本和几支用报纸卷着的圆珠笔。

我的眼睛有些湿润，我想应该把她留在我的身旁，替她在都市找一所读书的学校。

清水沐浴后的女孩完全变了模样，一种乡村素朴又纯净的美让我怦然心动。

"婶，城市真好。"

"好吗？你感到好就留在这儿吧。"她眼中跃动着的火苗忽地黯淡了下来，"婶，我这次是趁

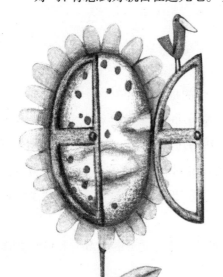

学校放暑假跑出来的，你给我找个活干，这个暑假我一定要挣到我和弟弟的学费。"我惊呆了。

她家中发生的许多变故是我所不知道的。她的父亲在县城打工，从高楼坠下，摔成高位截瘫。弟弟上了小学，家庭经济难以维持，她和弟弟都面临辍学的困境。

我能为她做些什么呢？只有坚定她留下的信心。我将我的想法告诉她，她静静地听着，最后摇了摇头："婶，我必须回去，回去照顾我爹和弟弟。"

我无言以对，让她外出打工是不可能的，连续几日，我都用"找不到活"来搪塞她，将她留在家里做功课。见她十分失望，我只好对她说："玲玲，就算婶雇你好了，每天做完作业替我做饭，到时我付给你工钱。"

她终于笑了。每天我都给她留下足够的菜金，而我每天都能准时吃上可口的饭菜，整个居室的卫生也焕然一新。我真的对她产生了一种莫名的依赖。那天中午，她买了一个西瓜回家，放在冰箱冷冻后，切好了放在果盘里等我回来。回家后我口干舌燥，捧起西瓜独自一阵狂啃，抬头间忽地发现她在怔怔地看着我。

"你怎么不吃？"

"我们家那地方种了很多很多的西瓜，我们到瓜田里可以随便吃。"

是的，盛夏季节的乡村瓜果遍野，对于这些廉价的西瓜，也许他们是不屑的。不吃也就罢了。她收拾瓜皮，我斜偎在沙发上小憩。见她进了厨房久久没有出来，我探头一看，眼前的一幕让我愣住了——她侧着

身子,半蹲在地上,在津津有味地啃我吃剩的西瓜皮。

我跳了起来,冲过去,劈手将她手中的瓜皮夺过,猛摔在地上。"冰箱里有西瓜你为什么不吃? 是嫌婶对你不好吗? "

她紧咬嘴唇,默默摇头,脸颊滑下两行清泪。过了一天,我试图为我的过激行为向她道歉。未等我开口,她却从兜里掏出一些零散的钱交给我:"婶,这是这几天买菜剩下的,咱们吃饭没花那么多钱。"

我颇感纳闷。菜金是我凭多年买菜的经验而给她预留的,略有盈余,但绝不会剩余这么多。这让我疑窦陡生,甚至疑心她在菜摊做了些什么手脚。我必须为这个孩子的品行负责。那天,我请了一个上午的假,在她早上买菜时悄悄地尾随了她。果然,她不是直奔菜市场,而是从楼梯口的墙角处取了一个早已匿藏好的编织袋,一路小跑,奔向小区的那个旧垃圾箱。

垃圾箱内蚊虫乱飞,几个掏垃圾的人将头探进箱内,像寻宝一样用木棍在箱内翻搅。一个老人手提两袋垃圾朝这边走来,她立刻奔过去说:"爷爷,我帮您倒。"

她将垃圾袋放在地上,捡出上面的啤酒瓶放进编织袋。袋子渐渐鼓起来,她将它搭在背上,奔向一个建筑工地旁的废品收购站。

我就是在这时出现在她面前的。她有些惊愕,惶惶地打量我。我拍了拍她的后背,说:"孩子,回家温习功课吧。"

这时我突然改变初衷,她应该回到她应该去的地方,对于一个人来说,苦难并非一无是处。

一个月后,我替她打点行装,在她的背包里偷偷塞上了 3 000 元钱。那天,我从单位叫了辆车,准备送她去车站,回家却发现已人去楼空。她悄悄地走了,留下的只是一张欠条:

欠婶婶人民币 3 000 元。

王小玲

望着这张纸条,我呆呆地出神。我将它揉碎,透过窗口,缓缓撒向天空。雪白的纸片在夏风里飞舞,宛若一只只欢笑的眼睛,渐渐随风远去……

文中的侍从因其诚实而获得了丰厚的奖赏。事实上,每一个人的成功之路都是充满荆棘的,如果你想顺利地到达目的地,轻松地看到风雨后的彩虹,就要铭记:诚实的本质是我们一生应具备的,而且永不能丢弃。

诚实的果实

● 高 文

有一天,亚历山大大帝到花园散步。

在小榭亭旁,他看到一个年轻的侍从因疲倦而靠在石柱上沉沉地睡着了,腮边还挂着一点泪珠。

亚历山大大帝觉得有些奇怪,刚想厉声喝醒那个偷懒的侍从,但一转念又停住了,因为他看到一封已拆开的信从侍从的衣袋里掉了出来。

在好奇心的驱使下,亚历山大大帝拾起了那封信。

原来信是侍从的母亲写来的,信上说侍从上次托人带回家的钱已经买了药,够吃些日子的了,并劝慰儿子不要记挂母亲的病……

看完信,亚历山大大帝深感母爱的伟大,如一股清泉,流溢于心。于是,他从口袋里取出一袋金币,连同信一同放在侍从的衣袋里,转身返回了宫殿。

过了一会儿,侍从从睡梦中醒来,下意识地摸衣袋里的家书,竟意外地在衣袋里发现了一袋金币,装金币的金丝袋上还绣着亚历山大大帝的名字。侍从顿时惊出一身冷汗,心里害怕极了,心想这一定是有人陷害自己。为了澄清自己,侍从连忙到宫殿求见亚历山大大帝。

亚历山大听到禀报后,立即接见了那个侍从,并大声问道:"侍从,你有何事想见本皇?"

"尊敬的陛下,小人刚才没有忠于职守,偷懒睡了一会儿,醒来时发现衣袋里有一袋金币。这一定是有人想陷害我偷了陛下的金币,望陛下明查,予以澄清。"说完,侍从手捧那袋金币递给亚历山大大帝。

亚历山大大帝听后,和蔼地笑道:"看来,你很诚实,那么这袋金币就是你诚实的回报。现在你可以把这些金币捎回家,给母亲买药治病了,并代我向她问候。"

我想,那个侍从一定不会想到,自己的诚实会获得如此丰厚的回报,而这个故事也恰恰给了我们一些很好的启迪:

诚实是人心灵纯净的光芒,不仅可以照亮自己,也能温暖他人。一个人拥有了诚实,也就拥有了"生命的黄金"。

人生的道路上，我们会有许多选择，这些选择没有对错之分，然而却格外艰难，就像琳莎娜这样。但可以肯定的是，无论选择谁，作为母亲，她都不会放弃任何一个孩子，她会陪伴着每个孩子，和他们一起去面对生活的挑战。

人 生 妙 谛
Ren sheng miao di

母亲的抉择

● 程立祥

那天，28岁的琳莎娜带着2岁的小儿子送6岁的女儿到学校去。因为是第一天开学，女儿艾拉娜非常高兴。

这是一个绝对的好天气，树上的鸟儿也自由自在地唱着快乐的歌。学校是孩子们的天堂，但谁也不会想到，噩梦悄悄地来临了。可怕的人质绑架事件发生了，许多头套黑罩只露出两只眼睛的武装分子冲进了学校。他们持着枪，举着刀，对准了这些惊恐万分的孩子。

时间一分一秒地走着，有些孩子被武装分子叫出去就再也没有回来。琳莎娜也是惊恐万分，身边是女儿，怀中有儿子，她不知道如何去面对，她甚至能够感觉到死亡的气息越来越近。

由于长时间缺水，儿子用嘶哑的声音哭了起来。那个绑匪不耐烦了，手一指："你过来！"琳莎娜惊恐万分，但又毫无办法，她把儿子放下，又把儿子抱起来，要是把儿子单独留下，同样是死路一条。女儿艾拉娜也没有留下，跟在了母亲的身后。

或许是那个绑匪心生怜悯，或许是绑匪要玩一场猫捉老鼠的游戏，他同意琳莎娜离开，但必须在儿子和女儿之间作一个选择，只能带一个走。

琳莎娜惊呆了，在两个孩子中二选一，这是每一位母亲都难以抉择的事情。她多么想让自己留下！——这是她一辈子最痛苦的选择。

琳莎娜抱着儿子快步向外跑去，留下的是6岁的女儿艾拉娜，女儿望着妈妈的背影拼命地哭喊："妈妈，别扔下我！"声音撕扯着琳莎娜的心，在即将走出学校的时候，琳莎娜又回头看

了女儿一眼，心中说我还要回来。

果然，不到一个小时，琳莎娜不管外面人的劝阻，又回到了人质中间，她悄悄地给女儿带去了水，她说："我是母亲，我不能扔下另一个不管，我知道，如果我不回来，艾拉娜一定会死，我站在她身边，哪怕是最危险，哪怕是绑匪用枪对着她，只要我在她面前，替她挡着子弹，总还有生的希望。"

如今，琳莎娜和儿子、女儿都健健康康。或许，谁都会猜测到在女儿艾拉娜心中一定有个疑问：当初母亲为什么没有带她走？

我想，这个答案，她母亲早已用行动作了回答。在俄罗斯的历史上，也一定会记下"北奥塞梯人质事件"。这次惨无人道的绑架学生事件中，死亡的人数是332人，重伤是704人。其中，学生死亡155名，重伤247名。然而6岁的艾拉娜却安然无恙——这是母亲再次回来的结果！这是母亲陪她共同度过被绑架53个小时的结果。

其实，对于一位母亲而言，在面对绑匪枪口的时候，心中又怎会有什么选择？

她心中唯一有的，就是爱！除去自己的、对儿女的无私的爱！

读了这个故事，有谁会不为那个平凡的母亲感动得流泪呢！救女儿的信念让她在沉重的石块下苦撑两天，那是怎样的坚定和执著啊！母爱的最强音，在这样的生死抉择中奏响。

R en sheng miao di 人 生 妙 谛

地震中的撑起

● 冯悦传

在土耳其旅游途中，巴士行经 1999 年大地震的地方，导游讲了一个悲伤而且感人的故事，故事发生在地震后的第二天……

地震后，许多房子都倒塌了，各国来的救援人员不断搜寻着可能的生还者。

两天后，他们在废墟中看到一个令人难以置信的画面—— 一位母亲用手撑地，背上顶着不知有多重的石块。一看到救援人员，她便拼命哭喊："快点救我的女儿，我已经撑了两天，我快撑不下去了……"

她 7 岁的小女儿，就躺在她用手撑起的安全空间里。

救援人员大惊，他们卖力地搬移周围的石块，希望尽快解救这对母女。但是石块那么多，那么重，他们始终无法快速到达她们身边。

媒体记者到这儿拍下画面，救援人员一边哭，一边挖，辛苦的母亲则苦撑着，等待着……

看着电视上的画面和报纸上的图片，土耳其人都心酸得掉下泪来。

更多的人纷纷放下手边的工作投入了救援行动。

救援行动从白天进行到深夜。终于，一名高大的救援人员够着了小女孩，将她拉了出来，但是……她已气绝多时。

母亲急切地问："我的女儿还活着吗？"

以为女儿还活着，是她苦撑两天唯一的理由和希望。

这名救援人员终于受不了了，他放声大哭："对，她还活着，我们现在要把她送到医院急

救,然后也要把你送过去!"

他知道,如果母亲听到女儿已死去,必定失去求生的意志,松手让土石压死自己,所以骗了她。

母亲疲惫地笑了,随后,她也被救出送到医院,她的双手一直僵直无法弯曲。

第二天,土耳其许多报纸上都有一幅她用手撑地的照片,标题是:《这就是母爱》。

导游说:"我是个不轻易动感情的人,但是看到这篇报道,我哭了。以后每次带团经过这儿,我都会讲这个故事。"

其实不只他哭了,在车上的我们,也哭了……

> 一只手的力量已足够，因为那是母爱的力量。在危难时刻，母亲忘记了痛苦，忘记了危险，只是紧紧地抱着孩子，这份力量足以表达她那无尽的爱，也足以为孩子撑起一片坚强的天空。

Ren sheng miao di 人生妙谛

一只手的力量

● 张小尖

中途，一位妇女上了中巴，左手抱小孩，右胳膊挽着一袋肉。没有人给她让座，我只好从发动机盖子上站起身，说："将就一下，你坐这里吧。"

她感激地笑笑。她显然很疲惫，衣服也不整洁，像是个常做小买卖的。怀中的孩子不过两岁，黑黑的，胖胖的，挺敦实。

她将那袋肉放在司机座位后，美美地舒了口气，坐在盖子上，稳稳地抱着孩子。

不久，下去几名乘客，车厢空了许多，但仍然没有空座位。

我无聊地望着外面，耳际是发动机的响声。就在这貌似平静的时刻，忽听司机一声惊叫，车身"嘎——"一扭，差点没把我甩出窗外！紧接着，"轰隆"一声，中巴似乎被弹起。

我头晕目眩，手下意识地攥紧栏杆，但巨大的惯性仍然将我抛向车后。

这时，又是"轰隆"一声，中巴骤然停止。

惊魂未定。车内一片哭喊、叫骂。我发现，中巴此刻整个翘了起来，车尾还在地上，而车头却搭上一堵矮墙，车身与地面约成四十五度夹角！

车祸！我忽然记起抱孩子的妇女，回头一看，见她左手牢牢地抓着司机座位上的钢丝，右胳膊紧紧抱着孩子，半吊在空中。

车门被人打开了，大家鱼贯而出。妇女下车时，我想帮她抱一下孩子，她笑道："不用，只是，麻烦你……"

她努努嘴，是指掉在座位上的那袋肉。下车后，我拎着肉找到她，见她正瞅左手掌，她的左手掌乌青色，渗出血来，显然是钢丝勒的。当我递上肉的时候，她伸出右胳膊接——手腕处光秃秃的！竟然没有右手！当中巴弹起时，我双手都难以抓住栏杆，而她抱着

孩子，居然用一只左手攥住了钢丝——她付出了多么巨大的力量，同时又忍受了多么剧烈的疼痛！

其他乘客围着中巴吵嚷成一片，群情激愤，要追究事故责任人，而那位妇女左手抱小孩，右胳膊挽着一袋肉，已默默地走远了。

后来我多次对别人说起这次经历，大伙儿都啧啧称奇，但我没有道出我心中的感慨：这世上拥有两只手的人多的是，而真正有力量者，一只手也就够用了。

为了让儿子实现梦想,父亲坚强地扬起了爱的风帆,尽管一路航行难上加难,但父亲不辞辛劳,终于帮助儿子实现了理想。父亲最后倒下了,但父亲的影响与力量会永远支撑着儿子前行。

父亲就是打破神话的那个人

● 陈志宏

他5岁的时候,不幸患了小儿麻痹症。乡卫生院的医生对他的父亲说:"你就别浪费钱了,到县里买个好点的轮椅吧。他这一生肯定要在轮椅上度过。"

他的父亲沉默良久,吸完了一袋烟,背起儿子一个劲地往县城赶。县医院的医生把话说绝了:"你就是把儿子背到北京去治,也站立不起来。"

12岁那年,他坐着轮椅去学校上学,端端正正地坐在小学一年级的教室里。他的成绩不算好,但音乐老师喜欢他,夸他乐感好,嗓音也不错。夸过之后,音乐老师又无奈地摇摇头自语道:"一个残疾人,要想唱歌,难啊!"

一天,他对父亲说:"爸,李老师说我的歌唱得好。我想唱歌!"在村里,身体健全的孩子都不敢有唱歌、跳舞的念头,他的想法一时被传为笑谈。村里的人众口一词:"他想当歌星?讲神话呦!"只有他的父亲把他的想法当一回事,认真地说:"儿子,只要你有这个想法,我就一定要让你成为一名歌星!"

他的父亲把他背出了山村,背上了火车,直奔省城。他看见了山外精彩的世界,抑制不住内心的激动,在父亲的背上一路高歌。

当这对父子俩站在某高校音乐系主任家门口的时候,城市已是万家灯火,饭菜的香味冲进他们鼻子,一整天没吃东西的他们越发感到饥肠辘辘。系主任把门打开,他父亲立即跪了下去,央求道:"主任,我儿子有音乐天分,求你收下他吧!"

系主任惊讶地问:"谁说你儿子有音乐天分?"

他父亲说:"我们村小李老师说的。"

系主任委婉地把他们拒之门外。

他们无奈地跨出学校大门,茫然地行走在陌生的城市。

他俩走了很多地方,敲了很多门,都被人冷冷地拒在了门外。他的父亲依然没灰心,背起儿子又踏上了新的求学之路。他们的真诚和执著终于打动了一所民办高校的艺术系主任。他成了音乐班免费的特招生。

　　经过一年的正规训练,原本资质不算好的他在学校赢得了歌王的美誉。他演唱残疾歌手郑智化的《水手》曾让无数观众为之动容。

　　离开学校后,他对父亲说:"我要去北京唱歌!"他父亲二话没说,把他背到了北京。他拄着拐杖跑场子,一声又一声歌唱着美好的生活。

　　几年过去了,他成了业内颇受欢迎的"地下歌星",凭借自己的努力,在北京买了房子,把山村里的家人全接到了首都。他的父亲却因过度劳累,离开了人世。那一年,他 24 岁,他父亲 57 岁。

　　父亲的背是他实现梦想的人生航船,父亲的意志是他超越现实的人生航标。父亲给他温暖,给他力量,给他自信,给他实现人生价值的阶梯。

　　父亲就是打破神话的那个人!

为了不伤害到胆小的儿子,妈妈不但放弃了对儿子的监护权,甚至承担了虐待儿子的恶名。妈妈对儿子的爱,在众人看不到的地方隐藏着,也许连儿子也不会知道。母亲所付出的爱,让每一个人心痛、心动。

人生妙谛
Ren sheng miao di

妈妈不让你上法庭

● 陈志宏

女人与丈夫共苦多年,一朝变富,丈夫却不想与她同甘了。

他提出离婚,并执意要儿子的监护权。

为了夺回儿子的监护权,女人决定打官司。她抛出自己的底线:只要儿子判给自己,其他什么都可以不要。

开庭那天,男方说女人身体差,不宜带小孩,并拿出她以前的住院病历当物证。女人出示前几天由某大医院开具的体检结果,驳倒了男方。

他又说女人欠巨额外债,没有经济能力抚养儿子。女人马上出示男方恶意转移财产、转嫁债务于自己的商务调查函,又一次越过了他的陷阱。

激烈的唇枪舌剑、拉锯式的辩论,女人一直占上风。男方见势不妙,使出杀手锏:女人经常打骂孩子,对儿子造成巨大伤害。儿子不愿和她生活,只想跟我在一起。

审判长传他们的独生子到庭作证,法警走向证人室,准备请那小孩出庭时,女人的脸由红变白,又由白变紫,忽然,她霍的站起来,大声宣布:"审判长、审判员,我——撤诉!"

女人掩面大哭,跑出了法庭。

事后,有朋友问女人:"你真的虐待儿子吗?"

女人无力地摇摇头:"我爱我的孩子,怎么可能虐待他?"

朋友惊诧了:"那你为什么要放弃?"

女人说:"我孩子胆小,一旦出庭作证,必然心灵受伤。我怎么忍心……"

她以泪代语。所有的说辞,在女人那母性的哭泣中都显得那么苍白,那么虚伪。

R 人生妙谛
en sheng miao di

母亲用并不强壮的肩膀托起了五个孩子生存的希望,自己却葬身于火海之中。这就是母亲,她们永远把孩子放在第一位,却从来不会顾及自己的处境,甚至生命的安危。

母亲的姿势

● 吴志强

　　这是一个真实的故事。他们就住在一套用木板隔成的两层商铺里。母亲半夜起床上厕所,突然闻到一股浓浓的烟味,便意识到家中出事了。等丈夫从梦中惊醒,楼下已是一片火海,全家两个女儿三个儿子以及两位雇工都被困在大火中。孩子们被叫醒后,个个如受惊的小兔子,逐一聚拢到母亲身边。幸好阁楼上的天花板只有一层,砸开它,就可以攀上后墙逃生。绝望之余,父亲带着两个雇工砸开天花板,并第一个抢先翻过墙头。父亲出去后,再也没有回来,他只顾呼唤邻居救火。高墙里面,大火离母亲和五个孩子越来越近了。五个孩子中,最高的也仅有1.54米,而围墙竟有两米多高。他们没有一个人能单独攀上去。幸运的是,墙头上有一个雇工留了下来,他一手紧抓房顶横梁,另一只手伸向墙内的母亲和五个孩子。"别怕,踩着妈妈的手,爬上去!"母亲蹲在地上,抓牢大儿子的脚,大儿子用力一蹬,抓住雇工的手攀上了墙头翻身脱离了险境。用同样的办法,母亲把二儿子和小儿子一一举过了墙。

　　此刻,火舌已舔到脚掌,母亲奋力抓起二女儿。此时,她的力气已用尽,浑身不停地颤抖。大女儿急中生智,协助妈妈把妹妹举过了墙。火海中,仅剩母亲和大女儿。大火已卷上了她们的身体,烧着了她们的衣服。大女儿哭着让妈妈离开,但母亲坚决地将女儿拉了过来,拼尽最后一口气,将大女儿托过墙头。当工人再次把手伸向母亲的时候,她竟然连站立的力气也耗尽了,转眼间,便被大火吞没了。墙外,五个孩子声泪俱下地捶打着墙,大喊着"妈妈"。而墙内的母亲再也听不见了,永远地闭上了眼睛。

　　消防人员赶到,20分钟便将大火扑灭。人们进去寻找这位母亲,看到了极为悲壮的一幕:母亲跪在阁楼内的墙下,双手向上高高举起,保持着托举的姿势。

　　这个故事就发生在深圳,人们也将永远铭记这位英雄母亲的名字——卢映雪。

"爸爸，我爱你"，简单的一句话饱含着孩子对父亲的爱，而父亲却因一句"我爱你"流了泪，足见父亲对孩子的爱有多么汹涌澎湃。父爱虽然无声，但父爱坚忍如山。

父爱

● 苏 童

关于父爱，人们的发言一向是节制而平和的。母爱的伟大使我们忽略了父爱的存在和意义，但是对于许多人来说，父爱一直以特有的沉静的方式影响着他们。父爱怪就怪在这里，它是羞于表达的、疏于张扬的，却巍峨持重，所以有聪明人说，父爱如山。

前不久在去上海的旅途上，我带了一本消遣性的杂志乱翻，不经意间翻到了一篇并非消遣的文章，是一个美国人记叙他眼中的父爱。容我转述这个关于父爱的故事，虽说是一个美国人的父亲，但那个美国父亲多年如一日为儿子榨橙汁的细节首先让我想到我的父亲。我父亲则是几十年如一日地早起，为儿女熬粥，直到儿女们一个个离开家。我一直在对比中读这篇文章，作者说他每次喝光父亲榨的橙汁后必然拥抱一下父亲，对父亲说一声"我爱你"，然后才出门。那个美国父亲则接受儿子的拥抱和爱，什么也不说。拥抱在西方的父子关系中是一门必备课，我从来就没有拥抱过我的父亲，但我小时候每天第一眼看见父亲时必然会例行公事地叫一声"爸爸"。到我长大了一些，觉得天天这么叫有点儿烦人，心想不叫他也还是我爸爸，有时就企图蒙混过去。但我父亲采取的方式是走到你前面，用手指指着自己的鼻子，我就只好老老实实一如既往地叫"爸爸"。奇怪的是那美国儿子与我一样，他说他有一天也厌烦了这种例行公事似的拥抱，喝了父亲的橙汁径直想溜出去，那个美国父亲就把儿子挡在门前了，说："你今天忘了什么呢？"这时候我仍然在对比，我想换了我就顺势说"谢谢您提醒我"，然后拥抱一下了事。但美国的儿子毕竟与中国的儿子不同的，他想得太多要得也太多，贸然提出了一个非常强硬的问题，说："爸爸，你为什么从来不说你爱我？"这个美国儿子逼着他父亲说那三个字，然后文章最让我感动的细节就出现了：那个父亲难以发出那个耳熟能详的声音，当他终于对儿子说出"我爱你"时，竟然难以自持，哭了出来！

我读到这儿差点也哭了出来，我仍然在对比我所感受的父爱。我想我永远不会逼着我父亲说"我爱你"，我与那个美国儿子唯一不同的是，知道就行了。父爱假如不用语言，那就让我们永远沐浴这种无言的爱吧。

母爱是世上最无私的爱,母亲往往用最含蓄、最深沉的方式爱着她的儿女。当有一天,儿女们看懂隐藏在母亲那最平淡不过的表情下的心时,才会了解那爱有多深。

人生妙谛
Ren sheng miao di

向儿子"要债"的母亲

● 张治良

说一个日本的嘲讽剧明星兼导演北原武的故事。

每每想到母亲,北原武就头疼。因为母亲总是向他要钱,所以只要他一个月没有寄钱回家,母亲就打电话对他破口大骂,像讨债一样,而且北原武越出名,母亲要钱就越凶。这使北原武百思不得其解。

几年前,母亲去世了,他回故乡奔丧。一回到家,想到自己多年在外,没有好好照顾母亲,真的亏待了老母,不禁悲从中来。母亲虽然老要钱,不过养育之恩比海更深,北原武也就将母亲要钱的事抛到九霄云外,号啕大哭了一场。

"妈妈……妈妈……"北原武哭得比谁都伤心。

办完丧事,北原武正要离开家的时候,他的大哥把一个包袱给了他,对他说:妈妈交代我一定要交给你。北原武伤心地打开小包袱,看到一本银行存折和一封信。

小武,你收到这封信的时候,妈妈已经不能在你身边了。你们几个兄弟姐妹当中,妈妈最忧心的就是你。你从小不爱念书,又爱乱花钱,对朋友太过慷慨,不懂理财。当你说要去东京打拼时,我每天都很担心你。有时半夜惊醒,向神明为你祈福,怕你在东京变成一个落魄的流浪汉,因此我每月向你要钱。一方面希望可以刺激你去赚更多的钱,另一方面也为了储蓄。

我知道,为了这些钱,你讨厌我了,不经常回来看我,我多么痛心……你过去给我的钱,我现在要还给你……儿子啊,我多么希望能够亲手交给你这些钱啊!

你的母亲

存款是用北原武的名义开的户头,存款高达数千万日元。看完了信,北原武哭倒在地上,高喊妈妈,妈妈……

生活无言 <<

我们常说，人在逆境中首先要战胜的不是别人而是自己，战胜了自己也就战胜了别人。我们在最困难的时候战胜了自己，就能顶住外来的压力，成就自己。

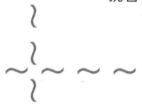

> 爱是善良的源泉，它让每个人的心田都不再贫瘠，让世界处处布满阳光。正是这种爱，为黑暗的地方点燃希望，为寒冷的地方送去温暖，从而将人间变为天堂。

人生妙谛
Ren sheng miao di

7岁的"蚊帐大使"

● 皮 皮

2008年9月，美国各大电视台、报纸，乃至网络都刊登了一个7岁小女孩的巨幅照片，这个叫凯瑟琳的小女孩引起了美国乃至整个世界的轰动……

PBS电视台的这部非洲记录片讲述了非洲有一种叫疟疾的病，每年都会杀死80多万个非洲孩子，算起来平均每30秒钟就会有一个小孩因疟疾而死亡。5岁的凯瑟琳蜷缩在沙发上扳着指头数起数来，当她数到30时，眼里露出了惊恐的表情："妈妈，我们必须做点什么！"

母亲琳达抚摸着女儿的头发让她不要着急，然后上网查找相关资料。她回答凯瑟琳说："蚊子会传染疟疾，有一种泡过杀虫剂的蚊帐可以保护小孩子们不被蚊虫叮咬！"凯瑟琳疑惑地问："那他们为什么不用蚊帐呢？""因为蚊帐太贵了，他们买不起！"

第二天早上，凯瑟琳问琳达："妈妈，如果我不再吃零食，不再买芭比娃娃和故事书，能买一顶蚊帐吗？"这下子，琳达终于明白了凯瑟琳的心思。那天放学后，凯瑟琳亲手把捐赠的第一顶蚊帐送进了邮局。2006年8月，当凯瑟琳又汇出100美元后，很快就收到了"蚊帐协会"特别定制的荣誉证书，证书上郑重地写着："感谢您的10顶蚊帐——致'蚊帐大使'凯瑟琳。"证书中还有一封来自"只要蚊帐"协会乔治先生的信，他在信中说："亲爱的'蚊帐大使'凯瑟琳，很高兴地通知你，你的蚊帐将被送到非洲加纳斯蒂卡村庄，那里常年干旱，有550户人家……"

550户人家?凯瑟琳入神地盯着这个数字，郑重地对妈妈说："帮我告诉乔治叔叔，我会尽快帮加纳斯蒂卡村庄凑够蚊帐的！"凯瑟琳的野心让琳达吃惊不小，不过她很快发现，愿意帮助凯瑟琳完成心愿的人可不止她一个。2006年圣诞节前夕，社区的牧师突然登门拜访，他真诚地说："我简直不敢相信凯瑟琳小小年纪，却有那样罕见的爱心和力量，我想让她去教堂讲演蚊帐募捐的故事！"从那以后，凯瑟琳经常被邀请去讲述蚊帐救人的故事，她不断强调："加纳斯蒂卡村庄有550户人家，他们需要550顶蚊帐……"

凯瑟琳和好朋友们一起精心制作了上百张新的证书，准备给最新一期福布斯富豪排行榜上的每个人都寄一张，向他们募捐！凯瑟琳在一张证书上认真地写道："亲爱的比尔·盖茨先生，没有蚊帐，非洲的小孩会因为疟疾死掉，他们需要钱，可是钱在您那里……"

　　2007 年 11 月 5 日,电视里播放了一条新闻:比尔与梅琳达的盖茨基金会为"只要蚊帐"协会捐献了 300 万美元! 第二天,琳达接到了"只要蚊帐"协会乔治的电话,他激动地对琳达说:"比尔·盖茨基金会的人说,他们通过一张证书联系到了我们,那上面好像说给非洲孩子买蚊帐的钱都在盖茨那里,他们想不拿出来都不行……"乔治和琳达都哈哈大笑起来,笑着笑着,琳达的眼角流出了泪水,她紧紧地抱起自己美丽的女儿凯瑟琳。

　　截至 2008 年 7 月,凯瑟琳已经筹够了 6 万美元,可以买 6000 顶蚊帐——足够拯救近两万人。

人生妙谛
Ren sheng miao di

先贤苏轼曾道:"天下有大勇者,泰山崩于前而色不变,麋鹿头于左而目不瞬。"读罢本文,方知天下亦有大慈悲者如白隐,无端含冤受辱却依旧气定神闲,一句"就是这样吗?"尽显博大心胸,仁哉白隐,智哉白隐!

慈悲与智慧

● 林新居

日本的白隐禅师是位生活纯净的修行者,因此受到乡里居民的称颂,大家都认为他是个可敬的圣者。

有一对夫妇,在他住处附近开了一家食品店,家里有一个漂亮的女儿。不经意间,夫妇俩发现女儿的肚子无缘无故地大起来。

这种见不得人的事,使得她的父母震怒异常。好端端的黄花闺女,竟做出见不得人的事。在父母的逼问下,她起初不肯招认那个人是谁,但经过一再苦逼之后,她终于吞吞吐吐说出"白隐"两字。

她的父母怒不可遏地去找白隐理论,但这位大师不置可否,只若无其事地答道:"就是这样吗?"孩子生下来后,就被送给白隐。此时,他的名誉虽已扫地,但他并不以为然,只是非常细心地照顾孩子——他向邻居乞求婴儿所需的奶水和其他用品,虽不免横遭白眼,或是冷嘲热讽,但他总是处之泰然,仿佛他是受托抚养别人的孩子一般。

事隔一年后,这位没有结婚的妈妈终于不忍心再欺瞒下去了。她老老实实地向父母吐露真情:孩子的生父是在渔市工作的一名青年。

她的父母立即将她带到白隐那里,向他道歉,请他原谅,并将孩子带回。

白隐仍然是淡然如水,他没有表示,也没有乘机教训他们。他只是在交回孩子的时候,轻声说道:"就是这样吗?"仿佛不曾发生过什么事,即使有,也只像微风吹过耳畔,霎时即逝。

白隐超乎"忍辱"的德行,赢得了更多、更久的称颂。

想想我们所遇到的挫折或耻辱,比之白隐,又算得了什么? 白隐泰然自若,淡然处世的情怀,真不愧为一代禅师。

"就是这样吗?"那么慈悲,那么轻柔。那是恒久的忍耐化为无形的坚毅,那是凡事包容化成无上悲悯。

"就是这样吗?"无数的干戈都化成了片片的玉帛。

"就是这样吗?"短短的一句话里蕴涵了无限的慈悲与智慧。

道理就这么简单：一样清澈、甘甜的井水，慷慨地馈赠，得到的是真诚的感激和酬谢，而一味地贪图回报，收到的则是无端的怀疑和冷落。如那句俗语所言"送人玫瑰，手有余香"，多给他人一些滋润，自己也必将得到滋润。

人生妙谛
Ren sheng miao di

甘甜的不只是井水

● 崔修建

在通往某旅游区的路旁，住着一位心地善良的老人。老人有一口井，据说打到了泉眼上，因此不仅水量充裕，而且特别地清澈、甘甜，来往的过路人喝一口他的井水，总忍不住要喝第二口。

在旅游的旺季，那些来自远方城市的大小车辆，总会在老人的小屋前停下来。那些游客中偶有一人喝了老人的井水，总会惊讶得大声地呼唤同伴快来品尝。

于是，众人就拥到老人的井旁，痛快地喝着井水，不住地赞叹，说那井水比他们随身携带的高级饮料还好喝，有的游客干脆倒了饮料，灌上井水；还有觉得不过瘾的，就向老人借个壶装上满满的一壶，带在身上。

老人看着那些城里人畅快地喝着井水，听着不绝于耳的赞美，心里美滋滋的，嘴里不断地让着："好喝，就多喝点儿，这井水喝不坏肚子，还治病呢。"

看老人如此热情，又听说井水还能治病，游客们喝得更来劲儿了。有不少人临走时，还没忘了把大壶小桶装得满满的，说带回去给家里人尝尝。

游客中有人就嬉笑说："老人家，喝你的井水，你应该收费啊。"

老人就摇头："喝点儿水，还收什么费呢？愿意喝，你们就只管喝个够。"

看到老人如此慷慨，很多游客就把身上带的好吃的、好喝的，争着抢着往老人手里塞，说让老人品尝尝他可能没吃过的从城里带来的东西。

老人一再推让不得，就像欠了游客许多似的，忙着跑到园子里，摘些新鲜的瓜果塞到大家兜里，看着他们高高兴兴地吃着、喝着，他也兴奋得跟过年似的。就这样，不知不觉过了好几年，老人和他的那口井不知接待了多少游客。

有一年，老人病了，被他的儿子接到县城里了，他的一个侄子来替他看屋。

游客又来喝井水了，他的侄子见此情景，觉得发财的机会到了，就灌了许多瓶井水，摆放在路口，标价出售。

奇怪的是，竟无人问津。

　　老人的侄子就埋怨：这些城里人真抠，光想不花钱喝水。游客们则议论纷纷：井水都拿来卖钱了，这人挣钱也真是挣绝了，再说他那瓶子干净吗？水里放别的东西了没有？……

　　于是，老人的小屋前，再没了往年热闹的场面，人们下车也只是方便方便，没人去讨水喝，更没有人给老人的侄子送东西了。似乎人们忘了或根本不知道眼前还有一口清泉，那清澈、甘甜的井水，足以让人陶醉。

　　老人病好归来后，又开始免费供应井水，前来喝水的游客又渐渐地多了起来，游客们纷纷地给老人带来很多物品，有的还很贵重，老人推都推不掉，还有不少人真诚地邀请老人去城里做客……

女教师用她对女儿生活细节的记录获得了崇高的评价。我们很少有人会花费20年时间坚持去做一件事，这也是我们没有轻松登上领奖台的根本原因。女教师的执着、坚持和认真使她轰动美国，也让我们懂得了——细节决定成败，平凡造就伟大。

人 生 妙 谛
Ren sheng miao di

爱的诠释

● 争　平

在美国芝加哥的西北角，有一个叫罗爱德的小镇。几个月前，该镇的教育主管部门为镇里一位名不见经传的女教师举办了一次大型摄影展览，展出的都是女教师以女儿为主人公的生活照片。出人意料的是，从美国各地来了2 800多名记者，打破了美国个人摄影展采访人数的历史纪录。2 800多人要吃要住，使得这个只有4 000余人的小镇上大部分家庭成了临时的旅馆。

女教师名叫路易丝，今年46岁，自1991年起她一直在当地小学任教。她相貌平平，与众多的平民百姓一样，她曾经失业，还有一段时间因为经济困难而与丈夫吵架，曾经生病住院两个星期，也曾经举债度日。但她与众不同的就是坚持每天给女儿詹妮照一张相，从女儿出生到20周岁，足足照了20年，照了7 300多张。她把这项活动称为"女儿每天都是新的"。展览馆共有8层展厅，全部用于这次展览。8层展厅被分隔成宽3.5米、长1 500多米的展道，全都挂着詹妮的照片，从她出生到20周岁，以时间为序，一张连着一张。每张照片的规格都是一样的：高23厘米，宽20厘米，下面则写着拍摄时间和简要的说明：

　　今天，詹妮呱呱哭着来到了人间；今天，詹妮在妈妈怀里吃奶；今天，詹妮会笑了；今天，詹妮发烧竟然达到38摄氏度；今天，詹妮会喊爸爸妈妈了；今天，詹妮跟着妈妈上幼儿园……

据说，为了坚持不间断地拍摄，路易丝很少离开女儿

詹妮,万不得已,她就请人代劳。20年间,她先后请丈夫和詹妮的爷爷、奶奶、外公、外婆等13人帮忙照了43张相片。

平心而论,这些照片,从拍摄技术到画面内容,都很平淡或平凡,甚至有千篇一律的弊病。比如詹妮在襁褓中的照片有110多张,坐童车的有90多张,躺着睡觉的有70多张,吃奶的有60多张,在浴缸洗澡的有50多张,吃饭的有1 500多张,看书的有140多张,打球的有90多张……

然而,就是这些平凡之至的照片轰动了整个美国,让全世界为之感动,因为它体现了路易丝对女儿詹妮永恒无私的爱。去年,路易丝因此被评为优秀教师。

永恒就是美丽,执著就是艺术,平凡造就伟大。这是人们对路易丝这种做法的崇高评价。

路易丝的伟大,在于她能够把众人都能够做却不屑于做的事,不但认认真真地做了,而且一做就是20年。

即使是路边石头、夹缝中的一棵小草，也有它生存的权利和意义。很多时候，失败只是因为我们自己的放弃，只要再坚持一下，战胜自己的懦弱，我们就一定会成功。尤其是在最艰难的时候，命运的转机也往往就在那里等待着你。战胜自己，成为生活的强者，你一定会取得成功。

人生妙谛
Ren sheng miao di

成功就是战胜自己

● 余红军

波恩和嘉琳是对孪生兄弟。在一次火灾事故中，消防员从废墟里找到了兄弟俩，他们是这次火灾中仅存的两个人。

兄弟俩被送往当地的一家医院救治，虽然两人死里逃生，但大火已把他俩烧得面目全非。"多么帅的两个小伙子！"医生为兄弟俩感到惋惜。波恩整天对着医生唉声叹气：自己成了这个样子，以后还怎么出去见人，还怎么养活自己？他对生活失去了信心，再也没有活下去的勇气，总是自暴自弃地说："与其赖活还不如死了算了。"嘉琳努力地劝波恩："这次大火只有我们得救了，因此，我们的生命显得尤为珍贵，我们的生活最有意义。"

兄弟俩出院后，波恩还是忍受不了别人的讥讽，偷偷地服了50片安眠药离开了人世。嘉琳却艰难地生活着，无论遇到多大的冷嘲热讽，他都咬紧牙关挺了过来。嘉琳一次次地暗自提醒自己："我生命的价值比谁都高贵。"一天，嘉琳还是像往常一样送一车棉絮去加州。天空下着雨，路很滑，嘉琳车开得很慢。此时，嘉琳发现不远处的一座桥上站着一个人，嘉琳紧急刹车，车子滑进了路边的一条小沟。嘉琳还没有靠近年轻人的时候，年轻人已经跳下了河。年轻人被他救起后又连续跳了三次，直到嘉琳自己差点被大水吞没。

后来嘉琳发现自己救的竟是位亿万富翁，亿万富翁感激嘉琳，和嘉琳一起干起了事业。嘉琳凭着自己的诚心，从一个积蓄不足10万元的司机，成为一个拥有3.2亿元资产的运输公司。几年后医术发达了，嘉琳用挣来的钱做了整容手术。

我们常说，人在逆境中首先要战胜的不是别人而是自己，战胜了自己也就战胜了别人。我们在最困难的时候战胜了自己，就能顶住外来的压力，成就自己。

人生妙谛
R en sheng miao di

> 母爱是天底下最纯粹的爱，如大海波澜壮阔包容一切，又如小溪潺潺润物无声。用感恩的心去回报母爱，用母爱一般的心去回报身边的人。

最美妙的一句话

● 姜钦峰

美国通用电气公司董事长杰克·韦尔奇小时候有口吃的毛病，他曾试图矫正，却收效甚微。口吃给他幼小的心灵蒙上了一层阴影，他深感自卑，变得沉默寡言起来，甚至害怕与人交往，无论什么场合，他总是尽量紧闭双唇，从不轻易开口说话。

有一天，韦尔奇和同学去餐厅吃饭，他点了一份最爱吃的金枪鱼三明治，没想到服务员却给他端来两份。韦尔奇有些奇怪地问："我只点了一份三明治，你怎么给我上了两份呢？"服务员解释说："没有错啊，我明明听到你要两份金枪鱼三明治。"原来，韦尔奇在说："tunasand-wiches"（金枪鱼三明治）的时候因为紧张而说成了"tu-tunasandwiches"而服务员听起来就是"two-tunasandwiches"（"two"在英语里意为"两个"）。同学们为此笑得直不起腰，韦尔奇尴尬万分，委屈的泪水在眼眶里打转。

回到家里，他向母亲哭诉自己的遭遇："只要我开口说话，别人就笑话我，我再也不说话了……"母亲拍拍他的小脑袋，轻描淡写地说："孩子，那是因为你太聪明，所以你的嘴巴无法跟上你聪明的脑袋瓜。"听到这句话，韦尔奇抬起头看了看妈妈，破涕为笑。

韦尔奇依然口吃，依然会遭人嘲笑，但他不再为此感到自卑，因为他对母亲的话深信不疑，相信自己有一颗聪明的脑袋。他发奋学习，35岁获得伊利诺斯大学化学工程博士学位，48岁那年，他成为美国通用电气公司历史上最年轻的董事长和首席执行官。后来，韦尔奇经常提起母亲的这句话。他说："那是迄今为止我听到过的最美妙的一句话，也是母亲送给我最伟大的一件礼物。"

经商不只是简单的买卖行为,还是一种智力的较量。芝麻加上糖,价值就翻了1倍,这是智慧的结晶,也是经验的积累。经营生活也是同样,给生活加点糖,那么生活就会变得甘甜如蜜,人生的价值也会奇迹般地升值。

人生妙谛

R en sheng miao di

给芝麻加上糖

● 吴 茗

香港的社会是一个十分发达的商业社会,许多人都想赚大钱。但是,能够实现这种富豪梦的毕竟只是一小部分人,而丁老头就是其中之一。虽说他不算是非常有钱的超级富豪,但也身家丰厚。

但无论财富有多少,也战胜不了衰老。幸好,他的儿子也已经长大成人,顺利地从美国一所著名的工商大学毕业,即将接手他所创建的这家公司。如何将自己毕生的经验传授给儿子呢? 丁老头陷入了沉思之中。

几天后,丁老头带着儿子离开了公司豪华的办公楼,来到一条破旧的街道。望着儿子迷惑不解的神情,丁老头说道:"你想知道我这几十年来做生意的秘诀吗?"儿子的眼睛立即露出一道亮光,他聚精会神地倾听起来。这时候,丁老头指着街道旁的一间狭小的店铺说道:"这是我开办的第一间商店,从这里渐渐发展成今天这家大企业。"

看看狭小的门面,儿子的脸上露出疑惑的神情。这也难怪,谁会相信一间如此之小的店面,竟能发展成为一家跨国公司。

"你知道一斤芝麻卖多少钱?"丁老头开始问道。儿子笑着答道:"在香港谁都知道,一斤芝麻卖7块钱啊。""那一斤糖呢?""嗯,最多也只卖3块钱。""那一斤芝麻加上一斤糖,值多少钱呢?""这还不简单,一斤芝麻加上一斤糖,正好等于10块钱。"

儿子的脸上露出了微笑,他心中的疑惑更深了,为什么父亲会用这么简单的数学题来考自己呢? 但丁老头摇摇头说道:"不对。"这一结论让儿子目瞪口呆:难道这么简单的数学题,自己都会算错?

丁老头接着说道:"如果你做芝麻糖来卖,一斤芝麻加上

一斤糖，就可以卖出 20 块钱。其实做生意的秘诀就在于此，你只要将不同的东西，按照人们的需要组合起来，就能创造出更大的价值。"

到这时，儿子才恍然大悟，也才知道爸爸的公司之所以能从一间小店发展成如今的规模，其实是因为遵循了这样一个简单却又有效的道理。

其实成功的秘密也大都如此。说起来似乎非常容易，只不过，往往需要人们持之以恒，付出辛劳的汗水，才能获得最终的成功。

有一首歌曲的名字叫"众人划桨开大船",也就是说一个人的力量是有限的,众人的力量是无限的。一颗星星光芒微弱,但满天的星辰却能照亮夜空;一滴水珠容易干涸,但浩瀚的大海却能掀起滔天的巨浪。在生活中,我们要善于听取他人的意见,汇聚众人的点滴智慧,成就自己的非凡人生。

R en sheng miao di

人 生 妙 谛

重复一次别人的话

● 李阳波

朋友是一家大型企业的老板,指挥若定,威风八面,宛如领导千军万马的将军。可是,他就是对儿子没办法,那条存在于父子间的代沟,让他怎么样也无法跨越。每次跟儿子交流,没讲三句话,就又是拍桌子又是打板凳,弄得家里鸡犬不宁。

这天,又是因为儿子的晚归,再次上演"争执剧"。就在双方争得面红耳赤之际,儿子突然把他问住了:"你看,从头到尾,我说什么你都没在意听,那些话是你自己想的,我可没这么说。我们不是要沟通吗?那么,我说什么,你重复一次给我听,再轮到你说,我来重复。"

"喂,我哪有这么多闲心在这里重复来重复去,你是真的想气死我啊!"

"爸爸,我们就试试看吧!否则,这种争执会没完没了的,你再想一想,我到底是怎么说的!"

朋友想了一想,终于承认:"我真的想不起来,你再说一遍好了!"

"好吧,我说,爸爸很能干,儿子一方面很佩服,一方面怕自己跟不上,心里多少有点压力。"

朋友冷静一想,儿子说得合情合理,自己怎么会那么激动?结果这天晚上,他们父子俩竟然可以谈上两个钟头而不吵架。

第二天一大早,朋友就来到公司,因为早上要开一个重要的采购会议,讨论未来所要采购的100万美元的机器,到底要用国产货好,还是用外国货好。依照采购报价,日本机器价格便宜,可总工程师却主张买国产货。

会议当中,朋友让总工程师发表意见,这是一种表面上的礼貌,总工程师也知道,老板多少喜欢独断专行,什么事情早就心有主见,经验告诉他,老板问他只是一种形式,谁不想省钱?老板要买哪一种早就心知肚明,因此,他无精打采,说了不到5分钟便说没意见了。

若是往常,朋友总是会在这个时候大唱独角戏,享受那种权威感,今天竟然是……

"总工程师,我来重复你的要点,你看我说的跟你的意思是不是一样?日本制造的机器,价格虽然便宜东西也不错,可是将来如果出了毛病,要他们来做售后服务,问题就来了,他们的

维修人员因为语言不通无法跟我们直接沟通,找来的翻译对精密仪器又是外行,机器坏在哪儿,我们无法充分了解,下次再发生一样的问题,还要请他们人来,说不定还会耽误生产时间,如此算下来,买国产货比较便宜!"

随着朋友的重复说明,总工程师的眼睛渐渐亮了起来,他打起精神再次补充,就这么你一言我一语的,大家滔滔不绝地讨论起来……

如果要吵架,彼此只顾着反击对方好了;如果是解决问题,就应该诚心去理解对方的想法。重复对方的话,一方面可以让对方放心,知道你们之间没有误解;另一方面,也可以让你在反击或下结论前,把对方的意思消化一下。

这时,你会发现,吵架不再是吵架,而是积极的沟通了。

也许他从来没有说过爱你，也许他不曾对你微笑，但是他却会在心底默默关心你，会用目光鼓励你，会在身后注视着你。这就是父亲，他给了你最宝贵的别样的爱。

R 人 生 妙 谛
en sheng miao di

我看到了一条河

● [英]理查德·布兰森

刚开始学游泳时，我大概有四五岁。我们全家和朱迪斯姑姑、温迪姑姑、乔姑父一起在德文郡度假。我最喜欢朱迪斯姑姑，她在假期开始时和我打赌，如果我能在假期结束时学会游泳，就给我 10 个先令（先令是英国旧币，10 先令相当于半个英镑）。于是我每天泡在冰冷的海浪里，一练习就是几个小时。但是到了最后一天，我仍然不会游泳。我最多只能挥舞着手臂，脚在水里跳来跳去。

"没关系，里克，"朱迪斯姑姑说，"明年再来。"

但是我决心不让她等到下一年。再说我也担心明年朱迪斯姑姑就会忘了我们打赌的事。从德文郡开车到家要 12 个小时，出发那天，我们很早起身，把行李装上车，早早地起程了。乡间的道路很窄，汽车一辆接一辆，慢吞吞地往前开。车里又挤又闷，大家都想快点儿到家。这时我看到了一条河。

"爸爸，停下车好吗？"我说。这条河是我最后的机会，我坚信自己能赢到朱迪斯姑姑的 10 先令。"请停车！"我大叫起来。爸爸从倒车镜里看了看我，减慢速度，把车停在了路边的草地上。

我们一个个从车上下来后，温迪姑姑问："出了什么事？"

"里克看见一条河，"妈妈说，"他想再最后试一次游泳。"

"可我们不是要抓紧时间赶路吗？"温迪姑姑抱怨说，"我们还有很长一段路程呢！"

"温迪，给小家伙一次机会嘛，"朱迪斯姑姑说，"反正输的也是我的 10 先令。"

我脱下衣服，穿着短裤往河边跑去。我不敢停步，怕大人们改变主意。但离水越近，我越没信心，等我跑到河边时，自己也害怕极了。河面上水流很急，发出很大的声响，河中央一团团泡沫迅速向下游奔去。我在灌木丛中找到一处被牛踏出的缺口，涉水走到较深的地方。爸爸、妈妈、妹妹琳蒂、朱迪斯姑姑、温迪姑姑和乔姑父都站在岸边看我的表演。女士们身着法兰绒衣裙，绅士们穿着休闲夹克，戴着领带。爸爸叼着他的烟斗，看上去毫不担心。妈妈一如既往地向我投来鼓励的微笑。

我定下神来,迎着水流,一个猛子扎了下去。但是好景不长,我感到自己在迅速下沉。我的腿在水里无用地乱蹬,急流把我冲向相反的方向。我无法呼吸,呛了几口水。我想把头探出水面,但四周一片空虚,没有借力的地方。我又踢又扭,然而毫无进展。

就在这时,我踩到了一块石头,用力一蹬,总算浮出了水面。我深吸了口气,这口气让我镇定下来,我一定要赢那 10 先令。

我慢慢地蹬腿,双臂划水,突然我发现自己正游过河面。我仍然忽上忽下,姿势完全不对,但我成功了,我能游泳了!我不顾湍急的水流,骄傲地游到河中央。透过流水的怒吼声,我似乎听见大家拍手欢呼的声音。等我终于游回岸边,在 50 米以外的地方爬上岸时,我看到朱迪斯姑姑正在大手提袋里找她的钱包。我拨开带刺的荨麻,向他们跑去。我也许很冷,也许浑身是泥,也许被荨麻扎得遍体鳞伤,但我会游泳了。

"给你,里克,"朱迪斯姑姑说,"干得好。"我看着手里的 10 先令。棕色的纸币又大又新。我从没见过这么多钱,这可是一笔巨款。

爸爸紧紧地拥抱了我,然后说:"好了,各位,我们上路吧!"直到那个时候,我才发现爸爸浑身湿透,水珠正不断地从他的衣角上滴下来。原来他一直跟在我身后游。

母亲对我们的爱,体现在细微之处、点滴之间,而这正是母爱的伟大之处。所以,请不要吝惜你的爱,怀着感恩的心去感受母爱,那才是人类最纯净的情感。

Ren sheng miao di 人生妙谛

瓶水之爱

● 马 德

一个不常出差的年轻人这次要出差,是去很远的地方,而且途中还要辗转好多个地方。

临行前,母亲在一旁为他整理行囊,不一会儿,便装了鼓鼓囊囊的一大包东西。他一边翻拣着背包一边露出不以为然的笑意,因为里边除了必要的物品之外可带可不带的东西实在是太多。他对母亲说:"出远门,不需要拿这么多东西的。"于是,他把母亲装进去的东西又一件一件地拿了出来。他怕伤了母亲的心,每拿出一件的时候,都要简单地解释一下。

到后来,他翻出一瓶水,用很大的塑料瓶盛着的一瓶水,他随即把这瓶水也拿了出来。心想带这个实在没必要,火车站、码头,到处有卖水的地方,一两元一瓶的矿泉水,极便宜的。带一瓶水,多重啊。虽然他依旧是笑着解释不带的理由,但看得出来,他心里多少有些责备母亲在帮倒忙了。

在此之前,母亲一直静静地站在一边,任由儿子把她装进去的东西,再一件一件地拿出来。但当儿子拿出这瓶水的时候,母亲似乎并没有听儿子的解释,便抓起那个瓶子,重新塞进背包里,嘴里念叨着:"这个你一定得带上,这个你一定得带上。"

母亲还未放妥当,谁知儿子又一次把水瓶扔出来。水瓶落在床上,发出一声闷响。"带这个干什么,这么重,谁愿意背!"看来他有些不耐烦了。

空气似乎凝滞了一会儿。最后还是母亲打破了这片刻的沉闷,她有些踌躇地走过去,把那瓶水又重新装进了包里,说:"还是带上吧,重就重些,这次你去的地方远,妈怕你水土不服,特意为你装了一大瓶家乡的水。"

母亲接着说:"在你很小的时候,第一次带你回东北的老家,你却闹起了肚子,那时候妈妈不懂,害得你闹肚子好长时间,人也瘦了许多,后来,听说这叫水土不服。老辈人讲,到了一个生地方后先喝几口家乡水,情况就好些,妈把这话牢牢地记在了心里。以后再带你回爷爷家,妈在大背包中,总是忘不了带上一大瓶家乡的水。别说,这一招还真管用。这回就为你准备了这瓶水,心想带上终归没有坏处的。"

这次儿子没再拒绝,泪眼模糊地看着母亲为他所做的一切。

　　我们或许并不是每时每刻都能意识到平淡的生活中其实蕴藏着许多爱的细节。它琐碎、细小，像一丝风，似一缕雾，淡淡的，藏在生活某个不起眼的环节上。或者说，它更像是一滴水，早已默默地渗透在生活的深处。可惜，活得很粗糙的我们，往往感受不到。就像这瓶水，我们更多的时候只把它简单地看成一瓶水，殊不知，在水的晶莹中，蕴涵着母亲那玲珑剔透的爱心。

母亲对儿子的爱不因他的身份而改变，即使不能相见，也要用声音传递一份关爱。母亲爱的呼喊可以唤醒儿子的良知。而做儿子的，不管怎样，都要对得起这份爱。

R 人 生 妙 谛
en sheng miao di

替我叫一声妈妈

● 盒 子

大木被抓起来的时候他哭了。

大木不是为自己哭，大木是为他的母亲哭。大木说，自己守寡的母亲就自己这么一个儿子，自己坐牢，母亲谁来照料呀？大木说到这，就捶胸顿足，悔不当初，一张脸哭得像泛滥的河。

大木被抓那天，母亲没有哭，只是在大木真的要被带走的时候，母亲突然扑通一下给警察们跪下，堵在了门口。

但大木还是被带走了。大木被塞进警车的一刹那，还回头哭嚷着："妈——你没儿子了！"这喊声像鞭子一样抽着母亲的心。

大木被带走后，母亲就去看大木，可每次母亲都看不到。在看守所的大门外，母亲对看守所的警察说："我想看看我的儿子大木。"警察说现在还不能看。母亲说："那啥时候能看呢？"警察说再等些时候。母亲就在看守所的高墙外绕啊绕，绕啊绕，泪水在看守所的高墙外湿了一地。结果不到三天，母亲的眼就瞎了。

大木不知道。瞎了的母亲每天只能在看守所的高墙外摸索着绕啊绕，绕啊绕，天黑了都不晓得。

后来，有人对母亲说，在看守所放风的时候，爬上看守所旁边的小山坡，就可以看见大木了。母亲信以为真。

母亲终于找到了那个小山坡。母亲刚爬上山坡，她就感觉到山坡下有很多人，她坚信儿子大木就在里面。母亲在山坡上摸索了一块平整的地方坐好，就激动地开始一边哭一边喊道："大木——大木——你在哪儿？妈来看你了！

大木——大木——你在哪儿？妈来看你了！……"也不知母亲喊了多少遍。就在母亲流不出泪喊不出声的时候，突然，从山坡下传来一阵喊声——大木跪在人群中，拼命地磕着头，并撕心裂肺地喊着，不停地喊着。

原来，在山坡下放风的大木真的发现了母亲。母亲一听到大木的声音，就颤抖着站了起来，唤得更勤，一双手摸向远方，平举得像一把飞翔的梯。

母子呼应的场面，让所有在场的人都刻骨铭心，也让所有人的那面心灵之旗，在泣然中露出悔恨。

就这样，一天又一天，一月又一月。母亲都准时地在大木放风的时候坐在山坡上，大木也都在山坡下举着手臂对着山坡不停地挥着、喊着。大木不知道母亲根本看不见他的挥手，母亲也不知道山坡下的人，哪一个是她的儿子大木。

大木在看守所被看押了一年后，就要被执行枪决了。大木被判的是死刑，缓期一年执行。大木即将在一声枪响之后，结束他因罪恶而不能延续的生命。

大木临赴刑场那天，哭着对同监舍的人说："你们也知道，我妈妈每天都要到对面的小山坡上呼唤我的名字，风雨无阻！她的眼睛瞎了，听不到我的声音她会哭的，所以我走了后，你们谁听到，都要替我叫一声'妈'！"大木说完后就泪流如注了。

监友们听后，都点着头哭了。

那是一个风雨交加的晚上，母亲又要到山坡上看大木。所有的人都劝母亲不要去了，可母亲坚持要去，说大木还等着她呢，说见不到她大木会难过的，说见不到她大木会难熬的。于是，母亲就蹒跚着走进雨中。

路上，雨越下越大。

等母亲艰难地爬上山坡的时候，她的衣服鞋子全湿透了，浑身都水淋淋的。可母亲却无比高兴。母亲整理好雨披就坐在山坡上开始无限怜爱地喊着："大木——大木——妈又来看你来了……大木——大木——妈又来看你来了！"

母亲的喊声在空旷的山坡上回旋着，荡漾着，像一片无际的森林，在肆意吞吐着表情深处泣血的呼吸。

风一直刮，雨一直下。

其实，母亲看不到，山坡下已经没有了她的儿子大木。

其实，母亲看不到，就在此刻，山坡下有274名犯人正在雨中，朝她深深鞠着90度的躬。

母亲的观察力是细致入微的,她能从每一个细节中,看穿孩子的谎话,知道他们生活得好不好。瞒过母亲的眼睛,让她生活得快乐,这是孩子的懂事,更是母亲的欣慰。

R人 生 妙 谛
R en sheng miao di

爱到深处细如丝

● 丛中笑

父亲病逝,家里欠了一大笔债务。办完后事第三天,18岁的我就加入了南下打工的队伍,进了一家大型的汽车修理公司。

带我的师傅姓史,五十多岁,他有两个很特别的嗜好:一是没事就用指甲剪上的小锉子锉指甲,二是爱替别人洗衣服。

9个月后我终于攒下1 000元钱,给母亲汇完款后我突然想到应该给她写封信,于是就利用午休时间在办公室随便找了一张包装纸写起来。也许是我太投入了,史师傅进来我都不知道,直到他用手敲桌子我才抬起头。他说:"你明明在这里干着又脏又累的活,为什么说你的工作很轻松?"我红着脸说:"我不想让母亲为我担心。"

师傅点了点头说:"游子在外,报喜不报忧,这一点你做得很好,但是你用这么脏的一张纸给母亲写信,她会相信你的工作很轻松吗?"

史师傅看着窗外,缓缓地说:"我很小就没了父亲,20岁那年母亲得了偏瘫,腰部以下都不能活动。我四处求医问药,最后这个城市的一个老中医告诉我,坚持做按摩治疗,有1%的康复可能,于是我就带着母亲来到了这里。我在这家公司找了一份活干,那时条件没有现在好,我比你们要辛苦多了。在这里拿到第一笔薪水那天,我买了好多母亲喜欢吃的食品带回家,在我递上给她削好的苹果时,她拉住我的手说:'给妈妈说实话,你到底做什么工作?你不要累坏自己啊!'我说:'我在办公室工作啊,很轻松的。'母亲生气地说:'孩子,你的手这么黑而且指甲缝里全是黑糊糊的

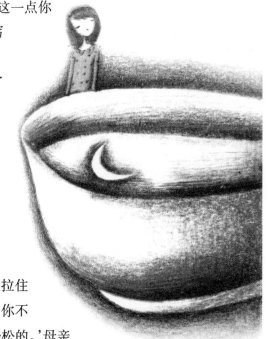

机油,你干的活肯定又脏又累,你骗不了妈妈的。'一时间我不知道怎样回答母亲,便借故给她洗衣服从屋子里逃了出来。等我洗好衣服的时候惊奇地发现我的手是那么白,顿时我就有了主意。第二天干完修车的活后,我便剪短、锉平了自己的指甲,然后又把同事的工作服洗了才回家,因为洗的衣服越多手越白。回家后,我告诉母亲,我重新找了一份坐办公室的工作。母亲检查我的手后笑了。为了拿到相对多一些的薪水给母亲治病,我一直在这家效益不错的公司待到现在。"

史师傅说完从他抽屉里拿了一沓信笺纸给我。最后,我在那洁白的纸上写下:"亲爱的妈妈,我在这里一切都好,工作也很轻松……"

一个没有做过母亲的女人是不完整的,文中的"母亲"用谎言来弥补她的不完整,这种谎言让人心痛,更让人震撼,是母爱的魅力让她有了这样的记忆力,也是母爱这种本能让她对生育女儿有了如此多的幻想。

人 生 妙 谛
Ren sheng miao di

母亲的记性

● 莫小米

　　某城市报纸的编辑部收到一封言词恳切的信,是一位母亲写来的。30年前这位母亲因家庭贫困将亲生女儿送了人,而最近,她想见一见孩子的念头愈来愈强烈,便想到了媒体。"能通过你们寻找我的女儿吗? 我没有任何要求,就想见一见她。"信中附了女儿小时候的照片。

　　对此编辑部意见不一,骨肉团聚自然是好事,但又怕扰乱了另一个原本平静的家庭。这时,有位中年女编辑讲了一段故事——

　　那是一个很普通的、爱唠叨的女人,甚至她唠叨的内容也平淡无奇。她有个女儿,她总是不厌其烦地述说着生养女儿的种种细节:

　　你们知道我怀孕那时,反应可比谁都重哪,一动就要吐,一动就要吐的呀。医生让我在床上躺着,奖金都扣了好几个月呢……

　　快要生了,医生说胎位不正,小家伙头不肯掉过去,犟脾气从小就有呢……

　　难产,当然是难产啦。痛得我要死要活,又是大热天,人像从水里捞出来一样……

　　是的呀,我生这孩子时年纪已经不轻了,现在老是腰酸,就是那时落下的……

　　这类话永远有人听,尤其是快做母亲的女人;这类话永远有人说,毕竟做母亲的过程刻骨铭心。但有些人随着岁月流逝,孩子长大渐渐也就少说或不说了,只有那个女人一直兴趣盎然地说着说着,熟悉她的人发现她越说越详尽,越说越枝繁叶茂了。有人说她记性可真好啊。

　　说穿真相是残酷的,所以周围几个知情人很默契地从来也不去点破她。事实是,那个女儿是她抱养的,她从未生育。

　　女编辑讲完后补充一句:这可是真事儿。

　　已经写好的寻人稿件被暂时压了下来……

母亲的纽扣

母爱创造了绝美的艺术,那是美轮美奂的爱的艺术,是心血炼就的结晶。两排倒八字形的纽扣,充满了儿子的悔恨和对母亲的无限的愧责。不要等到失去了才知道珍惜,爱你的父母,这是最纯正的道德。

人生妙谛
Ren sheng miao di

● 一 冰

　　他还记得,那年他过 12 岁生日时还在上学,老师自然没有理由为他放假。一大早,母亲就把他从被窝里拽出来,他躲闪着母亲冰凉的手,还想再赖一会儿床,就听母亲说:"你看这是什么？"

　　他睁开眼睛,面前是一件新衣服,并且正是他梦寐以求的那种军装式样,双排铜纽扣,肩上有三道蓝杠,这是在同学们中正"流行"的。他一下子兴奋起来,三下两下穿上衣服,连长寿面都吃得慌慌张张——他要去学校里跟同学们炫耀一下,他也有一件自己的新衣服了,而且是最"时髦"的！要知道,从小到大,他都是穿哥哥的旧衣服,补丁摞补丁呀。

　　果然如他所料,当他一走进教室,同学们的眼光都瞪直了,他们都没想到,一向灰头土脸的他也有这么光彩夺目的时候。

　　他在自己的座位上心情愉快地上完第一节课,课间时分,同学们都围拢在他的周围,翻看他的新衣服。有个同学忽然问:"咦,你的纽扣怎么跟我们的不一样呢？"他这才认真看起了自己的纽扣,还真的不一样,别人的纽扣是双排平直的,而他的纽扣却是斜的,两排成倒八字形。

　　同学们翻看他的衣服,忽然都笑了起来,原来他的白衣服被纽扣扣住的地方是一块黄色的旧布。他也明白了,一定是母亲买的一块布头,布头不够做衣服,只好在里面衬上一块别的布,为了怕别人看出来,纽扣只好歪到了一边;而为了让别人看不出来,母亲又别出心裁地把另一排纽扣也斜着钉,自然就成了倒八字形。

　　知道了真相,同学们"轰"地一下全笑了,眼里又恢复了往日讥诮的神色。那些目光激起了他心里的一团怒火。中午回到家,当着来客的面,他剪碎了自己的新衣服。母亲冲到他面前,高高扬起的手,终于没能落下来,他瞥到母亲的泪水在眼眶里打着转,转头跑了……

　　他分明感觉到,从那天起,母亲像是变了个人似的。父母做的是磨豆腐的生意,母亲平时都很少闲过,那以后就更是连喘口气的时间都不给自己留。他眼看着母亲消瘦下去,眼看着母亲倒下去……他很想对母亲说一句"对不起",可再也没机会说了。

　　但他继承了母亲的傲骨和勤奋,他努力地学习,使自己的生活发生了翻天覆地的变化,他拥有了很多很多的钱，把母亲的坟墓修葺了一遍又一遍。

有一天，他参加了一个服装展示会，那都是世界顶级的服装设计大师的作品。中间有一个男模特走上场，他的眼睛一下子直了，脑子里面嗡嗡乱响——那白色的衣服，倒八字的铜纽扣，里面是不是？……他情不自禁地冲上了舞台，翻开那个男模特的衣服，里面衬的竟然也是一块黄布！

他跪在那男模特的面前放声痛哭。

当听他讲完了他的故事后，全场的人都沉默良久。最后，一位设计大师说："其实，所有的母亲都是艺术家！"

> 母亲总是想为我们安排好一切，无论是在生前还是身后。她不放心的永远是最疼爱的孩子。即便她有一天不在我们身边了，但我们依然能够感受到那包围在我们身边的浓浓的爱。

Ren sheng miao di 人生妙谛

流泪的故事

● 春　潮

我的妻子爱珍是在冬天去世的，她患有白血病，只在医院里挨过了短短的三个星期。

我送她回家过了最后一个元旦，她收拾屋子，整理衣物，指给我看放证券和身份证的地方，还带走了自己所有的照片。后来，她把手袋拿在手里，要和女儿分手了，一岁半的雯雯吃惊地抬起头望着妻子问："妈妈，你要到哪去？""我的心肝，我的宝贝。"爱珍跪在地上，把女儿拢住，"再跟妈亲亲，妈要出国。"

她们母女俩脸贴着脸，爱珍的脸颊上流下两行泪水。

一坐进出租车中，妻子便号啕大哭起来，身子在车座上匍匐、滑动。我一面吩咐司机开车，一面紧紧地把她搂在怀里，嘴里喊着她的名字，等待她从绝望中清醒过来。但我心里明白，实际上没有任何女人能够做得比她坚强。

妻子辞别人世二十多天后，从"海外"寄来了她的第一封家书，信封上贴着邮票，不加邮戳，只有背面注有日期。我按照这个日期把信拆开，念给我们的雯雯听：

心爱的宝贝儿，我的小雯雯：

你想妈妈了吗？妈妈也想雯雯，每天都想，妈妈是在国外给雯雯写信，还要过好长时间才能回家。我不在的时候，雯雯听爸爸的话了吗？听阿姨的话了吗？

最后一句是："妈妈抱雯雯。"

这些信整整齐齐地包在一方香水手帕里，共有 17 封，每隔几个星期我们就可以"收到"其中的一封。信里爱珍交待我们按季节换衣服，以及如何根据孩子的发育补充营养等等。读着它们，我的眼眶总是一阵阵地发潮。

爱珍的温柔话语和口吻往往能使雯雯安安静静地坐上半个小时。逐渐地，我和孩子一样产生幻觉，感到妻子果真是远在日本，并且习惯了等候她的来信。

第九封信，爱珍劝我考虑为雯雯找一个新妈妈，一个能够代替她的人。"你再结一次婚，我也还是你的妻子。"她写道。

一年之后，有人介绍我认识了现在的妻子雅丽。她离过婚，气质和相貌上都与爱珍有相似之处。不同的是,她从未生育,而且对孩子毫无经验。我喜欢她的天真和活泼,唯有这种性格才能够冲淡一直笼罩在我心头的阴影。我和她谈了雯雯的情况,还有她母亲的遗愿。

"我想试试看,"雅丽轻松地回答,"你领我去见见她,看她是不是喜欢我。"

我却深怀疑虑,斟酌再三。

四月底,我给雯雯念了她妈妈写来的最后一封信,拿出这封信的时间距离上封信相隔了6个月之久。

> 亲爱的小乖乖:
>
>   告诉你一个好消息:妈妈的学习已经结束了,就要回国了,我又可以见到你和爸爸了! 你高兴吗? 这么长时间了,雯雯都快让妈妈认不出来了吧? 你还能认出妈妈吗?
>
>   ……

我注意着雯雯的表情,使我忐忑不安的是,她仍然在一心一意地为玩具狗熊洗澡,仿佛什么也没有听到。

我欲言又止。忽然想起雯雯已经快三岁了,她渐渐地懂事了。

一个阳光明媚的星期日,我陪着雅丽来到家里。

"雯雯",此刻我能感觉到自己声调的颤抖,"还不快看是不是妈妈回来了?"

雯雯呆呆地盯着雅丽,尚在犹豫。谢天谢地,雅丽放下皮箱,迅速走到床边,拢住了雯雯:"好孩子,不认识我了?"

雯雯脸上表情瞬息万变,由惊愕转向恐惧,我紧张地注视着这一幕。接着……发生了一件我们没有预料到的事。孩子丢下画报,放声大哭起来,哭得脸面通红,她用小手拼命地捶打着雅丽的肩膀,终于喊出声来:"你为什么那么久才回来呀? "

雅丽把她抱在怀里,孩子的胳膊紧紧揽住她的脖子,全身几乎痉挛。雅丽看了看我,眼睛里立刻充满了泪水。

这一切都是孩子的母亲一年半前挣扎在病床上为我们安排的。

平凡而又伟大的亲情能改变孩子的一生。文中的父亲把快乐与幸福带给孩子,而他自己则默默地忍受着不幸与误解。他以一种全身心投入的爱为孩子谱写出了亲情的乐章。

Ren sheng miao di
人生妙谛

天底下最伟大的父亲

● 里斯·纳尔松 杨柳岸 译

从记事起,布鲁斯就知道自己的父亲与众不同。父亲的右腿比左腿短,走路总是一拐一拐的,不能像其他小朋友的父亲那样,把儿子顶在头上嬉戏奔跑。父亲不上班,每天在家里的打字机上敲呀敲,一切都显得平淡无奇。布鲁斯很困惑,母亲怎么愿意嫁给这样的男人并和他很恩爱呢?母亲是个律师,有着体面的工作,长得也很好看。

小的时候,布鲁斯倒不觉得有个瘸腿的父亲有何不妥。但自从上学见了许多同学的父亲后,他开始觉得父亲有点窝囊了。他的几个好朋友的父亲都非常魁梧健壮,平日里忙于工作,节假日则常陪儿子们打棒球和橄榄球。反观自己的父亲,不但是个残疾人,没有正经的工作,有时还要对布鲁斯来一顿苦口婆心的"教导"。

像许多年轻人一样,布鲁斯喜欢打橄榄球,并因此和几位外校的橄榄球爱好者组成了一个队伍,每个周日都聚在一起玩。那个周日,和往常一样,布鲁斯和几个队友正欢快地玩着,突然来了一群打扮怪异的同龄人,要求和布鲁斯他们来一场比赛,谁赢谁就继续占用场地。这是哪门子道理?这个球场是街区的公共设施,当然是谁先来谁用。布鲁斯和同伴们正要拒绝,但见其中两个将头发染成五颜六色的少年面露凶光,摆出一副不比赛你们就甭想玩的样子。布鲁斯和同伴们平时虽然也爱热闹,有时甚至也跟人家吵吵架,但从不打架。看到来者不善,他们勉强点头同意了。

比赛结果是布鲁斯他们赢了。可恶的是,对方居然赖着不走。布鲁斯和同伴们恼火了,和一个自称头头儿的人吵了起来。吵着吵着，对方竟然动手打人。一股抑制不住的怒火像火山一样爆发了，布鲁斯和同伴们决定以牙还牙。

争斗中，不知谁用刀子把对方一个人给扎了，正扎在小腿上，鲜血淋淋，刀子被扔在地上。其他同伴见势不妙，一个个都跑了，就剩下布鲁斯还在与对方厮打，结果被闻讯而来的警察抓个正着，于是布鲁斯成了伤人的第一嫌疑犯。

很快，躲在附近的布鲁斯的几个同伴也相继被找来了，他们没有一个承认自己动了手。事情也几乎有了定论，伤人的就是布鲁斯。虽然对方伤势不重，但一定要通知家长和学校。布鲁斯所在的中学以校风严谨著称，对待打架伤人的学生处罚非常严厉。布鲁斯懊恼不已，恨自己看错了这些所谓的朋友。然而，布鲁斯越是为自己辩解，警察就越怀疑他在撒谎。

一个多小时以后，布鲁斯的父母和学校负责人在接到警察的电话通知后陆续赶来了。第一个到的是父亲。布鲁斯偷偷抬眼看了看父亲，马上又低下了头。父亲显得异常平静，一瘸一拐地走到布鲁斯面前，把布鲁斯的脸扳正，眼睛紧紧盯着布鲁斯，仿佛要看穿他的灵魂。"告诉我，是不是你干的？"布鲁斯不敢正视父亲灼灼的目光，只是机械地摇了摇头。

接着校长和督导老师也来了，他们非常客气地和布鲁斯父亲握手，并称他为韦利先生。父亲不叫韦利，但韦利这个名字听上去很熟悉。

布鲁斯的父亲和校长谈了一会儿后，布鲁斯听见父亲对警察说："我的儿子，我最了解。他会跟父母斗气，会与同伴吵嘴，但是，拿刀扎人的事他绝对做不出来，我可以以我的人格保证。"校长接口说："这是著名的专栏作家韦利先生，布鲁斯是他的儿子。布鲁斯平时在学校一向表现良好，我希望警察先生慎重调查这件事。有必要的话，请你们为这把刀做指纹鉴定。"

父亲和校长的那番话起了作用。当警察对布鲁斯和同伴们宣布要做指纹鉴定时，其中一个叫洛南的男孩终于站出来承认是自己干的。那一刻，布鲁斯抑制不住的泪水夺眶而出，他第一次扑在父亲怀里，大哭起来。此刻的他，觉得父亲是如此的伟岸。哭过之后，母亲也赶来了。布鲁斯迫不及待地问母亲："爸爸真是那位鼎鼎大名的作家韦利吗？"母亲惊愕了一下，说："你怎么想起这个问题？"布鲁斯把刚才听到的父亲与校长的对话告诉了母亲。

母亲微笑着点了点头："这是真的。你爸爸曾是个业余长跑能手。在你两岁的时候，你在街上玩耍，一辆刹车失灵的货车疾驰而来。你被吓呆了，一动不动。你父亲为了救你，右腿被碾在车轮下。你父亲不让我透露这些，是怕影响你的成长，也不让我告诉你他是名作家，是怕你到处炫耀。孩子，你父亲是天底下最伟大的父亲，我一直都为他感到骄傲。"

布鲁斯激动不已，他万万没有想到，自己引以为耻的父亲，曾经被自己冷落甚至伤害的父亲，会在自己最需要的时候，给予自己无比的信任。他知道，从扑到父亲怀里大哭那一刻，才真正明白父亲的伟大。

> 母亲不会考虑自己的安危,当孩子身处险境时,只求孩子平安无事,即使付出生命也在所不惜。勇敢是母亲的本能,它把母亲发自肺腑的爱淋漓尽致地表现了出来。

人生妙谛
Ren sheng miao di

勇敢是母亲的本能

● 感 动

在 2005 年 5 月 18 日下午,辽宁省新民市华美小区 50 栋 4 层一户居民家里,静谧,和谐。

女主人单丽新在卫生间里洗衣服,丈夫张先生在卧室里接听一个电话,三岁的女儿正在那张小床上睡觉,单丽新的母亲在厨房里为一家人准备晚餐。

七点半左右,当单母偶然推开卧室的房门时,发现床竟是空着的,三岁的外孙女儿不见了。正在卫生间洗衣服的单丽新与丈夫听到母亲的叫喊后大吃一惊,急忙四处寻找。女儿的床挨着窗户,窗户是开着的,顺着窗户从四楼向下看时,一家人心痛欲碎,他们看到了从窗户失足摔到二楼平台的女儿。

此时,不懂事的女儿正啼哭着一点一点爬向平台的边缘,形势千钧一发。

看着爬向死亡边缘的女儿,赤着脚的单丽新不顾一切地就要从窗口跳下去。母亲拽住她的衣服,说:"闺女,你可千万不能跳啊!"单丽新哭着说:"妈,我也要我闺女!"说完,这位年轻母亲如一只轻盈的蝴蝶,从 12 米的高空飘然而下。

当老母亲再次睁开眼睛时,她看到,三楼铁窗护栏上挂着半截血淋淋的手指头。

从 12 米高空跳下后,单丽新一把拽住距离平台边只有半米的女儿,把她搂在怀里。

这是二楼与三楼之间的一块很狭窄的平台,前面是半空,头顶上是三楼居民设置的防盗铁栅栏。单丽新进退不得,只能抱着孩子蹲在那里。就在这时,她突然发现女儿的内外衣黏糊糊的都是血,但孩子并没有受伤,哪来的血?这一刻,她才突然发现自己的右手小拇指没了半截,一阵钻心的疼痛随之而来。

搂着怀中哇哇大哭的孩子,单丽新也像个孩子似的对楼上的母亲大喊:"妈,我的手指没了,怎么办啊!"妈妈在楼上哭着安慰她说:"不怕,不怕,能接上,千万别慌。"

20 分钟后,三楼的一户居民闻讯赶回来了。这家的主人毫不犹豫地用斧头劈开自家的铁窗栅栏,救出了这对母女。

事后,单丽新说:"当时没有时间想什么,听到女儿的哭声,我的心都要碎了,我就跳下去了。"

母亲的勇敢不需要理由,因为这是她的本能。

虽然父亲最终没能为女儿买回那架真的钢琴,但那纸钢琴上一样凝聚着父亲对女儿深深的爱。虽然父亲虔诚的心愿最终落空,但我们看到了一位平凡的父亲永恒的爱!

R 人 生 妙 谛
R en sheng miao di

纸钢琴

● 乐　靓

女儿酷爱音乐。

每天清晨,当对面阳台上响起琴声时,她便痴痴地趴在阳台上静静地聆听。她多想有一架自己的钢琴……不,不,哪怕能摸一摸,坐上去弹一次也好啊!

一天,父亲来到阳台,看到女儿趴在阳台上,十指在阳台上跳跃着,父亲便有了一桩心事。

女儿从没见过父亲买一件像样的衣服,穿在他身上的总是洗得发白的工作服。女儿知道应该铆足劲儿学习。她想,将来一定要考上音乐学院,那样,就可以天天弹钢琴了。

父亲似乎比以前忙了许多,每天很早出去,很晚回来,裹着满身泥灰,倒头便睡。

日复一日,女儿不知父亲为何如此拼命,却知道父亲的白发她已经再也数不清了。

年复一年,5 年过去了,女儿考上了最好的高中。

父亲去银行取出了存款。一路上父亲陶醉在喜悦中,却不知道背后跟着一双邪恶的眼睛。他来到商店,走到一架钢琴前。这是一架锃亮的立式钢琴,标价:1.8 万。"够了。"他想,于是叫来售货员。当他满心欢喜地将紧攥在手里的工具包打开时,一条被刀划开的口子凝固了他的笑容。

父亲茶饭不思,一下子憔悴了。担忧笼罩着女儿的眼眸。几天后,父亲拿出一样东西:一块木板,上面贴着厚纸,画着键盘。父亲说:"爸爸没用,本来想给你买架真钢琴的……"女儿第一次看到了父亲的泪水。"爸爸!"女儿不知道发生了什么,但她什么都明白了。

她坐过去,十指轻快地跳跃在琴键上,周身沐浴着暖暖的父爱,心中响起父爱谱写的旋律,她泪流满面,如痴如醉。

父亲的自行车是破的,但他的爱每天都是新的。那辆破旧的自行车载满了父亲对儿子浓浓的爱。岁月的流逝是无情的,但父亲与儿子间的深情却永远也不会褪色。

人生妙谛
Ren sheng miao di

父亲的自行车

● 余 杰

　　有人说,10岁的小孩子崇拜父亲,20岁的青年人鄙视父亲,40岁的中年人怜悯父亲。然而,对我来说,这个世界上父亲是唯一值得一辈子崇拜的人。

　　父亲是建筑师,工地上所有的工人都怕他,沙子与水泥的比例有一点儿差错也会招来父亲的痛斥。然而,父亲在家里永远是慈爱的,他的好脾气甚至超过了母亲。在县城里,父亲的自行车人人皆知,每天早晚,他风雨无阻地骑着"吱吱嘎嘎"的破车接送我和弟弟上下学。那时,我和弟弟总手拉着手跑出校门,一眼就看见站在破自行车旁穿着蓝色旧中山服焦急地张望着的父亲。一路上,两个小家伙叽叽喳喳地说个不停,而父亲一直能一心两用,一边乐滋滋地听着,一边小心翼翼地避过路上数不清的坑坑洼洼。等到我上了初中,父亲的车上便少了一个孩子;等到弟弟也上了初中,父亲便省去了一天两趟的奔波。可父亲似乎有些怅然若失,儿子毕竟一天天长大了。

　　收到大学寻取通知书的那天,我兴奋得睡不着觉。半夜听见客厅里有动静,起床看,原来是父亲,他正在台灯下翻看一本发黄的相册。看见我,父亲微微一笑,指着一张打篮球的照片说:"这是我刚上大学时照的!"照片上,父亲生龙活虎,眼睛炯炯有神,好一个英俊的小伙子!此刻,站在父亲身后的我却蓦然发现,父亲的脑后已有好些白发了。父亲一出世便失去了自己的父亲,惨痛的经历使他深刻地意识到父亲对儿子的重要性。因此,在他的生活里,除了工作便是妻儿,他不吸烟不喝酒,不钓鱼不养花,在办公室与家的两点一线间,生活得有滋有味。辅导儿子的学习是他最大的乐趣,每天的家庭作业父亲都要一道道地检查,认认真真地签上家长意见,每次家长会上他都被老师称赞为"最称职的家长"。母亲告诉我一件往事:我刚一岁的时候,一次急病差点夺去了我的生命。远在千里之外矿区工作的父亲接到电报时,末班车已开走了,他跋山涉水徒步走了一夜的山路,然后冒险攀上一列运煤的火车,再搭乘老乡的拖拉机,终于在第二天傍晚奇迹般地赶回了小城。满脸汗水和灰土的父亲把已经转危为安的我抱在怀里,几滴泪水落到我的脸上,我哇哇地哭了。"那些山路,全是悬崖绝壁,想起来也有些后怕。"许多年后,父亲这样淡淡地提了一句。

父亲是个不善于表达感情的人，与父亲在一起，沉默的时候居多，我却能感觉出自己那与父亲息息相通的心跳。离家后收到父亲的第一封信，信里有一句似乎很伤感的话："还记得那辆破自行车吗？你走了以后，我到后院杂物堆里去找，却锈成一堆废铁了。"我想了许久，在一个阳光灿烂的早晨给父亲回信："爸，别担心，那辆车每天晚上都在我的梦里出现呢。我坐在后面，弟弟坐在前面，您把车轮蹬得飞快……"

人生妙谛
Ren sheng miao di

母亲的心，至死不变，她不关心财富、地位，只担心孩子的身体是否健康。吃饱穿暖，平安一生，就是她对儿女最大的企盼。母爱，体现在袖口上，展现在细节中，弥漫在儿女心里。

袖口上的母爱

● 心 灵

祖母病危，父亲领着母亲和我们兄妹急匆匆回到祖母居住的农村老家。已经80高龄的祖母被冠心病折磨得清瘦、憔悴。

父亲奔到祖母炕前的时候，祖母浑浊的眼神中透着牵挂，她艰难地伸出颤抖的双手，父亲明白了她的用意，忙把手伸给她。祖母用爬满青筋和老人斑的双手，反复地摩挲着父亲的袖口。初冬季节，父亲的呢外套里面穿着一件手工做的棉衣。这件棉衣就是祖母亲手缝制的——棕色的软缎子面料，针脚密密的，蚕丝的芯儿。母亲说祖母做那件棉衣，就为了爸爸在冬天也能穿着轻巧、合体、耐磨的衣服。

祖母说话已经很艰难了，她喉咙里咕哝了几声，费了很大力气说了一句话，我听出是三个字，但没听出她说的是什么。

祖母说完这句话，好像完成了等待已久的任务似的，渐渐陷入了昏迷。

抽噎的我和妹妹被亲戚拉到门外：别在老人跟前哭，人马上要走了，给她留点清净。我问妹妹："刚才奶奶说的什么？"妹妹黯然地回答："她放心不下爸爸的冷暖，说的是穿厚点儿。"我又红了眼睛，独自发着呆。

"穿厚点儿！"这是一个80岁的老人对儿子说出的最后三个字。

女儿的病让原本不富裕的家庭雪上加霜,让父亲放弃尊严拼命赚钱。这个家庭是不幸的,但又是幸福的,因为有彼此的爱支撑,相信雨后的阳光会更灿烂无比。不抛弃、不放弃,对一个家庭来讲是一笔最宝贵的财富。

人生妙谛
Ren sheng miao di

爸爸是只大猩猩

● 宋新华

自从小芳患上白血病,已经花光了家里的全部积蓄。亲朋好友虽伸出了援助之手,但也只是杯水车薪。本来已经到了不惑之年,他却一片茫然。下岗后,他的脾气变得异常暴躁。在家里他常常望着天花板发呆。女人从自由市场转来转去买回的菜,他还嫌贵,曾为5分钱竟引起过一场家庭战争。

他不间断地在职介所穿梭,好不容易才找到了一份差事。于是对家里说:应聘到火车站搞零担装卸……女人和孩子脸上自然有了一丝笑意。

女人在一家带死不活的企业做纺纱工。15年前,厂里辉煌时,与男人结的婚。这朵娇艳的"厂花儿",历经岁月蹉跎。一头乌亮的头发,变得稀疏、干枯;丰腴、白皙的脸上,平添了几许褶皱。

为了满足女儿也许是最后的一次愿望,她特意请了假,一大早,两个人便乘坐开往郊外的长途车,直奔一家民营野生动物园。

"妈妈……我要看大猩猩表演。"

女人毫不犹豫地买了票,攥紧女儿的手,融进人流中。

中伏天,不见一丝风,闷热得像蒸桑拿。可爱的大猩猩一会儿打着秋千,一会儿在高低杠上上下翻腾。高超的技艺,引得场外的孩子阵阵欢呼、雀跃。大猩猩呼呼地喘着粗气。下一场,将是踩钢丝表演,被称做超级"达瓦孜"。

为了看得真切,小芳钻到游客最前面,同时把手里唯一一只香蕉用力丢给了大猩猩。

大猩猩望着她,良久,流出了眼泪。

多么通人性呀!

人们晃动着身体,争相抢喂大猩猩食物。

突然,一位小孩掉进大猩猩的表演场!小孩惊惶,吓得浑身颤抖。上边游客大声疾呼:救人!救人!

正在这时,大猩猩却说话了:"小朋友,请不要害怕……"说着脱下了披在身上毛呼呼的

"衣服"，露出人的脑袋。他的脸上流满了汗珠，浑身上下，通体湿透。

哦，原来是一个披着猩猩皮的人！

小孩有惊无险。

游客一片哗然。

当小芳一眼认出是自己的父亲时，她紧紧地握着妈妈的手。

那位扮演大猩猩的男人，满怀深情地抱起小孩，激动地走向看场。他向大家深深地三鞠躬，满含愧疚地说："请大家谅解……其实在我的家里，也有一位像她这般花朵儿一样可爱的女孩，不幸的是一年前她却患上了白血病……"男人哽咽着，"只得舍出我这张老脸……"

"爸爸——！"小芳挤出人群，一头扑倒在男人的怀里。女人紧随其后，泪水模糊了眼睛。

霎时，人们的目光已由最初的愤怒，转向理解、同情、佩服，纷纷从各自的挎包、口袋里拿出一张张人民币，递到男人那双粗糙、宽厚的手里。

孩子的成长，离不开母亲的精心呵护。母亲温柔的抚摸、细心的叮咛、谆谆的教诲是孩子成长的催化剂。母亲永远是孩子温暖的避风港，是孩子心灵的寄托。

温柔的抚摸

● 易水寒

小男孩6岁时就开始学钢琴。6岁的小男孩学钢琴要比同龄人付出更多的汗水和泪水。小男孩很认真地练着，他知道妈妈就坐在他的旁边，妈妈一定在慈祥地注视着自己。每天上午，妈妈都带小男孩到文化宫来练习弹琴，那种弹奏是单调的，所以在弹到高潮的时候，妈妈常用手抚摸他的头，妈妈那温暖的气息就随着这温柔的触摸漾遍他全身，让他振作起所有的精神。中午的时候，妈妈再牵着小男孩的手回家。在路上，一边走，妈妈一边告诉小男孩，小心点，你的左边有一口下水井，别踩到里面去——小男孩看不见路，他一出生就双目失明。

16岁时，这个男孩从学习钢琴的同龄人中脱颖而出，并且有了第一次登台演出的机会。主持人给他描述现场的情况："今天到场的有很多国家领导人，都在第一排就座，他们可以看清楚你的一举一动。会场上共有五千多名观众，都是社会名流，其中还有一些是音乐界的权威。"主持人说这话时没有注意到小男孩手在微微发抖，脸上渗出了细密的汗珠。

正在现场采访的香港凤凰卫视的记者吴小莉发现了这一细节，她上前握住了男孩的手问："你怎么了？"小男孩说："我，我的心里真的好紧张啊……"吴小莉想了想告诉他："孩子，你妈妈今天来了吗？""是的，不过她现在在台下的观众席上。""好孩子，你一定要记住，今天最重要的观众只有一个人，那就是你的妈妈。你今天只是在为你的妈妈演出！"小男孩点点头，从容地上场了。

行云流水般的琴声从男孩手下汩汩流出，忽而高亢，忽而缠绵，忽而又如小鹿欢快跳跃。长达8分钟的演奏强烈地震撼了每个观众的心。那是一次非常成功的演出，当男孩起身向台下观众致谢的时候，全场掌声雷动。

节目结束时吴小莉现场采访了一位观众，让他谈谈自己的感受，观众很激动地告诉她："那个小男孩弹得太棒了，我闭眼听着的琴音，就好像妈妈的手在抚摸我的头。"

人生妙谛
Ren sheng miao di

很多的爱就是这样无言地表达着,像故事中第一个父亲用瓶盖拼成的"福"字,像第二个父亲看女儿吃饺子的专注目光,千言万语都无法表达这种深情,或许"此时无声胜有声"吧!

生活无言

● 马 德

一场大雨引起了泥石流,一处山梁上,大片的绿色都被冲刷走了。

一朵暗紫的花,侥幸存活了下来。那朵花真小啊,绽放在同样小小的一枝茎蔓上,被一丝细如纤发的根须牵系在地表上,随时都可能被一阵风刮跑。

雨后的第二天上午,一个小女孩蹦蹦跳跳经过此地,她一眼就发现了这朵可爱的花,她掬起一捧土,轻轻地压在了花的根上。

来年春末,当女孩再经过这里的时候,她发现,一大片这样暗紫的花开放在坡上,随风摇曳着,格外美丽。

父亲病重的那一年,他上午输完液后,就在家里干一些力所能及的活,或者为地里劳作的母亲准备下一顿饭,或者打扫打扫屋子,即便是这样轻微的活,也要干一会儿,歇上一大阵子。

家里积攒了许许多多青霉素的塑胶瓶盖,堆积在箩筐里。父亲忙完活后,就开始谋划着用这些瓶盖为家里做一个搓衣板。父亲一边做,一边思忖着利用这些塑胶瓶盖不同的颜色,在这块板子上排列出一个字形来。父亲常常做到一半的时候,觉得字形并不好,就拆了,然后又做,再拆,再做,断断续续地,一直到他快不行的时候。

那块板子最后还是做成了,父亲在他生命的最后时刻,在那块板子上,为活在世上的儿女们留下了一个字:福。

在我家楼下,有一棵柿子树。由于整座大楼挡住了太阳光线,一天当中,接受日照的时间很短,再加上四周全是厚厚的水泥地面,没有多少营养渗入到地下去,所以树的长势很不好。

但它还是顽强地发了芽,枝杈间也生了不少的叶子,郁郁葱葱的。夏末的时候,一个老师端详了半天,感慨着说:"活是活下来了,可是已经挂不了果了。"来来去去的人也附和感叹着:"是啊,看来只剩下活下来的力气了。"

一个秋末的早上,大家急匆匆地去上班。大家发现,柿子树下,一个柿子摔裂在地上,一副熟透的样子。

一个学生家长来看自己的孩子。

他把女儿叫到了校门外,在一棵树的阴凉里,先取出了一块塑料纸,铺开,然后又取出一个布包,层层打开,是一个铝质的饭盒。掀开饭盒,是白白亮亮的饺子,似乎还散发着家的温暖。父亲微笑着把饭盒放在女儿面前,便沉默着不说话,蹲在那里,看着一样蹲在那里的女儿极细致地吃着。

那天,头顶的太阳热辣辣的,旁边道路上车水马龙,行人纷纷驻足往这边瞧。女儿吃了多长的时间,没有人知道;然而女儿吃了多长时间,父亲就专注欣赏了多长时间。那天看到这一幕的人,都说那个父亲的目光,是他们那天看到的最美的风景。

两个并不美味的白菜包子是辛勤劳作的父亲的午饭,而父亲宁肯自己啃窝窝头,也要把包子带回来当做儿子的"零食"。这是一种多么伟大、让人感动的父爱,它提醒着我们要珍惜亲情。

人生妙谛
Ren sheng miao di

白菜包子

● 周海亮

　　大概有那么两年的时间,父亲在中午拥有属于他的两个包子,那是他的午饭。记忆中好像那是 20 世纪 80 年代初期的事,我和哥哥都小,一人拖一大把鼻涕,每天的任务之一是搞到一点属于一日三餐之外的美食。

　　父亲在离家三十多里的大山里做石匠,早晨骑一辆破自行车走,晚上骑这辆破自行车回。两个包子是他的午餐,是母亲每天天不亮点着油灯为父亲包的。其实说那是两个包子,完全是降级了包子的标准,那里面没有一丝的肉末,只是两滴猪油外加白菜帮子末而已。

　　父亲身体不好,但那两个包子却是父亲补充体力的午饭。父亲的工作是每天把大锤挥动几千下,两个包子只是维持他继续挥动大锤的力量的保证。

　　记得那时家里其实已经能吃上白面了,只是不经常吃。而那时年幼的我和哥哥,对于顿顿的窝窝头和地瓜干总是充满了一种刻骨的仇恨。于是,父亲的包子,成了我和哥哥的唯一目标。

　　现在回想起来,我仍然为自己年幼的无耻而感到羞愧。为了搞到这个包子,我和哥哥每天总是会跑到村口去迎接父亲。见到父亲的身影时,我们就会高声叫着冲上前去。这时父亲就会微笑着从他的挎包里掏出本是他的午饭的两个包子,我和哥哥一人一个。

　　包子虽然并不是特别可口,但仍然能够满足我与哥哥的嘴馋。

　　这样的生活持续了两年,期间我和哥哥谁也不敢对母亲说,父亲也从未把这事告诉母亲。所以母亲仍然天不亮就点着油灯包两个包子,而那已成了我和哥哥的零食。

　　后来家里可以顿顿吃上白面了,我和哥哥开始逐渐对那两个包子失去了兴趣,这两个包子才重新属于我的父亲。而那时我和哥哥已经上了小学。而关于这两个包子的往事,多年来我一直觉得对不住父亲。因为那不是父亲的零食,那是他的午饭。两年来,父亲为了我和哥哥,竟然没有吃过午饭。这样的反思经常揪着我的心,我觉得我可能一生都报答不了父亲。

　　前几年回家,饭后与父亲谈及此事,父亲却给我讲述了他的另一种心酸。

　　他说,其实他在工地上也会吃饭的,只是买个硬窝窝头而已。只是有那么一天,他为了多干点活儿,错过了吃饭的时间,已经买不到窝窝头,后来他饿极了,只好吃掉了本就应属于他的两个包子。

后来在村口，我和哥哥照例去迎接他，当我们高喊着"爹回来了，爹回来了"时，父亲搓着自己的双手，他感到很内疚，因为他无法满足他的儿子。他说："我为什么要吃掉那两个包子呢？其实我可以坚持到回家的。我记得那时你们很失望，当时，我差点落泪。"父亲说，为这事，他内疚了二十多年。

其实这件事我早忘了，或者当时我确实是很失望，但我确实忘了。我只记得我年幼的无知，其实我并不真的需要那个包子。然而我的父亲，他为了仅仅一次不能满足他的儿子，却内疚了二十多年。

> 一盏晶莹的冰灯,饱含着父亲的深情与无奈,更饱含着孩子无尽的感恩。父爱无边,它不是物质的满足与给予,而是发自心灵深处的关怀,如春雨般滋润着我们的心田。相信这盏冰灯,不仅照亮了孩子脚下的路,也照亮了孩子的心灵。

温暖我一生的冰灯

● 马 德

总有一些东西是岁月消融不了的。

8岁的那年春节,我执意要父亲给我做一个灯笼。因为在乡下的老家,孩子们有提着灯笼走街串巷过年的习俗,在我们看来,那就是一种过年的乐趣和享受。

父亲说,行。

我说,我不要纸糊的。父亲就纳闷:不要纸糊的,要啥样?我说要透亮的。其实,我是想要玻璃罩的那种。腊月二十那天,我去东山坡上的大军家,大军就拿出他的灯笼给我看,他的灯笼真漂亮:木质的底座上是玻璃拼制成的菱形灯罩,上边还隐约勾画了些细碎的小花。大军的父亲在供销社站柜台,年前进货时,就给大军从很远的县城买回了这盏漂亮的灯笼。

我知道,父亲是农民,没有钱去买这么高级的灯笼。但我还是想,父亲能给我做一个,只要能透出亮就行。

父亲说,行。

大约是年三十的早上,我醒得很早,正当我又将迷迷糊糊地睡去时,突然被屋子里一阵窸窸窣窣的声音吸引了,我努力地睁开眼睛,只见父亲在离炕沿不远的地方,一只手托着块东西,另一只手正在里边打磨着。我又努力地睁了睁眼,等我适应了凌晨有些暗淡的光线后,才发现父亲手里托着的是块冰,另一只手正打磨着这块冰,姿势很像是在洗碗。每打磨一阵,他就停下来,在衣襟上擦干手上的水,把双手放在自己的脖子上暖和一会儿。

我问:"爹,您干啥呢?"

父亲说:"醒了! 天还早呢,再睡一会儿吧。"

我又问:"爹,您干啥呢?"

父亲就把脸扭了过来,有点儿尴尬地说:"爹四处找废玻璃,哪有合适的呢,后来爹就寻思着,给你做个冰灯吧。这不,冰冻了一个晚上,冻得正好哩。"父亲笑了笑,说完,就又拿起了那块冰,洗碗似的打磨起来。

父亲正在用他的体温融化那块冰呢。

看着父亲又一次把手放在脖子上取暖的时候,我说:"爹,来这儿暖和暖和吧。"随即,我撩起了自己的被子。

父亲一看我这样,就疾步走过来,把我撩起的被子一把按下,又在我前胸后背处把被子使劲儿披了披,并连连说:"我不冷,我不冷,小心冻着你……"

末了,父亲又说:"天还早呢,再睡一会儿吧。"

我胡乱地应了一声,把头往被子里一扎,一合眼,两颗豌豆大的泪珠就泅进棉絮里。你知道吗,刚才父亲给我披被子的时候,他的手真凉啊!

那一个春节,我提着父亲做的冰灯,和大军他们玩得很痛快。伙伴们都喜欢父亲做的冰灯。后来,没几天,它就化了,化成了一片水。

但那灯,却一直亮在我心里,温暖我一生。

人生妙谛
Ren sheng miao di

鲜花记录了女儿生命的历程，陪伴女儿幸福成长，其中蕴含着一种无形而伟大的父爱。鲜花使无形的爱化为有形，在感动的岁月里增添色彩。把一种爱寄托在心灵深处，这就是亲情的温暖。

鲜花中的爱

○ 佳迪·库尔特 志宏 译

父亲头一次送我鲜花是我9岁那年。那时，我参加了5个月的踢踏舞学习班，准备迎接一年一度的音乐会。作为新生合唱队的一员，我感到激动，但我也知道，自己貌不出众，毫无动人之处。

真叫人大吃一惊，就在表演结束来到舞台边上时，我听见有人喊我的名字，而且往我怀里放了一束芬芳的长梗红玫瑰。我默默地望着那朵朵红得像滴血似的玫瑰，她们在一枝洁白的满天星衬托下，静静地绽放着独特的美丽和清香。我的脸儿通红通红的，注视着脚灯的另一边。那儿，我父母笑吟吟地望着我，使劲儿地鼓掌。

一束束鲜花伴随着我跨过人生的一个个里程碑，它们带给了我无限的希望与欢乐。

快到我16岁生日了。但这对我来说并不是一件值得快乐的事，我身材肥胖，没有男朋友。可是我好心的父母要给我办一个生日晚会，这给我的心情愈发增加了痛苦。当我走进餐厅时，桌上的生日蛋糕旁边有一大束鲜花，比以前任何一束都大。

我想躲起来。由于我没有男朋友送花，所以我父亲送了我这些花。16岁是迷人的，可我却想哭。我最要好的朋友弗丽在一边小声说："呃，有这样的好父亲，真幸运！"我情不自禁地捧起了那一束玫瑰，整个身心都沉浸在那怡人的馥郁中，花香弥漫成一团透明的雾气，细细密密地浸润着我的心田。我真就哭了。

时光荏苒，父亲的鲜花陪伴着我的生日、音乐会、授奖仪式、毕业典礼。

大学毕业了,我将从事一项新的事业,并且马上就要做新娘了,父亲的鲜花标志着他的自豪,标志着我的成功。这些花带给我的不仅是欢乐和喜悦。父亲在感恩节送来艳丽的黄菊花,圣诞节送来茂盛的百合,生日送来鲜红的玫瑰。后来有一次父亲将四季鲜花扎成一束,祝贺我孩子的生日和我的小家庭搬进新居。

我的好运与日俱增,父亲的健康却每况愈下,但直到因心脏病与世长辞,他的鲜花从未间断过。终于有一天,父亲从我的生活中逝去了,我将我买的最大最红的一束玫瑰花放在他的灵柩上。

在以后的十几年里,我时常感到有一股力量催促我去买一大束花来装点客厅,然而我终于没去买。我想,这花再也没有过去的那种意义了。

母爱不求回报,也无法回报。不管我们做什么,我们得到的母爱都远远超过我们的付出。作为子女的我们,不应该沉溺于爱中而对母爱熟视无睹,学会感恩,学会给予,这样才能让亲情更浓、更纯。

人生妙谛
R en sheng miao di

妈妈的手机响了

● 雨轩情怀

一转眼,母亲都60岁了。在母亲生日那天我送给她一部手机,手机一买回来,我就帮母亲把一些急救电话的号码输进去,并告诉她短信如何接发,然后把说明书交给母亲,让她自己琢磨去了。

几天后,母亲打来电话,说还是不太会用手机,说明书的字太小了,看着费劲儿,尤其是接发短信一直都还搞不清,让我教她。周末赶回家,一进门便说要教她,母亲高兴得像个孩子。可是没说两句我就烦了,那么简单的操作方法,为什么身为教师的母亲就是理解不了呢? 于是不由自主地嗓门也提高了,语速也加快了。显然母亲察觉到我的态度,有点像做错事的学生,不敢再多说一句,放下手机做饭去了。

一看母亲做鱼我便来了精神,因为老公最喜欢吃母亲做的鱼,总说我做的不好吃,于是赶快拿来纸,笑着跑到厨房学艺。母亲告诉我,如果想做的味道一样,那么作料入锅的先后顺序也要一样。母亲一边说,我一边记,说得太快的地方,就让母亲再重复一遍,比如到底应该先放葱姜,还是应该先放大料,到底是先放醋,还是应该先放料酒,都问得仔仔细细,生怕漏掉任何一个环节。看着我的记录,母亲还笑着在重点环节上做了注释。

看着那张被母亲批示过的记录,我好愧疚。从小到大,无论大事小事,都是母亲手把手地教给我,从没有一点怨言,生怕我不能掌握,而我只为母亲做那么一丁点儿小事,却那么不耐烦。于是我拿起手机给母亲发了一条短信:"对不起,妈妈,请您原谅我刚才的态度。"

手机响了,母亲拿了起来……

幸福往在隔壁 <<

看来，这个世界没有
最大的爱，只有最需要的
爱，只要我们肯拿出来，即
便这点爱小如米粒或草
芥，也总会有一颗最需要
的心灵，得到它的呵护和
抚慰。

> 春雨润物无声,在无微不至的关怀中,我们会感受到平凡而深厚的教师的爱,正是那宽广的胸襟、无私的爱以及无言的奉献,给了我们最大的温暖,也给了我们一生无法忘怀的师生情。

宽厚的师爱

● 王佳佳

　　上午,语文课上,王老师抱着9月份月考的卷子走上讲台,说:"第二卷主观题满分70分,全班60分以上的同学只有12个。"我忐忑不安地等待着"生死未卜"的试卷。终于,卷子传过来了。经手的同学都用特别的目光看着我。我想,不至于考得这么差吧?完了,没脸见人了。这有没有地洞呀?拿过来一看66分,只减了4分!我不是在做梦吧?又仔细看了看,还是66分,太好了!看到这个成绩,心里的不安、紧张顿时烟消云散。原来刚才同学们投来的是羡慕的目光。我松了一口气,心情像欢快的小鸟,飘飘然飞上了蓝天。

　　这时,王老师捻起一根粉笔,大刀阔斧地在黑板上写下了第一卷客观题的答案。我拿出一直带在身边的第一卷,满怀信心地开始对答案。1个,2个……5个?什么?20道选择题只对了5个!搞什么呀?不可能!再对一遍还是15分!小鸟重重地摔倒在地下。我好像从温室一步跌进了冰窖。倒霉的一卷,把二卷的胜利彻底毁灭了!

　　下课了,王老师走到我旁边,问:"王佳佳,你的第二卷成绩非常高,可见你的能力很强。第一卷考基础知识,怎么成绩单上分数不高?没有涂错机读卡吧?"看着王老师那赞赏又疑惑的目光,我又怎能告诉王老师,一个"能力很强"的学生基础知识薄弱呢?于是,我撒谎说:"答得还行,可能是机读卡出了问题。"我躲闪着王老师的目光,不敢实话实说,也怕老师失望。

　　下午,王老师急匆匆跑来找我,说:"王佳佳,我去微机室找过你的答题卡了。一个中午也没找着,卡太多,顺序又乱。"王老师脸上满是焦急和歉意。他多想重新给我一个公正的"高分"啊!他那疲惫的双眼,带着血丝。手指上沾染的铅笔的痕迹还没有洗去。原来王老师这么重视我。我是多么后悔上午编造那虚荣的谎言!我怯生生地说:"卡没涂错,就是15分。老师,对不起,我……我怕您,生气。"王老师不再说话,目光很复杂。这复杂很快就变成了单一:恨铁不成钢。

　　他说他不生气,只对我的成绩表示遗憾。王老师让我拿出第一卷,一道一道地给我讲解。他先给我讲了一道古文语法题,考的是宾语前置。他讲得绘声绘色,讲到关键的地方打着手势帮助我理解。宾语似乎是被王老师"拿"过去从而"前置"的。王老师说:"做所有的古文语法题,都要先翻译句子,把译文作为参照物,用原文与译文比较,答案就会浮出水面。"

听了王老师的话,我深深地低下头,暗下决心要学好语文,学好我们民族的语言!

润物无声,老师的爱像一阵细雨洒在我的心田。不仅是我,班里 60 位同学谁不是沐浴在这平凡、朴实又深厚的师爱之中!

今天的日历即将翻过,今天的故事却永远留在我心里。室友都睡了,我望着窗外,总想哭。柔柔的月光洒满校园,温柔地抚摸着校园里的一花一草。

在我们成长的路上，那些温暖的目光与叮咛的话语总在身边围绕，然而当你功成名就，享受成功喜悦之时，你是否依然记得那为你付出辛劳与真情的老师呢？

未报的师恩

● 朱应召

在我的心中，始终埋藏着一段师生之间的往事，我一直不愿提起，因为它是我心中一个永远的痛。之所以今天提起它，是要告知那些莘莘学子们，在自己成为栋梁之后，不要忘了及时对自己的恩师表达心中的感恩之情。不然的话，也许会为时已晚。

我是一个来自贫困家庭的子弟，为了供我和弟弟妹妹上学，父母操劳了大半生，但却仍然无法负担日益繁重的开支。我不忍看他们如此辛苦，就提出辍学出外打工的想法，挣钱补贴家用。父母虽不同意，但看着日益贫困的家，最后不得不答应了。当我流着泪把这个决定告诉自己白发苍苍的班主任阎欣时，他说我是一个考大学的苗子，这样放弃太可惜，就亲自到我家说服我父母，并承诺说他可以资助我。就这样，我又有了读书的机会。

幸未失学的我格外珍惜这来之不易的机会，每天都苦学到深夜。阎老师看在眼里，疼在心上，经常在夜深人静的时候到班里赶我回宿舍睡觉，有时还为我带一点吃的。看我过意不去，他就说："老师爱喝酒，这是我吃剩下的一点下酒菜，你不要觉得不好意思。"

我知道，阎老师爱喝酒是真的。无论日子多苦，他都喜欢买一瓶廉价的酒，每天吃饭时喝二两。那种酒才两块多钱一瓶，但他却喝得很惬意。他也经常对我们说："等你们考上大学了，给老师买一瓶好酒喝，就是对我最大的报答了。"

然而不久，我却有一种老师为我戒了酒的心理感应。因为很久，我没见他从校门外的小卖部里拎着酒哼着小曲回家了。那时我就发誓：一旦考上大学，参加工作挣到钱，第一件事就是要为他买几瓶家乡能买到的最好的酒，让他痛痛快快地喝个够。在这种精神动力的支配下，我学习格外刻苦，最终以优异的成绩考入了一所著名的学府。得知这个消息，阎老师高兴极了，逢人就夸我是一个好孩子，并且亲自到我家送去了100块钱，让我买一身好衣裳穿体面点去报到，说不能让大城市的人小瞧了咱穷乡村的孩子。就这样，带着阎老师的殷切期望，我告别贫瘠的家乡，去大学深造。

一晃，四年过去了，我毕业被分配到了广州工作。为了站稳脚跟，买房结婚，我不得不努力工作，拼命攒钱，一连三年没有回过家乡，更没有实践当初给阎老师买好酒的诺言。去年春节前夕,实在抑制不住自己想家的心情,我才买了一张返乡的车票。

下车来到村口,还没进家门,迎头就碰上了急匆匆出门的父亲。他一见我就说:"你可回来了。快,阎老师病了,你快跟我看看去!"

来不及放下行李,我就跟着父亲来到镇上,父亲说:"阎老师爱喝酒,你就给他买两瓶酒去——也不知他还能不能喝!"我的心里更加难受,赶紧到商店里买了四瓶酒,提着就跌跌撞撞地冲了出去。

来到镇东头的医院,发现这里已经聚了很多当年的同学。向他们打听,这才知道阎老师因积劳成疾,患了癌症,此刻已危在旦夕了。

当我提着酒,来到阎老师病床前的时候,他刚刚从昏迷中醒过来。见到我,他露出了和往昔一样慈祥的笑容。他用微弱的声音说:"召仔,你回来了?你在外面的几年,我常和你爹念叨你呢,不知你过得怎么样……"

我眼里含着泪,把手里的酒提起来给他看:"老师,我在外面过得不错,但千不该万不该,忘了请您喝我的谢师酒啊!瞧,我为您买了几瓶酒,等您病好了,好好喝吧!"

见到酒,他眼里闪过一丝喜悦的光芒。我哽咽着说:"老师,等您病好了,我再为您买几箱,让您痛痛快快地喝个够!""有你这句话,我比喝一百箱都高兴啊!"但遗憾的是,阎老师的病最终没能好起来,没多久,他就因病情恶化医治无效去世了。得知这个消息,我不禁悲从心来:阎老师啊阎老师,您为何这样匆匆,连我为您买的酒都没喝就走了,是不是您嫌我回来晚了。如果时光能够倒流,我情愿抛掉一切,从头再来,只要能够让您喝上我亲手为您斟的满满一杯酒。

努力就会有收获,关键时刻的肯定,是对人最大的理解和安抚,教师的金玉良言是对学生信念的扶助,能让学生一生都拥有积极的心态。珍重师恩,珍惜教诲,因为那是无尽的爱的教益。

R en sheng miao di 人生妙谛

那把小刀的教益

● 李惊亚

那位老师叫什么,我已经不记得了。记忆中印象深刻的,是年逾花甲的他总有着和蔼的、极具亲和力的笑容,发根处时常残留着染发剂褪色后留下的红黄相间的颜色。

在我上初二时,他教了我们一学期的手工课。手工课不是主课,所以班里很多同学并不重视。难得的是,他上课很认真,经常鼓励我们发挥想象力搞一些小发明,或布置一些手工作业。

记得有一次,他要求我们"变废为宝"自制一把小刀,说每个人都必须完成,因为得分会记入期末的总评成绩。那时我特别希望自己能够得90分以上,因为每次上课,他都会把得90分以上的作品放在讲台上的一个"专区"里,让大家排着队上去参观。这是一种巨大的荣誉!

为了这个梦寐以求的90分,我一回家就四处找材料,从我家附近的一个建筑工地上找到一根光亮干净没有锈痕的废锯条。但是接下来的工作可让我犯了难:我家没有磨刀石,这可怎么办?突然,我的脑海里灵光一闪——我家门口的楼梯不太光滑,表面上布满芝麻大小的凹坑,在上面磨锯条一定行!

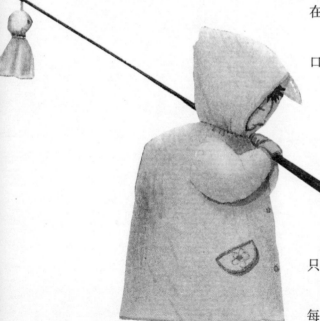

于是,那几天一放学,我就端一碗水坐在楼梯口,把地和锯条都洒湿,然后就撅着屁股呼哧呼哧地磨起来,一直磨到母亲叫我吃饭时,才长出一口气收工回去。就这样卖力地干了两天,我的小刀终于"完工"了!

上手工课那天,一看到别人做好的小刀,我心里立马凉了半截。别人的刀刃磨得又光又亮,刀锋也长;而我的刀刃在楼梯上磨得黑不溜秋的,刀锋也是短短的,只能算是"小匕首"。

老师开始一件件地"鉴赏"了,他很认真地给每一把小刀打分,每逢有做得精致的,他都要夸奖几句,并把这件作品放到讲台最前面的"精品区"里。突然,周围一阵大笑,只见他从一堆精致的小刀里抽出我的"小匕首",脸上一副诧异的神情。我的心猛地收紧了,泪水也涌上了眼眶。

"这是哪位同学做的?"他的嗓门儿平日就很大,今天更是让胆小的我打了个寒噤。我犹豫着站了起来,周围的笑声更大了。"告诉老师,怎么回事?"我强忍住泪水哽咽地解释道:"我家没有磨刀石,这是我在楼道里磨了两天才做出来的。"

"哦。"——他微笑着轻轻地把我的小刀放到"精品区"里,和那些制作精致的小刀搁在一起。从那以后,我明白了一个道理:只要尽了最大的努力,别人就不会轻视我。

人生妙谛
Ren sheng miao di

> 有一种爱如海洋般广博，如春雨般无私，如大地般宽容，它细如春雨，滋润着我们的心田，让希望生根，让幸福萌芽，这就是师恩，人类最伟大而无私的师恩。

感谢师恩

● 许新华

至今仍很难忘记那个夜晚，仍铭记着灯光下老师的语重心长："把握今天，努力不使它成为带有遗憾的昨天……"

那是刚进行完一次考试。我因为考得很糟糕，心情非常烦躁，灰心丧气，整天只觉得昏昏沉沉，无所事事。

那天是周日晚上，我们刚刚到校。随着晚自习的铃声落下，教室里顿时一片寂静。我坐在座位上，手中拿着一本书，翻来翻去的什么也看不进去。"新华，你出来一下。"这一声打断了我的遐想，我疾步走出教室。

当走到教室门口的时候，一股凉风扑面吹来，使我浑身发抖，我想退回来。但是看到老师那单薄的身体在风中晃动，我便把脚迈出了教室，走到了老师的面前。

老师用手理了理她那被风吹乱的头发，清了清嗓子，开始和我谈话："新华，你觉得这一阵子的学习怎么样？"我把头低下，默默无语。老师紧接着又追问了一句："是不是这次考试给你很大打击？"我点了点头，然后把头扎得更低了，不争气的泪水也涌出了眼眶。老师拍了拍我的肩膀又说："一次失败决定不了什么，失败只是暂时的，要敢于面对失败。失败了要找到失败的原因，找到原因后要对症下药，这样才会有进步。把头抬起来，敢于面对生活！"

我抬起头，远处黑暗的天空中有一颗闪闪发光的星星。我和老师面对面站着，昏暗的灯光洒在我们的身上，我们的影子投射在墙上，勾勒出了一幅人生最美的图画。这时老师又开口了："生命的意义在于过程，只要付出了，努力了，又何必太在乎结果呢？"

就是在我需要得到别人安慰的时候，老师，是您给了我安慰，使我重新燃起了心中的梦想，重新确定奋斗的道路。

感谢您，老师！

冰心老人用她真挚的情感和热忱的心灵关心着年轻的一代。学生们有着一双双清澈的眼睛，一颗颗感恩的心。是谁，在我们小小的心灵中种下知识的种子？又是谁，带领我们走进科学的殿堂？是我们深深敬爱的老师。师恩难忘……

感谢我们的语文老师

● 冰 心

前天近午，有三个在初中和高中读书的少年来看我。他们坐了一大段车，还走了一大段路，带着满脸的热汗，满身的热气，满心的热情，一进门就喊：

"妈妈，您好，我们来了！"

这几个孩子，几乎是我看着他们长大的，几个月不见，仿佛又长了一大截！有的连嗓音都变了，有的虽然戴着红领巾，却不像个中学生而像个辅导员，有的更加持重腼腆，简直像个大姑娘了，可是在我这里，他们就像回到自己家里一样，一面扇扇子，一面喝凉水，眼睛四下里看，嘴里还不住地说。最后，他们就跑到书架和书桌前面去……

"您有什么新书没有？"

"您这儿还有《红旗谱》哪，我看过一遍都忘了，老师还让我们夏天看呢，借给我好不好？"

"这《蕙风词话》《人间词话》说的是什么呀？"

我一个人实在对付不了三张快速的嘴，我只看着他们笑，我只感到心花怒放，多么火热的青春啊！

慢慢地，他们手里拿着书、水杯和大蒲扇，围着我坐下来了，谈着所看的书，谈着文学作品，忽然谈锋转向语文老师。

那个变了嗓音的大孩子说："我看书的兴趣，完全是我们的语文老师引起的。在前年，我们的那位语文老师，给我们上语文课的时候，讲得那么生动，我们都听得入了迷。下课以后我去找他谈话，他还给我介绍许多课外的书籍。那一年，我看的书最多了，课内的古典文学，像《琵琶行》，我到现在还能背。可惜这位老师只教我们一年，就去

编教材去了。后来的语文老师,上课时候讲的内容和政治课差不多,我们对于课文的感受就不特别深了……"

那个更加沉静的姑娘,这时也微笑说:"我们的语文老师也不错,我就是喜欢跟他写作文。他出的题目好,总是让每个同学都有自己的话说。他在作文本上批改的并不多,但是他和每个学生谈话的时候,却能谈到几个钟头。现在,我才知道写作文也可以是一件很快乐的事……"

我看着这几双发亮的感激的眼睛,使我想起了许多往事,从欣赏到写作,从幼芽到小树,是经过多少人的细心培养啊。

我嘴里只说:"我真愿意你们的语文老师都在这里,他们听了不知要怎样地高兴。但是,也别忘了,'师父领进门,修行在个人',阅读和写作,一旦有了好的开头,就得自己努力继续下去,要不然,老师走了,这些好习惯也跟着走了,你说可惜不可惜? 那老师也就白教了!"

他们都笑了,"也可能是白教了,我们努力就是,不过,我们还是感谢我们的老师!"

我好像是对自己说的:"只要努力,老师就决没有白教,让我们都感谢我们的老师!"

母亲的抛弃,是为了让孩子过上正常的生活。一面墙将母爱隔在窗外,却永远隔不断母亲的牵挂,那双关切的眼睛将紧紧相随,关心孩子的冷暖,感受孩子的忧欢。母亲会永远守护在墙外,因为隔壁有她用心良苦经营的幸福,有她此生无法割舍的亲情。

人 生 妙 谛
R en sheng miao di

幸福住在隔壁

● 陈 淼

如果世界上有一个人能听到天空哭泣的声音,那个人一定是她。因为天知道她不会说出这个秘密。即使她开口,也发不出声音,她注定将终生沉默。

她以为沉默是命运因而并不害怕。但是后来,她有了一个孩子。

孩子降临那一刻,她生平第一次发出声音。孩子响亮的啼哭让她觉得声音与幸福必然有着关联,她的喉咙因为剧烈震动而发出声响,虽然那次发出的声音不动听,可她却引以为豪。她是多么高兴孩子可以像一个正常人一样去生活、去爱,可以大笑,也可以大哭。孩子渐渐会望着她笑,会伸出手让她抱。眼睛乌黑晶亮,嘴里咿咿呀呀,要求得不到满足时会大哭,她却只能抱着他不住地轻拍他的背。她什么也做不了。她不能像普通的母亲一样带着温柔甜蜜的笑去哄他,"哦,哦,乖,不哭。"也不能为他唱一首动听的摇篮曲。

想到孩子将终日与一个不能说话的母亲在一起,她心如刀绞,就仿佛行走在冰天雪地中,她用尽全身力气想要给孩子温暖,可孩子依然被冻得哇哇大哭。而且,这样长长久久的一生中,她将带给孩子什么呢?是否会因为语言的缺席,他的心灵将永远沉默?

在她作出那个决定时,她觉得有一个小人儿正用尖锐的刀,一下一下在她心上划,痛得她伤心恸哭。可她别无他法。她已经决定把孩子送给住在她对面那对不能生育的夫妇。她看得出来他们很喜欢她的孩子。当她把孩子抱给那对夫妇时,他们欢天喜地,唯有她成了世间最难过的人,成了一个不能照料亲生孩子生活的可怜的母亲。

住在对门,几步之遥,还好,天天可以看得见。阳台上,花的枝叶肆无忌惮地蔓延,她透过花间空隙暗暗估量孩子的身高、体重。孩子每成长一步,她都会在她家向阳的那面墙上,画上一朵小花,后面写上"给我正咿呀学语的孩子";"给我正一步三晃的孩子";"给我正饭量见长的孩子";"给我不肯吃馒头的孩子"……后来,那面墙成了一面花墙。

孩子的每一步,对她来说都是惊心动魄的。有一次孩子发高烧,养父母在病房内守护,而她在病房外守护。那点点滴滴输入孩子血液的不再是几瓶药水,而是一个母亲的心。医生的脚步从她面前经过,护士端着托盘从面前经过,她在外面站了36个小时,直到孩子康复被牵着

手从她面前经过。

她又在那面墙上写下:"给我康复了的孩子。"

是的,以后她还会在一墙之外守护她心爱的孩子,还会不断地在那面向阳的墙上画上小花,慢慢写上"给我要上学的孩子";"给我声音变粗的孩子";"给我将要谈恋爱的孩子"……

父母对儿女的关爱,不是那种魂牵梦萦的牵挂,也不是如梦如幻的惦念,而是一种真实贴切的保护,一种穷其一生、竭尽心力的扶持。体味着这忘我无私的父母亲情,有谁不为之感动呢?

人生妙谛
Ren sheng miao di

有一种爱让我感动

● 边城风

一位年轻的母亲,有一个 5 岁女儿。一天下午,母亲在阳台上洗衣服,女儿开了门下楼去和小朋友玩。阳台上的母亲直起腰对着头也不回的女儿说了声"小心一点",又继续忙她的家务。

女儿和小朋友们玩捉迷藏,他们开心的尖叫声和嬉闹声让母亲觉得今天的阳光特别灿烂。母亲哼着歌儿洗完衣服,又去厨房准备晚饭。

母亲听着女儿偶尔发出的一声笑声或者尖叫声,心里觉得异常踏实。待母亲哼着歌儿做完饭,再愉快地走到阳台上对着下面喊女儿的名字时,却发现整个院落都空荡荡的。

母亲心里不禁紧了一下,她喊女儿的声音越来越大,也越来越急。母亲换上鞋,迅速跑下楼,在院子里转了一圈——应该是跑着找了一圈。但是,女儿那熟悉的身影和声音好像突然从世界上消失了一样。

母亲跑向大门,她想:女儿一定跑到外面去了! 一不留神,踩上一块石头,母亲仿佛听到了骨头错位的声音。一股钻心的痛向她袭来,母亲哼了一声,蹲在地上,脱下高跟鞋提在手上,咬紧牙关,又向前跑去。

这时候,我碰巧从外面回来。这位母亲带着哭腔急急地问我是否看见她的孩子了。我摇摇头,看见她衣衫不整的样子,我也急忙和她一起去找寻她的女儿。

一会儿,有个小孩跑来说,她女儿刚从楼上下来,他们依然在玩捉迷藏。这位母亲长长地松了一口气,眼泪止不住地流了下来,人也像虚脱了一般,一拐一瘸地往回走。

我站在楼下,看见她轻轻地牵过女儿的手,艰难地上楼,慢慢地开门进去。直到听见响亮的关门声,我才回过神来,一转头,一大滴泪从眼中掉下来。

人生妙谛
Ren sheng miao di

有些"注定"是可以打碎的

● 崔修建

我以优异的成绩考上乡里的初中时,好多人都劝父母快想办法让我转学吧,说那所中学念不念没多大意思,没准把学生耽误了。

父母何尝不想让我转学呢?可我最终还是进了那所没希望的学校,因为家里没门路,而且也交不起那一笔数额不菲的转学费。

进校不久,我就被这所乡中学的一切惊呆了——学校的办学条件的确是差极了,没水、没电、没住宿的地方,更重要的是师资力量太差,好老师都走光了,剩下的大多在混日子,教学质量一塌糊涂。连续三年的中考,重点高中、中专的上榜率竟然都是零蛋。有人甚至愤愤地说:"那学校是'零蛋'学校,趁早黄摊得了"。成绩好一点的学生或家里有门路的学生,都想方设法地转到外校去读书了,剩下的就是一些无可奈何地在那儿混毕业证的了。于是,恶性循环又开始了——老师没心思教,学生没心思学,人们不约而同地觉得:进这样的破学校,注定不会有什么收获的,注定没大出息了。

记得我上的第一节课就缺了7个学生,课堂上乱糟糟的像个闹市,老师无精打采地照本宣科,学生在下面说话、打闹。我当时就想,天下恐怕没有比这更糟糕的学校了。

上了两个多月的课,学的东西少得可怜,我就回家跟父母说不想继续读书了。父母便唉声叹气道:"都怪爹娘没本事,不能给你换一个好学校。"

看到父母那难过的样子,我又背上书包到学校去了,但不能说是去学习,只是打发空虚时光而已。初中一年级很快就过去了。

第二年,学校分来一个叫姜秀琴的长得很柔弱的师范毕业生,谁也没有想到,貌不惊人的她,用她满腔的智慧和爱意,竟在我们的心中播下了那么多的希望的种子,竟影响了我和许多同学一生的走向。

记得她在第一节课上给我们讲了这样一个故事:一个家境异常贫困的男孩,几次饿昏在课堂上,她的母亲冒着雨走了100多里的山路,给他送来10个窝窝头和借来的两元钱。他对老师说只要让他吃饱饭,他就能考100分。后来,他考上了北京大学,又考上了研究生。我至今还清楚地记得那个故事的每个情节,记得故事的名字叫做《始于乡间状元路》。

故事讲完后,我发现很多同学和我一样,第一次像个大人似的低下了思索的头颅,因为我们比那个男孩还幸运一些,至少我们能够填饱肚子。

下课了,姜老师把我叫到一旁,问我:"你挺聪明的,请你带个头,将大家所说的'注定'打碎,好吗?"

心潮正被那个感人的故事澎湃着,再看到姜老师那满怀深情的目光,我使劲地点点头。

姜老师的课讲得有趣极了。开始时一些调皮惯了的学生还不好好听课,故意弄出些动静气她,甚至有几次气得她直抹眼泪,课都讲不下去了,但很快大家就被她的认真、她对同学无私的关爱感动了,都喜欢上她的课了。

姜老师的出类拔萃,反衬出其他一些老师水平的差劲。那几位混惯了日子的老师,在受到同学们的哄笑后,对姜老师更嫉妒了。他们不屑地说,就凭她一个刚毕业的小姑娘,三分钟热血,想改变这破学校注定的结果,实在是太天真了。

后来有两个老师不愿意上课,姜老师就教我们语文、英语、物理和化学四门课程。一个老师担起初中四门主课的教学工作,这在那个年代恐怕也是十分罕见的。可以想象,她要付出怎样的心血。多少年后,当我向朋友讲述这段往事时,朋友无不惊讶地赞叹姜老师的学识和品性。

超负荷的工作,曾让姜老师几次累昏在课堂上。同学们深受感动,觉得再不玩命地学习就太不懂事了。于是,大家像大梦初醒一般,都开始认真地读起书来,那份刻苦那份执著,也是别人难以想象的,我甚至将语文书和外语书整个背了下来。因为同学们和姜老师心中都燃烧着一个强烈愿望—— 一定要努力,打碎那个似乎已有的"注定"!

1983年的秋天,一个让全乡父老乃至全县都震惊的好消息传出:多年来什么考试都是倒数第一、吃惯了升学率"零蛋"的乡中学,在这一年的中考中,竟奇迹般的有5人考入省重点高中、4人考入中专、13人考入普通高中!

累倒在病榻上的姜老师幸福地笑了,那些纯朴的家长和同学们也笑了,人人眼里都含着晶莹的泪花,为曾经的迷茫、曾经的热血沸腾、曾经的顽强拼搏,流出了那么多欣慰的热泪……

后来,乡中学备受关注,调整了领导班子,办学条件也大为改观,调入、调出了一批教师,教风大改,学风更浓了,教学质量逐年提高,越来越多的毕业生从这里奔赴祖国的四面八方。

15年后,当年那个以优异成绩考入县城一中、如今已是一位小有名气的青年作家的我重返母校时,母校美丽的一切都已远远超出了我的想象。当我坐在那宽敞明亮的大礼堂,自豪地给在校的学生们讲述我们当年经历的那段难忘的往事时,我禁不住一再引用我至敬的姜老师馈赠的那句一生铭记的格言——有些"注定"是可以打碎的。

老师对学生的爱是永无止境的。老师即使身患重病，也依然牵挂着自己的学生。这爱比大海更博大，比太阳更温暖。也正是老师的教导，让学生在人生之路上走得踏实而坚定。

第二十一页

● 李家同

张教授是我的老师，也是我们大家都十分尊敬的老师。他在微生物学上的成就可以说是数一数二的；他的专著也被大家列为经典。张教授终生投身教育，桃李满天下，我们这些从事和微生物学有关的研究的人，多多少少都应该算是张教授的学生。

张教授身体一直很硬朗，可是毕竟岁月不饶人，他近年来健康状况大不如从前。去年他曾经住过一次院，今年，他再度住院，健康情形每况愈下。张教授是个头脑清楚的人，当然知道他的大限已到。他是一个非常豁达的人。他说他也没有什么财产要处理，但是他十分想念他的学生，有些学生一直和他有联络，也都到医院来看过他，但有好多学生已经很久没有和他联系了。

张教授给了我一份名单，全是和他失去联系的学生，要我将他们一一找出来。一般说来，找寻并不困难，大多数都找到了。有几位在国外，也陆陆续续地联络上了，有些特地坐了飞机回来探病，有些打了长途电话来。在这一份名单中，只有一位学生，叫杨汉威，我们谁都不认得他，所以我也一直找不到他。后来，我忽然想起来，张教授一直在一所儿童中心教小孩子英文和数学，也许杨汉威是那里的学生。果真对了，那所儿童中心说杨汉威的确是张教授的学生，可是他初中时就离开了，他们也帮我去找，可是没有找到。

就在我们费力找寻杨汉威的时候，张教授常常在无意中会说："第二十一页。"晚上说梦话也都是"第二十一页"。我们同学于是开始翻阅所有张教授写过的书，都看不出第二十一页有什么意义，因为张教授此时身体已经十分虚弱，我们不愿去问他第二十一页是怎么一回事。

张教授找人的事被一位记者知道了，他将张教授找杨汉威的故事在媒体上登了出来。这个记者的努力没有白费，杨汉威现身了。

我那一天正好去看张教授，当时医院已经发出了张教授的病危通知，本来张教授可以进入特护病房，但他坚决不肯，他曾一再强调他不要浪费人类宝贵的资源。我去看他的时候，他的声音已经相当微弱了。

杨汉威是个年轻人，看上去只有二十几岁，完全是工人的模样。他匆匆忙忙地进入病房，自我介绍以后，我们立刻告诉张教授杨汉威到了。张教授一听到这个好消息，马上张开了眼睛，露出了微笑，用手势叫杨汉威靠近他。张教授的声音谁都听不见，杨汉威将耳朵靠近他的嘴，一边用极大的声音跟张教授说话。从张教授的表情来看，他一定是听见杨汉威的话了。

我们虽然听不见张教授的话，但听得见杨汉威的话，听起来是张教授在问杨汉威一些问题，杨汉威一一回答。我记得杨汉威告诉张教授，他没有念过高中，但念过补习学校。他一再强调他从来没有学坏，没有在不良场合做过事，也没有在夜市卖过非法光碟，他现在是个木匠，平时收入还可以，生活没有问题，还没有结婚。

张教授听了这些回答以后，显得很满意，他忽然叫杨汉威从他的枕头后面拿一本书，这本书是打开的。张教授叫杨汉威开始念打开的那一页。这本书显然是一本英文入门的书，这一页是有关 verb to be 的过去式 I was、you were 等例子的。杨汉威大声地念完以后，张教授叫他做接下来的习题。杨汉威开始的时候会犯错，比方说，他常将 were 和 was 弄混。每次犯了错，张教授就摇摇头。杨汉威会偷偷地看我，我也会打手势给他。越到后来，他越没有错了。习题做完了，杨汉威再靠近去，然后杨汉威告诉我们张教授说"下课了，你们可以回去了"。张教授露出了安详的微笑，他又暗示他有话要说，杨汉威凑了过去，这次，杨汉威忽然说不出话来了。过了几秒钟以后，他告诉我们，张教授说："再见"。

张教授就这样离开了我们。杨汉威没有将书合上，他翻回他开始念的那一页，那是第二十一页。他告诉我张教授在他初中时，仍叫他每周日去他的研究室，替他补习英文和数学，可是他家实在太穷了，经常三餐不继，他实在无心升学，当时玩心又重，就索性不去了。小孩是不敢写信的，他知道张教授一直在找他，却一直没有回去，但他一直记得张教授的叮咛，就是不可以变坏，不可以去不良场所打工，不可以到夜市去卖盗版光碟。他也记得张教授一再强调他应该有一技随身，所以他就去做一位木匠师傅的学徒，现在手艺已经不错了。等到他生活安定下来以后，他又去念了补习学校，所以他对 verb to be 的过去式有点概念，但是不太熟。

杨汉威再看看第二十一页，想起他最后的一课就停在第二十一页。十几年来，张教授显然一直记挂着他，也想将这一课教完。

张教授的告别仪式简单而隆重，教堂里一张桌子上放了张教授的遗像，旁边放了那本英文课本，而且打开在第二十一页上，桌上的一盏台灯照着这一页。我们请杨汉威上台来，杨汉威将最后一课的习题朗诵了一遍，他有备而来，当然都没有错。念完了习题，他说："张老师，我已会了，请您放心。"然后他走到桌子前面，合上了书，将台灯熄灭，这一堂课结束了。

我们这些学生都上了张教授的最后一堂课，他这次没有提到微生物，他只教了我们一个道理："你们应该关心不幸的孩子。"这也是我一生中最重要的一堂课。

Ren sheng miao di 人生妙谛

文中的那位老师是千百万老师心灵世界的真实写照,他们无所求,无所取,只是为了桃李的芬芳,默默奉献着全部的心血,树立起人类伟大情感的丰碑!

老师的泪水

● 杨旭辉

上高中的时候,我们班只是个普通班,比起学校里抽出的尖子生组成的6个实验班来说,我们考上大学的机会不多,因此除几个学习好的同学很努力外,我们大多数人都只是等着毕业混个文凭,然后找份工作。

班主任兼英语老师是个刚从师范学院毕业的学生,他非常敬业,但是说归说,由于许多人抱着破罐子破摔的想法,我们的成绩仍然上不去,在全校各科考试中屡屡倒数。

直到高二的一次英语联考,张榜公布的我们班的成绩却破天荒地超过几个实验班的学生,这使我们接连兴奋了好几天。

发卷的时候到了,老师平静地把卷子发给我们。我们欣喜地看着自己几乎从没考过的高分,老师说:"请同学们自己计算一下分数。"数着数着,我的分竟比实际分数高出20分,同学们也纷纷喊了起来:"老师给我们怎么多算了20分?"课堂上乱了起来。

老师把手摆了一下,班上静了下来。他沉重地说:"是的,我给每位同学都多加了20分,这是我为自己的脸面也是为你们的脸面多加的20分。老师拼命地教你们,就是希望你们能为老师争口气,让老师不要在别的老师面前始终低着头,也希望你们不要在别的班的同学面前总是低着头。"

他接着说:"我来自山村,我的父母都去世得早,上中学时我曾连红薯土豆都吃不起。大学放暑假,我每天到建筑工地拉砖,曾因饥饿而晕倒。但我就是凭着一股要强的精神上完师范学院,生活教会我在任何时候都不能服输。而你们只不过是在普通班就丧失了信心,我很替你们难过。"

这时候教室里安静极了,我和同学们都低下了头。老师继续说:"我希望我的学生们也做要强的人,任何时候都不服输。现在还只是高二,离高考还有一年多的时间,努力还来得及,愿你们不靠老师弄虚作假就得到足够的分数,让老师能把头抬起来,继续要强下去。"

"同学们,拜托了!"说完,老师低下头,竟给我们深深地鞠了一躬。当他抬起头的时候,我们看到他的眼睛流出了泪水。

"老师！"班里的女生们都哭了起来，男生们的眼里也含满了泪水。

那一节课，我们什么也没学。但两年后的高考，我们以普通班的身份夺得了全校高考第一名。据校长讲，这是学校的历史上从未有过的。

那一刻，我们每一个学生都记住了老师的眼泪。

人生妙谛
Ren sheng miao di

昏黄如豆的灯光透过窗棂,晕染出一片温馨怡人;阳光透过古槐繁茂的枝叶,洒下疏落斑驳的树影。老师用细腻的情感,温暖了童稚的心灵,淡淡的灯影照亮了孩子的成长之路。

老师窗内的灯光

● 韩少华

我曾在深山间和陋巷里夜行。夜色中,有时候连星光也看不见。无论是山林深处,还是小巷子的尽头,只要能瞥见一点灯光,哪怕它是昏黄的、微弱的,也都会立时给我以光明、温暖、振奋。

如果说人生也如远行,那么在我蒙昧和困惑的时日里,让我最难忘的就是我的一位师长的窗内的灯光。记得那是抗战胜利,美国"救济物资"满天飞的时候,有人得了件美制花衬衫,就套在身上招摇过市。这种物资一度被弄到了我当时就读的北京市虎坊桥小学里来,我就曾在我的国语老师崔书府先生宿舍里,看见旧茶几底板上放着一听加利福尼亚产的牛奶粉。当时我望望形容消瘦的崔老师,不觉也想到他还真的需要一点滋补呢……

有一次,我写了一篇作文,里面抄袭了冰心先生《寄小读者》里面的几个句子。作文本发下来,得了个漂亮的好成绩,我虽很得意,却又有点儿不安。偷眼看看那几处抄袭的地方,竟无一处不加了一串串长长的红圈!得意从我心里跑光了,剩下的只有不安。直到回家吃罢晚饭,一直觉得坐卧难稳。我穿过后园,从角门溜到街上,衣袋里自然揣着那有点像赃物的作文簿。一路小跑,来到校门前一推,"咿呀"了一声,好,门没有上锁。我侧身进了校门,悄悄踏过满院古槐树冠洒落的浓重的阴影,曲曲折折地来到了一座小小的院落里。那就是住校老师们的宿舍了。

透过浓黑的树影,我看到了那样一点亮光——昏黄、微弱,从一扇小小的窗棂内浸了出来。我知道,崔老师就在那窗内的一盏油灯前做他的事情——当时,停电是常事,油灯自然不能少。我迎着那点灯光,半自疑半自勉地登上那门前的青石台阶,终于举手敲了敲那扇雨淋日晒以致裂了缝的房门——

笃、笃、笃……

"进来。"老师的声音低而弱。

等我肃立在老师那张旧三屉桌旁,又忙不迭深深鞠了一躬之后,我感觉得出老师是在边打量我,边放下手里的笔,随之缓缓地问道:"这么晚了,不在家里复习功课,跑到学校里做什么来了？"

我低着头没敢吭声，只从衣袋里掏出那本作文簿，双手送到了老师的案头。

两束温和而又严肃的目光落到了我的脸上。我的头低得更深了，只好嗫嗫嚅嚅地说："这篇作文，里头有我抄袭人家的话，您还给画了红圈儿，我骗、骗……"

老师没等我说完，一笑，轻轻撑着木椅的扶手，慢慢起身到靠后墙那架线装的铅印的书丛中，随手一抽，取出一本封面微微泛黄的小书。等老师把书拿到灯下，我不禁侧目看了一眼，那竟是一本冰心的《寄小读者》。

还能说什么呢，老师都知道了，可为什么……

"怎么，你是不是想：抄名家的句子，是谓之'剽窃'，为什么还给打红圈？"

我仿佛觉出老师憔悴的面容上流露出几分微妙的笑意，心里略微松快了些，只得点了点头。

老师真的轻轻笑出了声，好像并不急了却那桩作文簿上的公案，却抽出一支"哈德门"牌香烟，默默地点燃了，吸着。直到第一口淡淡的烟消融在淡淡的灯影里的时候，他才忽而意识到了什么，看看我，又看看他那铺垫单薄的独卧板铺，粲然一笑，训教里不无怜爱地说："总站着干什么？那边坐！"

我只得从命，两眼却不敢望到脚下那块方砖之外的地方去。

又一缕烟痕大约已在灯影里消散了，老师才用他那低而弱的语声说："我问你，你自幼开口学话是跟谁学的？"

"跟……跟我的奶妈妈。"我怯生生地答道。

"奶妈妈？哦，奶母也是母亲。"老师手中的香烟只举着，烟袅袅上升，"孩子从母亲那里学说话，能算剽窃吗？""可……可我这是写作文呀！""可你也是孩子呀！"老师望着我，缓缓归了座，见我已略抬起头，就眯细了一双不免含着倦意的眼睛，看着我，又看看案头那本作文簿，接着说："口头上学说话，要模仿；笔头上学作文，就不要模仿了吗？一边吃奶，一边学话，只要你日后不忘记母亲的恩情也就算是个好孩子了……"

这时候，不知我从哪里来了一股勇气，竟抬眼直望着自己的老师，更斗胆抢过话头，问道："那……那作文呢？"

"学童习文，得人一字之教，必当终身奉为'一字之师'。你仿了谁的文章，自己心里老老实实地认人家做老师，不就很好了吗？模仿无罪。学生效仿老师，何谈'剽窃'？"

我的心，着着实实地定了下来，却又着着实实地激动起来。也许是一股孩子气的执拗吧，

我竟反诘起自己的老师:"那您也别给我打红圈呀!"

老师却默然微笑,掐灭手中的香烟,向椅背微靠了靠,眼光由严肃转为温和,只望着那本作文簿,缓声轻语着:"从你这通篇文章看,你那几处抄引,上下也还可以贯串下来,不生硬,就足见你并不是图省力硬搬的了。要知道,模仿既然无过错可言,那么聪明的模仿,难道不该略加奖励吗——我给你加的也只不过是单圈罢了……你看这里!"

老师说着,顺手翻开我的作文簿,指着结尾一段。那确实是我绞得脑筋生疼之后才落笔的,果然得到了老师给重重加上的双圈——当时,老师也有些激动了,苍白的脸颊微漾起红晕,竟然轻声朗读起我那几行稚拙的文章来……读罢,老师微侧过脸来,嘴角含着一丝狡黠的笑意说:"这几句嘛,我看,就是你从自己心里掏出来的了。这样的文章,哪怕它还嫩气得很,也值得给它加上双圈!"

我双手接过作文簿,正要告辞,忽见一个人,不打招呼推门而入。他好像是那位新调来的"训育员":平时总是戴近视眼镜,穿中山服,面色更是红润光鲜;现在,他披着件外衣,拖着双旧鞋,手里拿个搪瓷盖杯,对崔老师笑笑说:"开水,你这里……"

"有。"崔老师起身,从茶几上拿起暖水瓶给他斟了大半杯,又指了指茶几底板上的"加利福尼亚",笑眯眯地看了来人一眼,"这个,还要吗?"

"呃……那就麻烦你了。"

等老师把那位不速之客打发得含笑而去后,我望着老师憔悴的面容,禁不住脱口问道:"您为什么不留着自己喝?您看您……"

老师默默地没有就座;高高的身影印在身后那灰白的墙壁上,轮廓分明,凝然不动。只听他用低而弱的语声缓缓地说道:"还是母亲的奶最养人……"

我好像没有听懂,又好像不是完全不懂。仰望着灯影里的老师,仰望着他那苍白的脸色、憔悴的面容,又瞥了瞥那个被弃置在底板上的奶粉盒,我好像懂了许多,又好像还有许多、许多没有懂……

半年以后,我告别了母校,升入了当时的北平二中。当我拿着入中学后的第一本作文簿匆匆跑回母校的时候,我心中是揣着几分沾沾自喜的得意劲儿的,因为,那簿子里画着许多单的乃至双的红圈。可我刚登上那小屋前的青石台阶的时候,门上一把微锈的铁锁让我一下子愣在了那小小的窗前……听一位住校老师说,崔老师因患肺结核,住进了红十字会办的一所慈善医院。

临离去之前,我从残破的窗纸漏孔中向老师的小屋里望了望——迎着我的视线,昂然站在案头的,是那盏油灯,灯罩上蒙着灰尘,灯盏里的油,已几乎熬干了……

时光过去了近四十年。在这人生的长途中,我曾经历过荒山的凶险和陌巷的幽曲,而无论是黄昏,还是深夜,只要我发现了远处的一点灯光,就会猛地想起我的老师窗内的那盏灯,那熬干自己的生命,也更给人以启迪、给人以振奋、给人以光明和希望的,永不会在我心头熄灭的灯!

还记得校园两旁的林荫路吗？在那春的嫩绿和秋的金黄中，青涩的我们度过了纯真的学生时代。老师像璀璨夜幕中的星星，在漆黑的夜晚放射光芒，点缀我们记忆的银河，照亮我们的一生。

人生妙谛
Ren sheng miao di

在那颗星子下

——记我的中学生时代

● 舒 婷

母校的门口是一条笔直的柏油马路，两旁凤凰木夹阴。夏天，海风捋下许多花瓣，让人不忍一步步踩下。我的中学时代就是活在这一片花雨红殷殷的梦中。

我哭过、恼过，在学校的合唱队领唱过，在恶作剧之后笑得喘不过气来。等我进入中年回想这种种，却有一件小事，像一只小铃，轻轻然而分外清晰地在记忆中摇响。

初一那年，我们有 11 门学科之多，那个崩开线的大书包，把我们勒得跟登山运动员那样善于负重。我私下又加了近 10 门课：看电影、读小说、钓鱼、上树……我自己也不知道，究竟是把读书当玩了，还是把玩当做读书。

学校规定，除了周末晚上，学生们不许看电影，老师们要以身作则。所以我大摇大摆屡屡犯规，都没有被当场逮住。

英语学期考试前夕，是星期天晚上，我约了另外三个女同学去看当时极轰动的《五朵金花》。我们呷着冰棍儿东张西望，一望望见了我们的英语老师林老师和她的男朋友。他们在找座位。我努力推测她看见了我们没有，因为她的脸那么红，红得那么好看，她身后的那位男老师长得（我毫无根据地认定他也教英语）比我们的班主任辜老师还神气。

电影还没散场，我身边的三个座位一个接一个空了。我的三个"同谋犯"或者由于考试的威胁，或者由于良心的谴责，把决心坚持到底的我撂在一片惴惴然的黑暗之中。

在出口处，我和林老师悄悄对望了一眼。我撮起嘴唇，学吹一支电影里的小曲（其实我根本不会吹口哨，多少年苦练终是无用）。在那一瞬间，我觉得她一定觉得歉疚。为了寻找一个理由，她挽起他的手，走入人流中。

第二天我一觉醒来，天已大亮。外婆舍不得开电灯，守着一盏捻小了灯芯的油灯打瞌睡，却不忍叫醒我起来早读。我顿足大呼，只好一路长跑，幸好离上课时间还有 10 分钟。

翻开书，眼前像在最拥挤的中山路骑自行车，脑子立即作出判断，哪儿人多，哪儿有空当可以穿行，自然而然有了选择。我先复习状语、定语、谓语这些最枯燥的难点，然后是背单词。上课铃响了，b-e-a-u-t-i-f-u-l，beautiful，美丽的。"起立！""坐下。"赶紧再背一个。

老师讲话都没听见，全班至少有一半人嘴里像我一样咕噜咕噜。

考卷发下来，我发疯似的赶着写，趁刚才从书上复印到脑子里的字母还新鲜，便把它们像活泼的鸭群全撵到纸上去。这期间，林老师在我身旁走动的次数比往常多，停留的时间似乎格外长。以致我和她说不准谁先扛不住，就那样背过气去。

成绩发下来，你猜多少分？113分！真的，附加两题，每题10分，我全做出来了。虽然beautiful这个单词还是错了，被狠狠扣了7分，从此我也把这个叛逃的单词狠狠揪住了。

那一天，别提我走路时膝盖抬得有多高。

慢！

过几天是考后评卷，我那林老师先把我一通夸，然后要我到黑板前示范，只答一题，我便像根木桩戳在讲台边不动了。她微笑着，惊讶地，仿佛真不明白似的，在50双眼睛前面，把我刚刚得了全班第一名的考卷，重新逐条考过。你猜，重打的分数是多少？47分。

课后，林老师来教室门口等我，递给我成绩单，英语一栏上，仍然是叫人不敢正视的"优"。

她先说："你的强记能力，连我也自叹不如。以前，我在这一方面也是很受我的老师称赞的。"沉默了一会儿，只听见一群相思鸟在教室外的老榕树上幸灾乐祸。她又说："要是你总是这么糟蹋它，有一天，它也会疲劳的。那时，你的脑子里还剩了些什么？"

还是那条林荫道，老师纤细的手沉甸甸地搁在我瘦小的肩上。她送我到公园那个拐弯处，我不禁回头深深望了她一眼。星子正从她的身后川流成为夜空。最后她自己也成为一颗最亮的星星，在我记忆的银河中，我的老师。

老师借给学生的不仅仅是两分,更是点燃了孩子人生路上的希望之火,就像冬日里的一缕阳光,苦难中的一句鼓励,让每一颗热爱生活的心灵都不放弃对美好生活的渴望。

R*en sheng miao di* 人 生 妙 谛

刻骨铭心的两分

● 崔修建

那年,他的中考分数距重点中学的录取分数线只差三分,一位开煤矿的远房舅舅慷慨地为他掏了一年的学费,让他成了一名自费生。他格外珍惜那来之不易的读书机会,学习异常刻苦,成绩提高得也很快,高一时他的成绩已在班级排在第十五名。

正当他雄心勃勃地向前十名奋力冲刺时,不幸接连降临,先是父亲在采石场打工时不慎被一块飞落的石头砸断了两根肋骨,从此再不能干重活,而且为治病还欠了不少钱。接着,那位好心的舅舅的煤矿出了事故,他为死伤者赔付了数额很大的一笔钱,煤矿也被关闭了。自然地,他的学费也就没有着落了。

眼看就要开学了,家里连他最低的生活费都拿不出来了,父亲叹息着念叨起令他心酸的家境,让他辍学回来帮他撑起这个家。他哭着请求父亲让他读完高中,他保证考上大学,以后会为家里挣更多的钱。

父亲勉强同意了,可他又给他出了一个难题——他得自己去筹措学费。他跑了好多亲戚家,说了无数的好话,掉了无数的眼泪,终于借够了高二学年的学费。父亲又卖了一些口粮,给他兜里揣了80块钱的生活费,让他开始了高二的学习生活。

这时,他的压力更大了,深怕自己学习落伍,对不住家人和亲友。他拼命地学习,是班级里每天起得最早、睡得最晚的一个,几乎把所有的时间都用在学习上了。他的勤奋,很快有了回报,高二上学期期末考试,他总分排在了第六名。班主任老师在表扬他的时候,又告诉他一个好消息——如果他能够在期末考进前两名,学校就将免去他高三学年的全部学费。

老师的话令他激动不已,他心里暗暗地告诫自己——必须要冲进前两名,免去那笔如山一样沉重的学费。于是,他更用功了,几乎到了疯狂的地步。直到考试前一天晚上,虽说他已很有信心能够考好,但还是看书看到很晚才休息,因为这次期末考试对他来说实在是太至关重要了。

紧张而激动的考试刚一结束,他便急切地向各科老师询问考试的结果。他的几门主科答得都比较好,但最拿手的政治却发挥失常,比预计的少得了10分,七门功课的总分他排在了

第三名,比第二名的王强只差一分,就差语文分数没出来了。这时,他的心都悬到了嗓子眼儿了,他怕语文成绩一向突出的王强再超过了他,那样他就……他实在不敢再往下面想了,晚上忐忑不安地来到了教语文的于老师家中。

于老师见到他,高兴地告诉他:"你考得还不错,就是作文写得有一点儿偏题。"

听了于老师的话,他心里更慌了,急切地打听王强的分数,当于老师报出他俩分数一样时,他几乎立刻晕了过去,两眼呆呆地望着于老师,痛苦地呢喃着:"完了,完了,一切都完了,我恐怕支撑不到高考了。"

于老师惊愕地追问他究竟是怎么一回事,他的眼泪唰的一下汹涌而出,他哭泣着向于老师倾诉了他那贫寒的家境、他异常的勤奋和他那至关重要的希望……

于老师听着他的哭诉,面带同情,久久无语。

忽然,一个大胆的念头闪过他的脑海,他猛地跪到于老师面前,急切地恳求道:"于老师,求求您,求您一定帮帮我,借给我两分,我以后会加倍补偿的。"

"借给你两分?怎么借?"于老师不解地拉起他。

"就是您给我的作文多批两分,那样我的总分就可以超过王强,而家境宽裕、性格开朗的他,根本不会在意这次考试的一个名次,但那对于我来说却意义非同寻常……"

于老师眉头紧锁地踌躇了几分钟,然后郑重地对他说:"那得有一个前提条件,我才可以考虑借给你两分。"

"于老师,只要您这次借给我两分,我答应您的任何条件。"他激动得心都要跳出来了。

"那好,以后你保证每次语文考试都要拿第一名,否则,我就在你正常的得分上减去10分,算是对你这次借分的加倍补偿。"于老师向他提出了一个近乎苛刻的要求。

"我保证今后更刻苦地学习语文,不辜负老师的期望。"他大声地向于老师承诺。

因为于老师的暗中"关照",他不仅如愿地被减免了学费,还被报送省"三好学生",学校还发给他200元奖金。握着那几乎够他一学期生活费的奖金,片刻的兴奋后,他心里涌起一缕缕的愧疚,但他无法说出来,只是默默地告诫自己——一定要努力再努力,对得起学校和老师对他关照和鼓励……

有了无形的动力和压力的他,把勤奋学习可以说是发挥到了极致,尤其是语文这门功课,他投入了更多的精力,成绩明显地提高,高三学年的大大小小的几十次考试,他的语文成绩稳稳地占据着班级里第一名的位置,仅有一次考了第二名,被于老师毫不客气地"惩罚"了10分。

最终,在那年的高考中,他考出了全校第一名的优异成绩,作文还得了满分,作为范文被报纸刊登了出来。填报志愿时,他没有选择北大、清华这样的名牌高校,而是毅然在所有的志愿栏目里都填上了带"师范"字样的大学。

临上大学前,他满怀感激地再次向于老师致以深深的谢意,他真诚地说:"如果没有于老师当初借给我的那两分,我绝对不会有今天这样的成绩。"

于老师慈爱地笑了,"你是我第一次'借给'分数的同学,事实证明我是做对了,当初是因为相信你会做得很优秀，所以我才愿意助你一臂之力的……"

当他向已考上复旦大学的王强讲起那次借分的经历时，王强非但没有丝毫怪罪之意，反而有些懊悔地说："你要是早点儿告诉我，我故意答错一道题不就行了，我不知道那对我其实并不重要的排名，却可以改变你一生的命运呢。"

再后来，他也成了一名让学生喜欢的语文老师。他在认真教书育人之余笔耕不辍，几年间，在各类报刊上发表了千余篇备受读者欢迎的文章。当他的第一本情感美文集《与心灵说话》出版后，他立刻想到了于老师，想到了他曾借给他的那无比珍贵的两分，想起他那求学生涯中的许多难以忘怀的情节……

一天，当他把这段往事讲给他十分敬重的一位老教授时，老教授感慨地说："这真是一件值得回味的往事，你遇到了一位好老师，他也遇到了一位好学生。你因为老师的勉励取得了更大的成功；老师因为自己的爱心，拥有了远远超出分数以外的收获。"

老教授的话不无道理，于老师当年举手之劳借给他的那两分，改变的绝不仅仅是他一个人的一生的走向，它饱含的内容实在是很多很多……

人生妙谛
Ren sheng miao di

藏在作业本中的秘密,包含着老师理解的心和博大的爱。橡皮擦去了作业本上的字迹,却擦不去作业本上写满的深情。秘密的约定如一粒种子,在岁月的花园里舒展情感的枝蔓,绽放出美丽的心灵之花。

秘密

● 崔鹤同

他7岁,上小学二年级,他有一双非常水灵的大眼睛,乌黑晶亮的不谙世事、清澈透明的大眼睛。凝视他眼睛的时候,老师常常会有一种错觉,以为那里面正含着眼泪,像一潭水似的,晃动着,但不涌出来。

他是一个可怜的孩子,因为他父母离婚之后都各自有了家,他跟着年迈的奶奶一起生活。

奶奶只有微薄的退休金,祖孙两人有了吃的就没有穿的了,总有一样要凑合。这个孩子特别懂事。

小学生的作业本通常都是用得很快的,用不了多久就要买新的。没有一个同学对这件事有疑问。有一次,课间休息时,所有的同学都在操场上玩,只有他,嗫嚅着走到讲台旁,仰着小小的脸,伸出小小的手,他递给老师一支铅笔。他说:"老师,我想让你以后用铅笔给我判作业,这样,作业本用完了,我用橡皮一擦,就像新的一样了。"

老师注视着这个孩子的眼睛,发现孩子的脸特别圣洁。看着看着,老师就要掉眼泪。老师拿过了那支铅笔,对孩子说:"这是我们两个人之间的秘密,我一定用只有我们俩能看清楚的符号来批改你的作业。"

孩子特别开心,冲出教室,冲进同学当中。此后,有好几个星期的时间,老师真的用铅笔给他批改作业,而且悄悄地告诉他:"如果你都做对了,老师就只写上优秀两个字,擦的时候也好擦。"这样,孩子一直保持了优秀的成绩。

后来,孩子的生日到了,老师买了整整100本小学生常用的练习本给他。老师说,这是对他作业一直优秀的奖励,而且,也是因为老师和他共有一个秘密。

这是一个伟大的秘密。

这个秘密的秘密就是自尊、自强、善良和爱。

火柴头大的火焰，足以温暖一颗久已冰封的心灵；一股爱的细流，足以滋润久已干涸的情感的心泉。不经意间的付出，竟然在多年之后结出了丰硕的果实，这就爱的力量。

R 人 生 妙 谛
en sheng miao di

最需要的爱

● 马　德

那是高三的一次期末考试，那天考的好像是历史。时间过半的时候，我照例到考生中间转了转。转到墙角的时候，我发现一个学生的字写得特别大，而且乱，就俯下身子小声对他说："把字写小点。一来容易写整齐了，二来在有限的空间内会让你答的内容更翔实、更丰富，不容易丢分。""另外，"我又补充了一句，"这样，到高考的时候，你就会考上一所更好的院校。"说完后，我就回到了讲台上。然而我发现这之后，刚才被我说过的学生很长时间没有答题，只是低着头不断地摆弄着手里的那支笔。

那场考试很快就过去了，那个学生叫什么我不知道，甚至他长得什么模样我也没有记住。此后，我又教了高一，然后高二、高三一轮一轮地往下走，日子像流水一般消逝着，而上面那件事，也早在我的记忆中烟消云散了。

去年秋末的时候，我莫名地收到一封来自外省某中学的信。打开信，落款是一个陌生的名字。好奇心促使我迅速地浏览起来：

马老师，你还记得几年以前的那场考试吗？那天，我正准备在试卷上随便涂抹几个字就交卷，这时候，你走了过来，要我把字写小点，我其实挺反感别人对我指手画脚的。然而，你后边所说的话，却让我在考场上一直怔着坐了半天，直到考试结束的铃声响起——那是我唯一一场坚持完的考试。实话对你说，当时我是一个学习极差的学生，从来没有一个老师对我寄予过希望，在我的脑海里，也没有一个人对我说过"你能考上"的字眼。你那天所说的"这样，你就会考上一个更好的院校"像一枚石子，在

我已死的心湖里掀起波澜。马老师，你知道你的这句话给我的勇气和力量吗？复习的那一年里，我咬紧牙关，从最简单的知识开始学起，第二年，我居然考上了外省的一所师范院校。

更重要的是，你的爱，让现在一样是老师的我懂得了该什么时候俯下身来，给最需要帮助的学生一次肯定、一个微笑、一个眼神，因为他们的心灵需要这样细小的关怀和爱……

天哪！我哪里知道，多年前我早已忘掉的一句话，竟然给了一个孩子这样的帮助和鼓励。那仅是火柴头大的一点火焰啊，可对于一颗渴望温暖的心灵来说，竟是爱的全部。看来，这个世界没有最大的爱，只有最需要的爱，只要我们肯拿出来，即便这点爱小如米粒或草芥，也总会有一颗最需要的心灵，得到它的呵护和抚慰。

点滴的小事如同露珠,为孩子的心灵反射太阳的光芒。充满理解的表达方式,体现出老师的良苦用心,没有谁会拒绝这样的关爱。充满深意的教诲,即使是只言片语,也足以让人受益终生。

R人生妙谛
en sheng miao di

坦率的请假条

◎ 钟雨楠

四年大学生活似乎没有留下什么有趣的事,除了一件。那是大二下半学期的事了。教我们英语泛读的是一位认真的老太太,教学很有特色。可惜我除了表面上对她表示尊重外,并不欣赏她的慢条斯理。上课时我常常缩在最后一排,看自己的书,干自己的活。我不是一名好学生,幸好她也没那么认为,否则准经常提问你。虽然我不爱上她的课,甚至有些害怕上她的课,但还没有逃过课。有一天,我实在不愿待在教室,就写了一张请假条托同伴交给老太太。

亲爱的老师:

很遗憾,我没去上您的课。也许有人告诉您我去医院看病了——事实上,人总有各种各样的病。但是,坦率地承认,我真的没有做好上课的准备,因为我不得不花许多精力去干某些更重要的事。我知道要在短期内提高英语水平是不可能的,我也知道不先预习而上您的课是没有意义的。我当然知道,要得到某些东西必须要失去另外一些。您说我逃课也好,病假也好,反正事情发生了。

您的学生 即日

上课铃响过,我在远处望着自己的教室,想象着老太太收到这张假条的神情:发怒?置之不理?觉得非常有趣?课后,有同伴捎话,老太太让我去她办公室。这时,我才感到自己有点过分了。当我敲她办公室的门时,简直有些害怕,尤其想到她那严

厉的目光透过老式眼镜很令人不安。我走进办公室,老太太不在。同室的先生见我找她,便指了指她办公桌上留下的纸条。我看着纸条,不觉有些脸红。

亲爱的学生:

很遗憾,我没等到你来。也许有人会告诉你我去医院看病了——事实上,人总是有各种各样的病。但是,坦率地承认,我真的没有做好和你交谈的准备,因为我不得不花许多精力去干某些更重要的事。我知道要在几分钟内改变你的观点是不可能的,我也知道不先做准备和你交谈是没有意义的,我当然更知道要得到某些东西必然要失去另一些东西。反正事情发生了,谁也不欠谁的。可是有一点你必须明白,你现在所学的是基础,是建造任何大厦的地基。

你的老师 即日

师恩难报，它悄然无声地帮助我们成长，给予我们爱的力量、生命的尊严、生活的希望。由此，我们不禁惊叹爱的伟大。只要我们相信爱的存在，就能创造出生命的奇迹。

人 生 妙 谛
R en sheng miao di

老师，我相信石头会开花

● 崔修建

因为先天的智能障碍，方言曾被许多学校拒收，直到她12岁那年遇到了热心的赵老师，才成为那所乡村小学一年级的学生。

方言在班级里年龄最大，学习成绩却最差，许多很简单的问题她都不明白，有的学生背地里叫她傻瓜，让自卑的她听了难过极了。

一次，赵老师在课堂上领着学生们进行造句比赛，看谁造的句子精彩。同学们兴趣盎然，一个个不甘落后地晃动着聪明的小脑袋，造出了许多漂亮句子，赵老师兴奋地不住点头赞许着。

忽然，老师微笑的目光停在了一直沉默的方言的脸上，热情地鼓励道："下面请方言同学给大家用'相信'造一个句子，好吗？"

方言站起来，吭吭哧哧了好半天，终于小声地说出一个句子："我相信石头会开花。"

她的话音还没落，同学们便立刻笑成一团。这时，赵老师将一根手指竖到嘴边，示意大家安静。然后，他走到方言跟前，亲切地抚摸着她的脑袋，大声宣布："方言造的句子最好。"

同学们马上不服气地跟赵老师争论起来，他们七嘴八舌地辩解——不管什么花，都只能开在泥里、水中、树上等，只有方言那样的傻瓜才会相信石头会开花。

"我也相信石头会开花。"老师慈爱的目光里透着坚定。

"老师，您也相信？"同学们困惑地望着他们一向敬佩的老师。

"是的，事实会让你们也相信方言说的没错。"赵老师走到黑板前，用红色粉笔认真地写下了方言的造句。

一个月后，赵老师把一块满是窟窿眼儿的石头拿进课堂，同学们全都惊讶地张大了嘴巴——原来，那石头上面竟真的开着一朵同学们熟悉的小花，鲜艳得和窗台花盆中的小花一模一样。

"同学们，方言说对了吧？记住——石头也会开花的。"赵老师话音未落，教室里响起了真诚而热烈的掌声，久久不息。方言开心地笑了，笑得像花朵一样灿烂。

　　此后，尽管方言的学习成绩依旧不好，但再也没有谁说她傻了，她跟同学们愉快地度过了天真烂漫的小学时光。后来，方言成了一位很有名气的童话作家，创作出了许多精彩的故事，感动了千千万万的读者。

　　"没想到，我随意说出的一句话，赵老师竟然深信不疑，还千里迢迢地托朋友弄来那块火山岩，让我和同学们坚信——只要努力，没有什么是不可能的……"

　　多年以后，谈及往事，方言依旧感慨万千。

一背袋的信件是战争岁月里父母传递爱的唯一方式，父亲从战场将一背袋的爱背了回来，这抵得过世间无数的美好，它将过去那些难熬的日子一笔勾销，留下了对亲情别样的纪念。

一只背袋

● [波兰]米洛斯拉夫·茹拉夫斯

那是第一次世界大战期间，父亲上前线去了，妈妈独自一人带着我和妹妹，住在里沃夫城外的一个小村子里。

当时，我和妹妹都小，记不得爸爸的模样了，只从照片上见过。不过，妈妈总是给我们讲起爸爸。

于是，我们也经常缠着妈妈要爸爸。妈妈总哄我们说，爸爸快回来啦，因为眼看着仗就要打完了。然而，战争总是结束不了。此后，妈妈终于对我们说了实话：父亲还在意大利前线作战。

我们的妈妈向来坚强，我从未见过她流泪。晚上，妈妈一封接一封地给前线的父亲写信。父亲的信也时时从前线寄到家，灰色的信封，信封上盖着式样各异的邮件检查机关和战地邮局的邮戳。每当妈妈接到爸爸的信时，总是一边读，一边随口讲给我和妹妹听。

有一次听妈妈说，爸爸负伤住到了野战医院，伤好后再不能回前线打仗，就调到了军需机关。这样，爸爸很快就有希望回趟家，还一定会给我们背回一袋子好吃的东西。

我和妹妹猜想，那袋子里装的是大块大块美味的腌猪肉，在当时，那可是我们的奢望。于是，每个晚上睡觉前，我们都盼着父亲背回满满的一袋子又酥又香的腌猪肉来。

爸爸终于回来了，他把身上的背袋往墙角一放，就过来拥抱我们，袋子比我们设想的还满。我们缠住爸爸不放，和他在一起的快乐无穷无尽，爸爸浑身上下是烟草味和朗姆酒味，他把我和妹妹抱在膝上，没完没了地逗我们，还让我们玩他胸前佩戴的十字勋章和各式立功奖章。用他久未刮过的硬胡楂扎我们的脸蛋。爸爸高兴得啥都忘了。

后来，只有墙角的那只又大又满的背袋吸引我们的注意——里面装着神奇诱人的美味，最好吃的当然是那腌猪肉。想着想着，口水就禁不住往下流。

我和妹妹没有睡着，妈妈进屋时，我俩假装着睡熟了，一动不动地躺着，眯缝着眼偷偷往外瞧。妈妈站住了，盯着那个袋子，好像她也终于忍不住了，弯下腰，吃力地搬起背袋——背袋装得太满了——把东西全倒在桌子上。

看着眼前的景象，我和妹妹不禁惊呆了。失望、委屈，又感到害怕：桌子上堆的全是信，用绳子捆好的一沓沓蓝色、白色、灰色、红色的信封，信封上是邮件检查机关和战地邮局的红邮戳。这些信我们太熟悉了，因为它们是在战争年月里，妈妈写给爸爸的全部家信，而且是数不清的晚上，妈妈写完后交给我和妹妹投到邮筒里的。信，信，从这个大背袋里倒出来的全是信，摆满了整整一个桌子，还几乎往下掉。

此时此刻，从来没有流过泪的妈妈，第一次在我们面前哭了。起初，她小声地抽泣，泪水顺着面颊往下流；她用双手捂住眼睛，泪又顺着指缝往下流。妈妈摇头想止住，但是没用，她最终控制不住自己，便放声大哭起来。

爸爸进来了，看到妈妈对着那个空背袋哭成这个样子，他似乎明白了一切：妈妈没有在那里面找到她盼望的腌猪肉。

爸爸心里也难过起来。妈妈就这样一直哭着，始终不让爸爸挨近她……

素不相识的一对夫妇却给了小女孩儿亲情的温暖，这个善意的举动是对一个幼小心灵的安慰与关爱，这份爱既来自人间又来自天堂，照亮了小女孩前方的路，也温暖了小女孩冰冷的心。

人生妙谛
Ren sheng miao di

天堂回信

● [美]马戈·法伊尔

在 1993 年 10 月的一个清晨，朗达·吉尔看到 4 岁的女儿戴瑟莉怀中放着 9 个月前去世的父亲的照片。"爸爸，"她轻声说道，"你为什么还不回来呀？"丈夫肯的去世已经让她痛不欲生，但女儿的极度悲伤更是令她难以忍受，朗达想，要是我能让她快乐起来就好了。

戴瑟莉不仅没有渐渐地适应父亲的去世，反而拒绝接受事实。"爸爸马上就会回家的，"她经常对妈妈说，"他现在正上班呢。"她会拿起自己的玩具电话，假装与父亲聊天儿。"我想你，爸爸，"她说，"你什么时候回来呀？"肯死后朗达就从尤巴市搬到了利物奥克附近的母亲家。葬礼过去近两个月，戴瑟莉仍很伤心，最后外祖母特里施带戴瑟莉去了肯的墓地，希望能使她接受父亲的死亡，孩子却将头靠在墓碑上说："也许我使劲听，就能听到爸爸对我说话。"

后来有一天晚上，朗达哄戴瑟莉睡觉时，戴瑟莉说："我想死，妈妈，那样我就能和爸爸在一起了。"

"上帝呀！帮帮我吧，"朗达祈祷着，"告诉我该怎么办。"

1993 年 11 月 8 日本该是肯的 29 岁生日。"我们怎么给我爸爸寄贺卡呀？"戴瑟莉问外祖母特里施。

"我们把信捆在气球上，寄到天堂去怎么样？"特里施说。戴瑟莉的眼睛立刻亮了起来。

她选了一个画着美人鱼的气球，图案的上方写着"生日快乐"。以前戴瑟莉经常和爸爸一起看美人鱼的录像。

在墓前摆放鲜花时，戴瑟莉口述了一封给爸爸的信。"生日快乐，我爱你，想念你，"她说着，"但愿你在天堂能收到这个气球，在我一月份过生日时给我写回信，好吗？"特里施将那段话和她们的地址记在了一张小纸片上，裹上一层塑料，最后戴瑟莉放飞了那只气球。

将近一个小时，她们就看着那个闪亮的光点慢慢地越飘越远、越变越小，戴瑟莉却兴奋地喊道："看啊，爸爸收到我的气球了！"才不过几分钟，那气球就不见了。"现在爸爸要给我写回信了。"戴瑟莉说着向汽车走去。

在一个寒冷有雨的 11 月的早晨，在加拿大东面的爱德华王子岛上，32 岁的维德·麦金农

准备出去打猎。他是一位森林管理员，与妻子和三个孩子住在美人鱼镇上。

但那一天他没有去经常打猎的地方，而突然决定去两英里外的美人鱼湖。在岸边的灌木丛中，他发现杨梅树丛的枝条钩住了一只银色的气球，上面印着美人鱼的图案，线的顶端系着一张包着塑料的小纸条，已经被雨浸湿了。

回到家，维德小心地将潮湿的纸条摊开晾干。妻子唐娜回来时，维德给她看了气球和纸条，上面写着："1993 年 11 月 8 日，生日快乐，爸爸……"通信地址是加利福尼亚利物奥克。

"现在才 11 月 12 号，"维德说，"仅仅四天这只气球就飞越了 3 000 英里！""而且你看，"唐娜说着将气球翻了过来，"气球上印着美人鱼的图案，又正好落在了美人鱼湖边。"

"我们应该给戴瑟莉写封信，"维德说，"也许我们命中注定要帮助这个小姑娘。"

在沙勒特镇的书店里，唐娜·麦金农买了一本改编的《小美人鱼》。圣诞节过后几天，维德又买回了一张生日卡，上面写着："给我亲爱的女儿，温馨的生日祝福。"

1994 年 1 月 3 日，唐娜坐下来给戴瑟莉写了封信，然后将信夹在贺卡中，与书装在一起寄了出去。

1 月 19 日的傍晚，麦金农夫妇的包裹到了，那时朗达和戴瑟莉已经回尤巴市了，特里施决定第二天再送过去。

那天晚上特里施看电视时，怀着好奇心，她打开了包裹，先是看到一张贺卡，上面写着："给我亲爱的女儿……"第二天清晨 6 点 45 分，哭红了眼睛的特里施将汽车停在朗达的门前。特里施说："戴瑟莉，这是送给你的，"特里施将包裹放在她手里，"是你爸爸寄来的。""代你爸爸祝你生日快乐，"特里施念道，"我想你一定会奇怪我是谁。其实一切都是从我丈夫维德 11 月去打野鸭的那一天开始的。你猜他发现了什么？是你寄给爸爸的美人鱼气球……"特里施停了一下，发现戴瑟莉的脸颊上闪烁着一颗泪珠。"天堂里没有商店，但你爸爸希望有人能帮他给你买一份礼物，所以他就选中了我们，因为我们就住在一个叫做美人鱼的镇上。"

特里施继续读着："我知道你爸爸一定希望你能快乐，而不要为他伤心；我知道他非常爱你，并会一直注视着你的成长。爱你的：麦金农夫妇。"

特里施读完信后看着戴瑟莉。"我知道爸爸不会忘记我的。"孩子说。

特里施眼里含着泪水，搂着戴瑟莉又读起了麦金农夫妇送的那本《小美人鱼》，这个故事与肯给戴瑟莉读过的那本有些不同，以前那本讲的是小美人鱼后来幸福地与英俊的王子生活在一起，而在这一本中，邪恶的女巫割断了小美人鱼的尾巴，杀死了她，三个天使将她带走了。

特里施读完，担心悲惨的结局会使外孙女伤心，但戴瑟莉却快乐地用双手托住了脸颊。"小美人鱼进天堂了！"她喊道，"爸爸送给我这本书，因为小美人鱼就像爸爸一样进了天堂！" 2 月中旬麦金农夫妇收到朗达的来信："1 月 19 日收到你们寄来的包裹时，我女儿的梦想实现了。"

以后的几个星期中，朗达母女经常与麦金农夫妇通电话。3 月份时，朗达与戴瑟莉飞往爱德华王子岛探望麦金农夫妇。两家人穿着雪地鞋一起到湖边维德发现气球的地方。朗达和戴瑟莉都沉默不语，好像肯就在她们的身边。

如今戴瑟莉每次想要和爸爸说话时，就会打电话给麦金农夫妇，只有这种方式能安慰她幼小的心灵。

"人们都对我说：'气球能落到那么远的美人鱼湖边，简直太巧了。'"朗达说，"但我知道是肯挑选了麦金农夫妇将自己的爱带给戴瑟莉，她现在懂得了父亲的爱会一直陪伴着她。"

人生妙谛
Ren sheng miao di

> 母亲虽然不在了,却以另一种方式哺育了她的孩子。孩子在母亲的爱中快乐地成长,即使再也不能相见,也隔不断那份挂念。门前的池塘,盛满了母亲暖暖的爱!

门前的池塘

● 车 间

我还在襁褓中时,母亲就去世了。村里人说,她是最贤惠的媳妇,就葬在村东的高地吧。爸爸说,要火化,把骨灰撒在门前的池塘里。

池塘不大,原是水渠边蓄水用的。久而久之,泥沙淤积起来,堵住出口,竟自成一口方塘。母亲嫁到东城后,说:"塘太荒了,引点藕种上吧。"

一到夏季,水面便会冒出尖尖的绿。渐渐地,这绿舒展、延伸,一层层堆积起来,高过塘堤,溢得到处都是。迎风绰约的荷花点缀在万绿丛中,映着塘边洗衣的母亲和一群小媳妇,特别的鲜艳、美丽。镇上读书的堂兄回忆说,咱村就这里还算是一道风景。

一物引来百物。青草在四周繁茂着。塘里的游物也日渐多了起来,不知不觉竟长出了模样。它们偶尔一跃,便惊出一朵好大的浪花,波纹迅速地穿过荷茎,引得荷叶乱颤。

池塘自然是我童年的乐园。一到夏季,奶奶嫌我在一旁烦人,就说:"去,去,到池塘里玩水去,你妈就住在那儿,她可想你呢。"

脱了小背心、花短裤,赤条条扑进暖暖的水里。玩泥巴、摘莲蓬、掏白藕……池塘那么丰富,仿佛有取之不尽的财富,又那么博大和深沉,任我在她的怀抱里嬉戏玩闹,把个童年挥洒得淋漓尽致。

正闹得欢时,一条滑溜溜的鲶鱼钻进我的怀里,足有一个小胖娃娃那么大,肉乎乎的,闪着片片太阳的光。它竟一动不动,静静地看着我,我惊呆了,望着它不知所措。这是一顿多么丰盛的晚餐。突然一抱紧,急忙奔回家,交给奶奶。

奶奶把它煮了,满满一砂锅的鱼汤,白白的,乳汁一样,那么浓,那么香。我馋涎欲滴,吵着要吃。奶奶说:"孩子,我们不吃,全给你吃,你晓得不,这是你妈给你送来的。"说完背过身去,捏了一把鼻涕,用衣襟抹了好一阵泪水。回头看着我狼吞虎咽地喝鱼汤,奶奶又笑了,说:"缺奶的孩子,今天总算补齐了,这一辈子就好了。"

我不懂奶奶的话。但我知道,这是到另一个世界去的妈妈给我的礼物。

人生妙谛
Ren sheng miao di

小企鹅表达了女儿对父亲的思念与牵挂，她希望小企鹅能代表自己向爸爸表达这份爱。而父亲同样很爱女儿，一直把小企鹅带在身边。父女之间的感情真是令人羡慕，那么我们何不也给父母送一份爱的礼物呢？

我的旅行伙伴

● [美]埃德蒙·W.波义耳

我是个商人，经常要到外地去洽谈生意，我觉得世上没有什么事情比跟一大群商人在某家汽车旅馆的咖啡店里一起就餐更令人感到孤独的了。

有一年，在我出差之前，我那五岁的女儿珍妮把一件礼物塞到我的手里。它外面的包装纸皱巴巴的，用了至少一英里长的磁带芯把礼物包裹成一团，无角无棱，不成形状。

我给了她一个大大的拥抱，随便在她脸颊上亲了一下——就是那种父亲通常给予女儿的亲吻——然后开始动手拆开她送给我的小包裹。我感觉到里面的东西很柔软，因此我很小心，生怕把礼物弄坏。在我拆开她送给我的惊喜的时候，她站在我身旁，身上穿着那件稍稍显小的睡衣。

最先露出来的是一双珍珠般的黑色眼睛，然后是一个黄色的嘴巴，一个红色的蝴蝶领结和一双橘黄色的脚。原来它是一只玩具企鹅，站起来大约有5英寸高。

它的右翼上用糨糊粘着一块小小的木头牌子，糨糊仍然是湿湿的，木头牌子上有手写的一句话："我爱我的爸爸！"在它的下面是一颗手工绘制的心，并且用蜡笔涂上了颜色。

眼泪顿时涌入我的眼睛，迷糊了我的双眼，我立即在书桌上为它选了一个特殊的位置。

我总是频繁地出差，每次出差回来在家里的时间总不会很长。一天早上，我收拾行李的时候把那只企鹅放进行李箱里了。那天晚上，我打电话回家，珍妮显得很沮丧，她说那只企鹅不见了。"亲爱的，它在我这儿。"我解释道，"我一直带着它呢。"

从那以后，她总是帮我整理行李，亲眼看着那只小企鹅和我的袜子、修胡子的工具一起放进箱子里。在其后的许多年中，那只小企鹅伴随我走过了千万英里的路程，从美国到欧洲，跨越了千山万水。我们一起在旅途中结识了很多朋友。

有一次到阿尔伯克基，我在一家旅馆里订好房间后，就扔下行李，匆匆赶去参加事先约好的会。当我回到旅馆里，却发现床铺已经铺好，那只企鹅正靠在枕头上呢。

有一次在波士顿，一天晚上我回到我的房间，发现有人把它放在床头几上的一只空酒杯里——它还从来没有站得那么直呢。第二天早上，我把它放在一把椅子上。可是到了晚上，却发现它又站在那只空酒杯里了。

有一次在纽约的肯尼迪机场，一位海关检查员冷冷地要求我打开行李箱检查。我打开了。在我的行李箱顶部就放着我那亲密的小旅伴——女儿送我的企鹅。海关检查员把它拿起来，笑着说："这是我干这一行以来到现在所见过的最有价值的东西。感谢上帝！我们对爱不收税。"

有一天晚上很晚的时候，我打开行李箱，突然发现我的企鹅不见了，那时我从所住的那家旅馆已经驾车行驶了一百多英里。

我慌忙给旅馆打电话。接电话的旅馆职员不相信我说的话，他态度有点儿冷淡。他大笑着说还没有人把它交到他那里去。但是，半小时之后，他打电话来说我的企鹅被找到了。

那时候时间已经很晚了，但我不在乎。我坐进汽车，开着它行驶了几个小时只是为了重新找回我的旅行伙伴。我到达那里的时候已经临近午夜了。

那只企鹅正坐在旅馆的前台上等着我呢。在休息大厅里，疲惫的商人、旅行者们看着我们的重逢——从他们注视着我的眼神里，看得出他们很羡慕我。一些人走过来和我握手。其中一个男人告诉我，他甚至自愿要求在第二天亲自把它给我送过去。

珍妮现在已经上大学了，我也不再像以前那么频繁地出差了。在多数时间里，那只企鹅是坐在我的书桌上——它暗示着爱是旅行中最好的伙伴。在过去那些奔波在旅途中的岁月里，它一直陪伴着我。

人生妙谛
Ren sheng miao di

曾记否,我们牵着母亲的手蹒跚学步,牵着母亲的手走过青涩年华,牵着母亲的手经历风风雨雨。只要牵着母亲的手,我们就信心满怀,勇气倍增。母亲渐渐老去,我们仍然会牵着她的手,直到永远。

那时候,你会接受我的手吗?

● 黄蓓佳

女儿很小的时候,带她出门,总是伸一根食指让她紧紧牵住。那时的女儿多小啊,脑袋刚刚齐到我的大腿,走路深一脚浅一脚,趔趔趄趄,小小的胖手满把攥住我的食指,黏糊糊地抓着,不要命地抓着,那真是甩也甩不脱,割也割不掉。不知道那只小手哪来那么大的劲儿,我的一根食指对她来说还是庞然大物呢,她手指环过来捏也捏不拢呢,竟能把我的食指攥出湿漉漉的一层汗水。

稍大的时候领她上街,牵手已经不够了,牵手之后还要用她的胳膊勾住我的小臂,结结实实地,一步不落地,仿佛生怕稍不留意我就会从她的身旁逃之夭夭。我觉得姿势别扭,小臂被她勾拉得像要脱臼,甩动不灵也妨碍走路,我会冷不防地用劲,从她胳膊里抽出自己的手。她"嗷"的一声扑上来,仍然是不屈不挠地抓住,而且比刚才更加小心更加用劲。

后来我就怕带她上街了,或者喝令她去牵爸爸的手。她牵爸爸的手也是一样全心全意,爸爸让她牵着会一脸陶醉,幸福的感觉从每一个毛孔里丝丝渗出。但是过不了多久,不知不觉间,她的身体又吊在我的小臂上了,她又把我的手不容置疑地握住了。

女儿现在已经十三四岁。十三四岁的女儿人高马大,我们俩并排走路,我穿高跟鞋比她高一个头尖,我不穿高跟鞋比她矮一个头尖。人高马大的女儿出门依旧牵我的手,但再不是满把攥住我的一根食指了,而是把我的食指中指无名指小指捏成一排,而后囊括进她的掌心。

我说不行,你太大了,你看街上有没有这么大的女孩子还牵妈妈手的?她"嗯"一声说,我想牵。我半开玩笑地试图甩脱她,一次,两次,三次,四次。她扭过头,用责备的目光望着我,然后暗里使劲,五指并拢抽紧,固执地不让我的手滑开。

她的劲多大啊!她的手还是柔柔的嫩嫩的小小的,可是传到她手里的劲道分明已经远远胜于我,我的指骨在她掌心里酥麻酥麻的,只要她再加一把劲我就会叫唤出声。我扭头无奈地看她,用眼神表示认输和投降。其实我真是喜欢那种指骨酥麻的感觉,在那样用劲地一握之间,包含着多少孩子对母亲的情感!

我真不知道女儿牵我的手要牵到什么时候,今生今世我们的手还能不能分开。我嘴里说着:不要,不要。可我心里默念着的却是:牵吧,牵吧,牵吧,我的孩子! 妈妈牵女儿的手天经地义;女儿牵妈妈的手地久天长。于不经意的轻轻一牵中,是女儿对我的一份沉甸甸的依靠,沉甸甸的信任。她把她的手交到我手里,她就把她的一切都交给我了,她的衣食住行,她的学习,她的前途,她的生命,一切一切都交给我了。

可是妈妈老了之后,你还能这样紧紧地牵住妈妈的手吗,我的孩子? 跟现在你把一切交给妈妈一样,那时候妈妈也该把一切都交给你了。从前你交给妈妈的是花朵儿一样的身体,诗一样梦一样的年华;以后妈妈却要回赠你一段枯萎皱缩的躯体,一个斑驳生锈的灵魂。我知道这不公平,可是我只能如此,岁月就是这样从我们身边流过去的呀!

到那时候,你会接受我这只手吗? 我的孩子,我的女儿。

> 父母之爱是人类的天性，可是爱似乎总是体现在父母对子女的单方面传递中。当你做了父母后，请用心去理解父母之爱吧，这样才是对父母最好的报答。

R en sheng miao di 人生妙谛

北风乍起的时候

● 叶倾城

看完电视以后，老王一整晚都没睡好。第二天一上班就匆匆往武汉打电话，直到 9 点，电话那端终于响起儿子的声音："爸，什么事？"他连忙问："昨晚的天气预报看了没有？寒流快到武汉了，厚衣服准备好了吗？要不然，叫你妈给你寄……"

儿子漫不经心："不要紧的，还很暖和呢，到真冷了再说。"他絮絮不休，儿子不耐烦了："知道了知道了。"搁了电话。

他刚准备再拨过去，铃声突响，是他住在哈尔滨的老母亲，声音颤巍巍的："天气预报说，北京今天要变天，你加衣服了没有？"疾风阵阵，从他忘了关好的窗子乘虚而入，他还不及答话，已经结结实实打了个大喷嚏。

老母亲急了："已经感冒了不是？怎么这么不听话，从小就不爱加衣服……"絮絮叨叨，从他 7 岁时的"劣迹"一直说起，他赶紧截住："妈，你那边天气怎么样？"老人答："雪还在下呢。"

他不由自主地愣住了。

在寒潮乍起的清晨，他深深牵挂的，是北风尚未抵达的武汉，却忘了风起处的故乡和已年过七旬的母亲。

人间最温暖的亲情，为什么竟是这样的？老王自己都有点儿发懵。

一个美丽的故事 <<

其实，每个人来到这个世界上并不是单单为自己活着，人与人之间只有互相关心、互相给予，爱与真情才会释放出绵绵不断的能量，才会焕发出勃勃的生机。

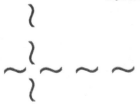

> 小男孩虽然并不聪明，但他很真诚、很可爱，用最简单的话语说出了他所有的愿望。他不仅实现了自己的愿望，同时，也打动了所有看到这个故事的人。

人生妙谛
Ren sheng miao di

一个美丽的故事

● 张玉庭

　　有个塌鼻子的小男孩儿，因为两岁时得过脑炎，智力受损，学习起来很吃力。打个比方，别人写作文能写二三百字，他却只能写三五行。但即便这样的作文，他同样能写得美丽如花。

　　那是一次作文课，题目是《愿望》。他极认真地想了半天，然后极认真地写，那作文极短，只有三句话：我有两个愿望，第一个是，妈妈天天笑眯眯地看着我说："你真聪明。"第二个是，老师天天笑眯眯地看着我说："你一点儿也不笨。"

　　于是，就是这篇作文，深深地打动了老师，那位像妈妈一样的老师不仅给了他最高分，而且在班上带感情地朗诵了这篇作文，还一笔一画地批道：你很聪明，你的作文写得非常感人，请放心，妈妈肯定会格外喜欢你的，老师肯定会格外喜欢你的，大家肯定会格外喜欢你的。

　　捧着作文本，他笑了，蹦蹦跳跳地回家了，像只喜鹊。但他并没有把作文本拿给妈妈看，他在等待，等待一个美好的时刻。

　　那个时刻终于到了，是妈妈的生日—— 一个阳光灿烂的星期天。那天，他起得特别早，把作文本装在一个亲手做的美丽的大信封里，信封上画着一个塌鼻子的小男孩儿，那小男孩儿咧着嘴笑得正甜。他静静地看着妈妈，等着妈妈醒来。妈妈刚睁眼醒来，他就甜甜地喊了声"妈妈"，然后笑眯眯地走到跟前说："妈妈，今天是您的生日，我要送您件礼物。"

　　妈妈笑了："什么礼物呢？"

　　"我的作文。"说着小男孩儿双手递过来那个大信封。

　　接过信封，妈妈的心怦怦直跳！

　　果然，看着这篇作文，妈妈甜甜地涌出了两行热泪，然后一把搂住小男孩儿，搂得很紧，仿佛他会突然间飞走了。

没有人能说清亲情到底是什么,也没有人能查明亲情所蕴涵的力量究竟有多大。其实这些对亲情来说都没有必要,因为在亲情面前,没有什么是不可能的,因为亲情是永恒的!

Ren sheng miao di 人生妙谛

亲情的速度和长度

● 赵俊辉

这是一则曾炒得沸沸扬扬的新闻。说的是一位母亲,当她从菜市场买完菜回家时,在自家楼房的马路对面,瞥见三岁的儿子正爬到没有栏杆的阳台上。恰巧,在她盯着儿子发呆时,儿子也惊喜地发现了她。她朝儿子摆了摆手,示意儿子赶紧爬下阳台。儿子毕竟才三岁,哪懂得她的心思啊,他只认为妈妈要抱他,便做出了一个拥抱的姿势向她扑来。

人们都惊呆了。谁也没有想到,有一道黑色的旋风,从他们眼前呼啸而过,穿过马路,向孩子坠落的地方奔去。黑色的旋风,正是她。此时,她正跌坐在地上,而她三岁的儿子正在她怀里哇哇大哭。儿子安然无恙,她却脸色苍白。

人们又一次惊呆了。要知道,在极短的时间从马路那边跑到马路这边并稳稳地接住儿子,是根本不可能的,可奇迹就发生在眼皮底下,容不得人们怀疑。

第二天,日报的头版有一行醒目的文字告诉了人们答案:亲情的速度无法衡量。

这是一个令人惋惜的故事。讲的是一位探险家,他决心用自己厚实的脚板去丈量苍茫的大漠戈壁,去体验郁郁葱葱的原始森林,去攀登无限雄奇的崇山峻岭。告别了自己的妻儿,他出发了。凭着坚强的意志和执著的精神,他就要走完计划的路线了。突然,他想给家里挂个电话,报个平安。接电话的是妻子。妻子在电话中哭着说分别时送的玫瑰早就枯萎了,他若再不回来,恐怕花瓶里就要插进别人送的鲜花了。而他的儿子也在一旁哭着叫爸爸,儿子还说:"爸爸你什么时候回来啊?你说我考了100分就带我去公园玩的,我现在都拿了6个100了,可你还不回来。"

探险家放下电话,已是泪流满面。

就这样,他放弃了。

在他舒适的家中,他拥着娇小的妻子和乖巧的儿子,眼角流着滚烫的泪水。这泪水是苦涩的,但更多的是甜蜜和温馨。

人们为这个即将到达成功彼岸的探险家感到惋惜和不值,可人们却无从知道,在探险日记的最后一页写着这样一句令人震撼的话:

山再高路再远,双脚总能丈量;而亲情,可能很近,却永远无法丈量。

> 爱像一个个精灵，在我们的一举一动中，活泼地播撒着温情与关怀。爱无处不在，爱不拘泥于形式，只要我们真心付出了，即使是微不足道的小事也能温暖人心，放射出无限光彩。

爱的位置

● 马国福

这是我上大学时的一件事。

那天下午，公共课老教授给我们讲了一个故事：有个国王有三个儿子，他很疼爱他们，但不知传位给谁。最后，他让三个儿子回答如何表达对父亲的爱。大儿子说："我要把父亲的功德制成帽子，让全国的百姓天天把您供在头上。"二儿子说："我要把父亲的功德制成鞋子，让普天下的百姓都知道是您在支撑着他们。"三儿子说："我只想把您当做一位平凡的父亲，永远放在我的心里。"最后国王把王位传给了三儿子。

教授讲完，问道："记得父母生日的同学请举手。"举手者寥寥无几。

"寒假给父母洗过脚的同学请举手。"这是他放假前布置的作业，没有做到的同学扣德育分。

一百多双手齐刷刷地举了起来，只有坐在最后的一位同学没举手。教授问是何故，该同学哑口无言。

"你是不是把我的话当耳边风了？"

"我很想给父母亲洗一回脚，可是……"

"可是什么？不要给自己找借口！"教授严厉地说。

"我的父母在一次车祸中失去了双腿，我只能给他们洗头……"

空气在那一刻凝固了，教室里静得能听到心跳声。

"记住，爱的位置不在嘴里，不在头上，也不在脚下，只在心中，在我们时刻关爱他人的细小行动中。"

无论是工作还是生活，父亲最关心的永远是他最疼爱的孩子。即使有一天我们不在他身边，我们依然会感到浓浓的父爱真切地包围着我们。身为子女的我们，又如何能回报这重如泰山、细如丝绵的父爱呢？

最凶险的时刻

● 梁衍军

身为警察的他身经百战，受过歹徒的枪击，那张坚毅的脸上写着的是二十多年的公安生活。此刻的他就坐在镜头前，平静、随和，听到嘉宾有趣的话，还会腼腆地笑笑。

有位在场的观众问他："我看过你的报道，你空手和歹徒搏斗过，也真枪实弹和歹徒对峙过，据说现在你身上的枪伤有5处，请问哪一次战斗最凶险，最让你刻骨铭心？"

他歪了一下头，平静地说："那是我的工作，等我冲上去了，就不会感觉到什么危险。如果有，那么也许就是那一次吧。5年前，我女儿5岁。女儿是5月4号出生的，那天正好我休假，我带女儿到公园玩，公园有很多游客，气氛很好，没觉得有什么两样。女儿玩着玩着就走远了，但我还是用眼睛跟着她。就在此时，我看到一个中年男子从我眼前走过，那人还朝我扫了一眼。我心里就'咯噔'一下，出于职业敏感，我觉得这个人似曾相识，但又想不起来在哪儿见过。"

"我看到那个男人径直朝我女儿走去，我猛然惊觉，这个人像极了多年前我主办的一起案子的嫌疑分子。"

"我的第一个直觉就是他认识我女儿，他想挟持我女儿报复我。那一刻我的心咚咚的狂跳起来。我站起身，想冲上前去，但看到他就站在我女儿身边，朝我这边看。我竟然跨不出步来，也喊不出声。"

"但奇怪的是，那人站了一会儿，又走远了。"

"我再一想，就哑然失笑了。当年那个嫌疑分子早已归案，那个中年男子不过长得和他很像罢了。"

"这就是我从事警察工作以来第一次感到最为凶险的时刻，一直记忆犹新。"

他说罢，许多观众都报以热烈的掌声。电视机前的我，为一位人民警察，也为一位好父亲差点流泪。

一件连衣裙承载了妈妈所有的爱,她用爱和吻教导孩子学会坚强,她在冥冥之中守护着女儿未来的生活。不管是生还是死,母亲的爱都无言相伴。

人生妙谛
Ren sheng miao di

一件连衣裙

● 忆玫 选译

"您喜欢我的连衣裙吗?"她问一位正走过她身边的陌生人。"我妈妈专给我做的。"她说道,眼里涌出了泪珠。

"嗯,我认为你的裙子真漂亮。告诉我,小姑娘,你为什么哭呢?"

小姑娘声音有些颤抖,回答道:"我妈妈给我做完这条裙子后就不得不离开了。"

"噢,是这样,"陌生的女士说,"有你这样一个小姑娘等着她,我敢肯定她很快就会回来的。"

"不,女士,您不明白,"女孩说,"我爸说她现在和我爷爷在天堂里。"

女士终于明白孩子的意思了,也明白了她为什么哭泣。她蹲下,温柔地把女孩搂在怀里,她们一起为离去的母亲哭泣。

忽然小姑娘又做了件让女士感到有点儿奇怪的事。她停住了哭泣,从女士怀抱中抽出身,向后退了一步,然后开始唱歌。她唱得如此轻柔,几乎像是在低语。这是女士听过的最甜美的声音,简直就像一只非常小的小鸟在吟唱。

小女孩唱完后解释说:"妈妈离去前经常给我唱这支歌,她让我答应她我一哭就唱这支歌,这样我就不哭了。"

"您瞧,"她惊叫道,"真管用,现在我的眼睛里没有眼泪了!"

女士转身要走时,小女孩抓住她的衣袖:"女士,您能再停留一小会儿吗?我想给您看点儿东西。"

"当然可以,"她回答,"您想要让我看什么呢?"

小女孩指着裙子上的一处,说:"就在这里,我妈妈亲了我的裙子,还有这里,"她指着另一处,"这里有另外一个吻,

还有这里,这里。妈妈说她把所有这些吻都留在我的连衣裙上,这样我遇到什么事哭了,就会有她的亲吻。"

这时,女士意识到在她眼前的不是一件连衣裙,不是的,她在凝视一位母亲……这位母亲知道自己将离去,无法随时守候在女儿身边,因此吻去她所知道的女儿必然会遇到的种种伤心事。

所以她将所有对她美丽女儿的爱倾注在这件连衣裙上。现在,女儿如此骄傲地穿在身上。

她看到的不再是身穿一件简单的连衣裙的小女孩,她看到的是一个被妈妈的爱裹着的孩子。

女儿的任性、不懂事让母亲痛心不已，但她仍然用爱呼唤着女儿的归来。因此，不要被物质冲淡了情感，也不要为理解或欲望盲目贪求爱，试着多体谅父母，不为别的，只为那颗真挚爱你的心。

人生妙谛

Ren sheng miao di

寻人启事

● 金文吉

读寻人启事的时候，女孩正坐在长椅上，浓浓的树荫牢牢笼罩着椅子，这就像母爱，寒冷而郁闷，女孩无言。

用女孩的逻辑讲，母亲不疼她，母亲除了爱好挣钱之外，最大的偏爱就是苛求她。必须、不准、专制、独裁是女孩给母亲的定义，并作为对母亲的代称。

离开这个没有温暖的家，女孩蓄谋已久。女孩在留下这样一张纸条后，终于把计划变成现实："妈，我走了，按您的意思去把铁变成钢。别找我，我会活得很好。别忘了，我很漂亮。"

读着留言，女孩感到报复的快意。

令女孩满意的是，母亲第二天就调动了 A 市的新闻媒体，登了寻人启事，这要花很多钱的。能让母亲花不必要的钱，女孩心里高兴。

你永远找不到我。女孩甩甩头向火车站走去。在 B 市，女孩卖报、做工。只有在离家的时候才能品味出家的温暖。

半个月后，母亲把寻人启事散发到了 B 市，这次的寻人启事颇有一些检讨书的味道："女儿，回来，回来吧，妈不再……不再……"女孩开始惭愧。可不能就这么

投降，女孩咬咬牙又去了 C 市。

每天晚上抱着寻人启事的报纸入眠，已经成了女孩离家后的一种习惯。在 C 市的两个月里，没有新的寻人启事，女孩感到失落和不安。

后来，女孩终于在《C 市日报》上找到了一篇与自己有关的文字，但不是寻人启事，而是一则生日祝福："女儿，生日快乐！"短短的几个字让女孩失眠了。

给母亲打电话！女孩第一次拨通了那个自己私下默念过百遍、千遍的号码。"——此用户寻女未归，请留言。"挂上电话，女孩已泪流满面。

合同期总算结束了，女孩风尘仆仆赶回 A 市，她颤抖着按响了门铃，开门的却是个陌生人。原来，为了筹资找女儿，几天前，母亲将房子卖掉，去了南方。

第二天，报纸上多了一则启事：

"寻母，速归。"

疾病、苦难、贫穷似乎是我们的"敌人",但是只要我们心中有爱,还有我们爱的人和爱我们的人,任何"敌人"都不能打垮我们的意志,因为那立在我们心中的防御长城,是用爱筑成的,是可以战胜所有"敌人"的。

人生妙谛

Ren sheng miao di

拥你入怀

● 黄孝阳

她病了,去医院诊断,是绝症。

医生要她务必及时入院治疗,否则顶多只能再活一年。她拒绝了。那笔庞大的治疗费足以压垮大多数中国家庭,更何况她还是一名单身母亲,一个月只挣 800 元钱。

她的女儿才 8 岁,念小学二年级,很聪明,读书也用功,上学期还拿了三好学生奖状,得了几支圆珠笔与一大摞作业本。

她回了家,女儿还未放学。她泪流满面。家里穷,相片还是女儿周岁时照的。那时女儿的父亲还在南方做生意,可一场突如其来的灾祸不仅埋葬了他,还在她肩上添了一大笔债务。这些年,她与女儿相依为命。富在深山有远亲,穷在闹市无人问。她也算尝透了人情冷暖。

如今,她要走了,女儿还能指望谁?

她抹掉眼泪,出了门。寒风凛凛,像一把三棱尖刀捅入喉咙,并在里面搅了搅。她吐出一口痰,痰里有血,腥的。她买很多菜,拎回家,做了满满一桌子好吃的,有鱼有肉,还有女儿最喜欢吃的小鸡炖蘑菇。女儿回来了,兴奋得大叫,忙问今天是什么好日子。

她心如刀绞,坐下来,不停地为女儿夹菜。女儿吃得很开心,没有注意到隐藏在她眼角的泪。

这天晚上,她早早上床,把女儿搂入怀里,使劲儿地亲吻女儿的额头。她紧闭门窗,旋开了煤气阀。这种死法应该是最安静的吧。她默默想着,就听见女儿喊她:"妈妈,妈妈。"

"怎么了?"她问。

"妈妈,我今天考试了,语文、数学都是 100 分。"女儿得意地说。

"真乖。"她差点出声。

"妈妈,你上次说我考了 100 分,你就答应我一个愿望。"女儿仰起脸,一双眼睛因为期待而闪闪发亮。女儿撅起小嘴,"妈妈,你不会耍赖吧?"

"妈妈不耍赖。"她用枕巾挡住女儿的视线,并把枕巾一角塞入喉咙,身子痉挛。她已经没法子控制泪水。这种液体似乎能烫伤人,脸上火辣辣的。

"那你以后再也不准哭,好吗?"女儿的声音毫不迟疑。

"妈妈不哭。"她急急忙忙地用枕巾拭泪。

"还有,妈妈,如果你实在想哭,忍不住,那也请等我长到能把你搂入怀里时再哭好吗?"女儿小声说道。

"好的,妈妈一定做到。"她哇的一下哭出声。她松开女儿,下床,关了煤气,打开了窗子。

慈祥的老人,可爱的孩子,一棵核桃树也能为它们带来无穷的欢乐。你找到快乐的源泉了吗?

风一吹,欢乐掉下来

● 李晓琴

二奶奶家的屋角有一棵几人合抱的大核桃树,相传是她祖上的一个举人栽的,总有好几百年的历史了吧。一到秋天,密密匝匝的核桃绿莹莹地缀满枝头,惹得我们一班没事干的小孩成天魂不守舍的。

那时候,大人们要忙着出去挣工分,我们小将就成了无官儿管,成天在一起,东游西逛,游手好闲。只要核桃一长圆身子,我们一个个便立刻神情紧张、斗志昂扬起来:"走啊,摘核桃去!"

核桃虽说是二奶奶的,在我们的小心眼儿里,却跟自家的并无两样,即使二奶奶就在旁边,我们也懒得理她,只顾举着长长短短的棍啊叉的,照着低枝上的核桃一阵猛捶,累得气喘吁吁的,渴了,跑去找二奶奶要水喝,二奶奶高兴时,就顺手赏赐一个焦黄喷香的烤土豆。从核桃可勉强入口的第一天起,我们的小手、小嘴巴全都被染得乌黑油亮的。大人们就要问:"又偷二奶奶的核桃了吧?"

渐渐地,低枝上的核桃全被敲光了,只剩下光秃秃的枝干。这时,谁还傻里傻气地去打核桃,直接到树下去捡可省事多啦!小贼们一天到晚挤在二奶奶的核桃树下,四处搜寻,有抱着小盒子的,有擒着布袋子的,还有干脆把上衣往裤腰里一扎,把核桃直接从领子里灌进去的。运气好,一天可捡百八十个核桃呢!一遇刮风下雨,散在各处的小鬼们就拼命向二奶奶家冲。风一吹,树上的核桃雨点似的往下掉,就像是谁一不小心把核桃撒了一地,捡起来那才过瘾呢!有时多得连袋子里都装不下了,只好去求二奶奶找个家什把核桃腾了,拎了空袋子再上战场。记得一次到二奶奶家去取核桃,二奶奶眯缝着眼说:"呵,你有这么多啊,给我几个尝尝新吧!"我小嘴一撇,不耐烦地说:"你只晓得找我要,自己去捡一点儿嘛!"

再往后,我们天天吃核桃,都吃腻了,竟觉得核桃是天底下最难吃的东西。一次,我们到二奶奶家去做客,她端出一盘核桃,朝我们口袋里塞。我们拼命地扣着口袋,头摇得像拨浪鼓:"不要,不要,不好吃!"

如今,核桃一上市,我便想起了故乡的核桃树以及树旁那慈眉善目的二奶奶来,想起那时呀——风一吹,欢乐掉下来!

> 真爱不用嘴，真爱也是无法用语言表达的。浓浓的母爱不在嘴上，而在心底，在生活的各个角落。

Ren sheng miao di 人生妙谛

母亲不说那个字

● 阿 盛

读大学时，老教授说过这么一个故事——明末洪承畴曾经如是自道："君恩似海，臣节如山。"后来降清，成了贰臣人物，于是有人这般讥他："君恩似海矣，臣节如山乎？"——老教授说，所谓笔如刀，真是。

"嘴唇两片刀"，这句话，当年童稚常听我母亲说过。通常，小孩多话缠烦时，母亲总会训一句"小孩子有耳无嘴！"若是有人好大言，口涂蜜，母亲便会告诫一声"做人啊，重心不重嘴！"

其实，我昔时并不很明白什么叫做重心不重嘴，直到长大成人，有足够的智慧深入思考问题，这才回头想起母亲的言行如———自我开始懂事起，一直没听过母亲对我们说"爱"这个字。

我母亲从未认识过一个字，她生养7个儿女，除了我在读初中时当过小流氓之外，其余都平平顺顺地被教育成国家栋梁。她付出的心血，纵使未必浩荡如黄河，至少也长流如我乡的急水溪。可是，她顶多只愿意对我们这么说："阿母当然很疼你们。"

"疼"有两种意义。一种是疼惜，另一种是打疼。我在新营各戏院门口混太保时，三两个星期就打一次群架，由于彼时台湾经济尚未起飞，小太保打架是不用刀枪的。拳来脚往一番，顺便嚷叫几声，如此而已。糟的是，乡下人好管闲事，我打过架回到家，消息总是也差不多同时传到家，母亲处理的方式恒常不变，首先，书包放下，外衣脱掉，接着，到厅里面向墙壁站好，接着，母亲问清楚事情，接着，打，哭出声一定不准吃饭，连锅底饭粑都不准吃，接着，母亲叫大姐来替我擦药草汁，接着，她躲到内房里去哭。

母亲命不好,但是好面子,我虽是家中最常被打疼的小坏人,却也是最被母亲疼惜的大将才,我四岁就会画福禄寿三公像,7岁时写的字就比读高中的六叔还漂亮,唱歌考试作文等等比赛的奖状多得贴满墙壁。母亲对我有厚望,期盼我为她争面子,她打疼我之后,通常隔几天就会对我说:"盛也,枉费阿母疼你啊!"

我也是个会心疼的人啊,终于,我立定决心不再"行走江湖",收拾起那份"称雄武林"的少年野心,认真学习,从此各学科成绩都很好,英文、数学除外。并且我喜欢上文学,经常练习写作,后来考上中文系毕业后正式从事文学创作,如今已成为"作家"。母亲不知道"作家"到底是什么,兄姐乡亲们每每拿我的文章、访谈给她看,她就很高兴,还经常将访谈上的照片带在身上,见到亲友便取出告人:"你看,这是我那个第四的。"我在兄弟中行四。

四年多前,我儿出世,转眼善跑善跳善言语。日前携他返乡,母亲大开欢颜,与孙子交谈不休。我静坐一旁,忽闻祖孙二人以闽语对话如下:"乖孙也,欲吃饭否?""未饿啦!阿奶上次打我的手,阿奶不爱我,我不吃。"我抬头看母亲,母亲哈哈大笑道:"憨孙,奶当然真疼你啊!"不知怎地,当时突然间我脑中想起明末那个为国尽忠却从未自夸什么似海如山的沈百五。

> *一碗热汤的距离,一把丈量人情世故的标尺,一颗衡量爱恨情仇的心。其实很简单,就是一份向往真善美的爱的付出。*

人生妙谛
Ren sheng miao di

一碗热汤的距离

● 岳 扬

有人说父母跟子女居住的最佳距离是一碗热汤的距离。在汤还没有冷下来的时候,就到了父母的家,子女热气腾腾的孝心也及时到达。

在电影里看到过无数这样的镜头,一名战士或者落难者又冷又饿地晕倒在屋外,被屋内的人发现,一碗及时到达的热汤,将人救醒。

所以我认为,一碗热汤的距离,不仅仅属于父母跟子女的最佳距离,有时还是死人与活人之间的最佳距离。

另一个鲜活的事例是,一位漂亮的女孩子被两个男孩追求,正无法抉择时,她意外遇到了车祸,虽不大要紧,但仍被送往医院,此时她用手机通知了都在附近的两个男孩。她在心里想,谁先到达我就选谁。

一个叫冰的男孩不到 5 分钟就打的赶来了,在病床前嘘寒问暖,殷勤备至,女孩想,就选冰吧。

10 分钟后,叫岸的男孩子打的赶来,但他手上提着一个保温杯,一进门他就说:"趁汤还没冷,快点儿喝下。"

女孩来不及做任何考虑,趴在岸的肩头脆弱地哭了。最后,她选择了岸。

一碗热汤的距离,有时也是情侣之间的最佳距离噢。

自从远离妻女来到南方,我每天都要跟她们母女至少打一个电话,电话的内容都是我刚刚经历过的喜悦与激动,是的,在内心的喜悦与激动像一碗热汤还没冷却下来的时候,最先品尝者一定能感到它的醇厚芬芳,也一定能感受到我内心最真实的心跳与热爱。

一碗热汤的距离,也可以是情感的浓汁。把它端给老人、爱人、恋人、孩子、朋友,都是回味悠长、情意绵绵的。

有一个消费者,买了一辆私家车,是进口的著名品牌。因为在随后的驾驶中车子有致命缺陷,找该品牌经营者换车,经营者不换,于是车主在公开场合将车砸了,最后该品牌落了个被无数消费者唾弃的下场。

有人询问那个砸车的车主，车主说："他们态度好一点，处理及时一点，我不会这样做的。"

不错，即便是经营事业，将你热忱的服务态度像一碗热汤一样及时送达你的用户手中，也许许多结局都变了。

朋友是一位作家，一家著名网站先后转载了他几十篇文字，但没付一分稿酬，朋友去信，对方没有回音。于是朋友以违犯国家著作权法起诉。

相反，另一家网站转载了朋友的作品，面对朋友的询问，在来信中说：我们的广告收入不多，无力支付您的稿酬，请您原谅，如果您坚持的话，我们可以付给您。

朋友于是主动放弃不要稿酬。

敬畏法律、以最大的诚意表达善意，也是所有成功企业必须端给消费者的一碗热汤。

……

一碗热汤的距离，事实上是人与人之间相处的最佳尺寸，甚至也是开拓事业者必须遵循的一把标尺。每一个人心中都必须揣着这把随时丈量与呵护他人内心的尺。

当你端着那碗热汤给住在下一层楼的父母时，手机响了，你将汤放在窗台上，一接听就是半小时；或者一出门就是一阵狂风，将你手中的碗打翻——如果你的心中没有这把尺，事实上现实的距离再近或再远，都有可能使这碗汤冷下来的。

当我们组建了自己的家庭后，切不可忘记我们那头发花白的母亲，浓浓的亲子、思子之情，是永远无法割舍的。

人生妙谛
Ren sheng miao di

骚扰电话

● 勇 军

单位分了一套新房，我们一家三口欢天喜地搬了进去，留下老母一人仍孤零零待在旧房里。

也曾想与老母一同搬进新房，可妻子早就与老母闹矛盾，儿子也不愿与唠叨的奶奶在一起，只好作罢，只哄说今后每星期一定来看妈。

我们的心情随着新房明快起来，生活充满了欢歌笑语，记忆中的老房子渐渐生疏模糊起来，也懒得再去走动。

一天，我从外地出差回来，妻子告诉我说家里经常有莫名其妙的电话打来，刚一接对方马上就挂断了，感到十分奇怪。我说如今城里有些青年闲得无聊，专爱听女人声音求刺激，骚扰别人，你莫管他。可不久我也接连不断接到此类电话，有时夜深人静伏案写作，电话铃响了，刚一声"喂"，对方顿了一下，马上就挂断了，弄得我灵感顿失，有时忍不住一通臭骂。

一个星期天，一家人忙着准备晚饭，我备好钱正准备下楼买酱油，电话铃又响了，顿了一下便挂断了，我十分恼火，说明天一定上邮局安置一个来电显示或防恶意呼叫功能，看到底是何人捣乱，告他个骚扰罪。气呼呼下楼时我突然见楼梯底下一个黑影猛一闪急欲出门，吃了一惊，可一见那人步履蹒跚，便一声"站住"，断住来人去路。再一看，我惊呆了：啊，是母亲！

母亲一见我，赶紧低下头，说对不起，不该打此电话骚扰你们，让你下楼看我，我更奇怪了，我问母亲难道这些电话都是你打的？母亲头更低了，说有时想你们想得太厉害，可又不敢常来看你们，只好打个电话听听你们的声音，心里就踏实多了。又说偶尔几天家里电话没人接，就担心不过，想是不是家里出了事？也不来通知我一声。有时我很晚听出你仍在读书写字，真想劝你多保重身体，可你总嫌我啰唆，只好闷在心里。每个星期天，我都乘车到你家新楼下，听一家三口欢声笑语，心里真比蜜甜。

我一下子什么都明白了，霎时泪水模糊了我的双眼。母亲怔怔地看着我，两行清泪也不由自主地落了下来。我紧紧拉住母亲那布满老茧的手，两人哆嗦着，一步步上楼，直到迈进那温暖的家里，仍不晓得分开。

> 当我们沉浸在属于自己的幸福时，是否忽略了孤独的母亲。对我们的母亲多一些关怀，不仅是物质上的，更要有精神上的。让她感到我们的关爱和思念。

母亲的电话

● 邓　皓

我们家安上电话，对于我和妻子来说只是高兴，而对于母亲来说，却是十二分的新奇了。母亲别说听过电话，连见都没有见过。

母亲没念过书，大半辈子呆在农村，世面见得不多。住到城里来，也是拗不过我好说歹说让她到城里给我带娃儿！

母亲不喜欢城里的生活。不喜欢墙上贴的画，不喜欢花花绿绿的地，不喜欢进厕所找不到一点要上厕所的感觉。她说城里人住的房子像火柴匣子。她尤其不喜欢人与人之间门关得那么紧，心与心封闭得那么严。有一天母亲问我："对面那人家姓啥？怎么不见来往过？"我便说我也不认识呢！母亲这时候就流露出一种深深的失望和惊讶。

母亲极喜欢的去处便是阳台。黄昏的时候母亲就倚在阳台的一角。朝着意念中乡下的方向呆望。那时候夕阳照在母亲苍老的脸上和花白的头上，母亲便有了马致远词里的那种凄凉。

我知道母亲是孤独的。那种孤独来自它对一种生疏的幸福的无法介入。我理解母亲的孤独，但我实在不愿儿子从一种幸福里失去平衡——这时候我发现每个人在自己的母亲与儿子之间选择爱，人性会显出某种残忍。

我写字台上的那部精巧的乳白色电话，不时地鸣响。当然都只是我和妻子的电话。在电话那头出现的人，没有人认识我的母亲。我乡下的弟兄们也没条件给母亲打电话。有时候母亲也偶尔接一次电话，但往往是应上一句话后话筒便传到了我或妻子的手上。当我与人通话的时候，母亲呆呆地

站立在一旁，好奇地看，然后眼里是一片旷远的失落。有一次我突然像明白了什么，当对方挂上话筒之后，我把声音提得高高的说："我母亲身体还好呢，谢谢你对我母亲的问候……"这时候，我发现母亲的眸子亮亮的，脸上的皱纹一下子舒展开来。虽然，那一瞬间母亲的孤独在我心里更浓重地弥漫开了，但我分明找到母亲在期冀什么了——就像我能懂得一只在精致的鸟笼里禁闭了许久的鸟会渴求什么一样……

那天我回单位找一位女同事，我向她讲起了我的母亲。告诉她我母亲喜欢嗑南瓜籽儿，喜欢梳那种老年人往后拢的髻髻头，喜欢听旦角儿唱的黄梅戏，还喜欢说一句口头禅："金窝银窝不如自己的穷窝。"然后我交给她我家的电话号码，告诉她我母亲很孤独。让我没想到的是：那位女同事接过我的电话号码时，眼眶里居然盈满了晶莹的泪水。

这天黄昏的时候，我家的电话铃声骤然响起，我接过一听，便急切地唤："妈，您的电话，您的电话！！"

母亲闻声走过来，用一双惊喜而疑惑的眼睛望着我，讷讷地竟不敢靠前。我把听筒塞进母亲的手里，一字一顿地说："妈，您听，是您的电话！"母亲把话筒靠近耳畔，这时候我发现母亲捧着听筒的手在微微地颤抖……

我默默地退出房间，走到母亲经常呆呆伫立的阳台上，面对家乡的方向，泪流满面……

在面对危险时,母亲的心便会全都用到孩子身上,而不顾自身的安危。这种母爱从子女尚未晓事开始,直伴终生。

血 源

● 刘兴沛

夏日清晨,乘公共汽车上班去。我坐在靠外侧窗边,停车时,习惯地望着上下车的人。关门的气泵声"哧哧"响起的时候,我忽然看见前方一位怀抱婴儿的年轻妇女直奔过来,急切地喊着"等一等";但售票员看惯了此类情景,不为所动,门关上了。然而车并没有接着起动,因为在关上车门的同时,那位年轻母亲朝前跌倒了,她是用裸露的双臂托着孩子奔跑的,跌下去时,双肘触地,孩子因惯性和震动而从臂中脱出,向前滚了一转,就像女排运动员扑身垫球而未垫起。幸好,离路牌铁杆尚有半尺之距。孩子当然是哭了,但只两三声便立刻休止——因为母亲极其敏捷快速地重又把他抱起了。母亲边哄孩子"勿吓"边说自己的不是。售票员说:"快上来吧,等你哪!"那关上的车门已经打开了。

眼见此景的坐客全都站起让座。她坐到我的位子上。我透过近视镜片贴近着那小孩,黑亮的眼睛竟望着我,还似乎有些笑意,早已忘了——或根本就不知——刚才的惊险。显然他毫发未损。然而母亲忙开了,孩子的头、身、足、手固不用说,连孩子的胖屁股也仔细看了看。母亲的脸色由苍白渐渐转为红润,还环视一下周围的人,难为情地露出歉意。人们也就跟着放下了心。突然,她发出一声惊呼:"呀!"大家也禁不住被她引出了一句"啊?"原来她在孩子的衣襟上发现了鲜红的血迹!她刚刚转过来的面色立即又恢复到死灰,双手抖颤着,迅即重新开始更仔细的大检查!找不到这血源,如何能罢休?接着又听到了她一声极欢快的"噢——",乘客们又被她引出了一句"啥?"原来她找到了血源——就在她自己的双肘上!她抬起臂,我看到皮肤已擦烂,血粘着灰沙,当中露白处,我猜想是肘骨。显然她伤得不轻。

然而年轻的母亲笑了。笑得那么坦然,那么舒心,那么轻快,那么不可抑止。

父母养育孩子,其间渗透了他们的含辛茹苦,渗透了他们点点滴滴的呵护与爱惜,也渗透了他们全部的心血与耐心!而长大了的孩子在孝敬父母时,却精简了本该有的付出与回报!可怜天下父母心啊!

树上的那只鸟

● [马来西亚]胡艾耶·玛 汪析 编译

夜晚,一位父亲和他的儿子在院子里散步。儿子已大学毕业,在外地工作,好不容易回一趟家。

父子俩坐在一棵大树下,父亲指着树枝上一只鸟问:"儿子,那是什么?"

"一只乌鸦。"

"是什么?"父亲的耳朵近来有点背了。

"一只乌鸦。"儿子回答的声音比第一次大,他以为父亲刚才没听清楚。

"你说什么?"父亲又问道。

"是只乌鸦!"

"儿子,那是什么?"

"爸爸,那是只乌鸦,听到没有,是只乌——鸦!"儿子已经变得不耐烦了。

父亲听到儿子的回答后,没有说一句话。过了一会儿,他突然站起身,慢吞吞地走进屋里。几分钟后,父亲坐回到儿子身边,手里多了一个发黄的笔记本。

儿子好奇地看着父亲翻动着本子,他不知道那是他父亲的日记本,上面记载着父亲日常生活的点点滴滴。父亲翻到25年前的一页,然后开始读出声来:

"今天,我带着乖儿子到院子里走了走。我俩坐下后,儿子看见树枝上停着一只鸟,问我:'爸爸,那是什么呀?'我告诉他,那是只乌鸦。过了一会儿,儿子又问我那是什么,我说那是只乌鸦……

"儿子反复地问那只鸟的名字,一共问了25次,每次我都耐心地重复一遍。很高兴能有这样的机会,我知道儿子很好奇,希望他能记住那只鸟的名字。"

当父亲读完这页日记后,儿子已经泪流满面了,"爸爸,你让我一下子懂得了许多,原谅我吧!"

父亲伸手紧紧抱住自己的儿子,布满皱纹的脸上有了一丝笑容。

真诚的、发自内心的爱,最能打动人心,最能起到感化教育的作用。文中的老人用爱把一个面临"深渊"的孩子救了回来,令人欣慰。

至 爱

● 张先丰

　　14岁暑假的一天,我拿父亲的钱去玩游戏机,被父亲狠揍了一顿。我从家里逃出来,在外游荡了一天。我没有吃任何东西,因为口袋里没有一分钱。尽管如此,我还是不愿回那个冷冰冰的家。晚上,我随便蜷在天桥下睡了一夜。

　　第二天早上,我忍着辘辘饥肠,在一个住宅小区里没有目的地溜达。突然发现,一楼一户人家的阳台敞着,阳台很低,我立刻鬼使神差般地产生了一个念头。我观察了一下四周没有人,就飞快地奔过去,像猴子一样敏捷地钻进去。巨大的饥饿感使我忘记了危险,我机警地搜寻目标,客厅里有一台冰箱,冰箱里有半块面包,我迫不及待地拿起就往口中送。

　　此时,紧邻客厅的那扇门里,传出了狗的叫声。门开了,冲出一只狮子狗,对着我凶猛地狂吠。我害怕极了,心几乎要跳出来。接着听到吆喝的声音,一个年约六十多岁的老太太走了出来。小狗很听话,马上不叫了。老太太的目光朝我扫射过来,我浑身发抖。但老人的眼睛在我身上并没有停留,又转向别处,两手摸着墙壁走进了卫生间。我赶快跑回阳台,准备原路逃走。这时,阳台外面却有几个大人站在那里说话,我又缩了回来。那条狮子狗守在大门旁,虎视眈眈地盯着我,我不敢从那里出去。我攥着半块面包,边吃边等待逃走的时机。

　　老太太从卫生间出来,又摸着墙回到卧室。我啃完面包,还是饿得难受,就搜寻是否还有其他可吃的。一不留神,碰翻了脚下的一个塑料方凳,弄出了响声。老太太在屋子里问:"是丁丁吗?是丁丁回来了吗?"老人走出来,眼神茫然地望着大门的方向。我不敢作声,老人张着两只手来

寻。客厅太小，我不敢动，老人碰到了我，捉住我的肩膀，笑了起来："你这孩子呀，就是不爱说话，和小时候一样。"老人亲切地抚摸我的头，捧捧我的脸，我脸上有一道青紫，是父亲用皮带抽的，老人的手弄疼了我，我不禁"哎哟"一声。老人用很轻柔的声音问："是不是你爸又打你了？"我低低地"嗯"了一声。老人没有听出不同，更加和蔼地问："和爸爸怄气，兴许还没吃饭吧？"我又"嗯"了一声。老人安慰我："没事，奶奶给你做。"说完就进厨房去了。

老人手脚挺利落，不一会就端上一大盘鸡蛋煎馒头片，一杯热牛奶。我来不及说什么，狼吞虎咽地吃了起来。老人用失神的眼睛望着我说："丁丁呀，往后多听你爸爸的话，别跟你爸顶嘴了。知道你爸为啥打你吗？他是恨铁不成钢呀。你爸也有苦处。听奶奶一句：做人要端正。别让奶奶老挂牵。"我鼻子酸了，眼睛里溢满了泪。我感到了自己的可耻。

我充满感激地帮老人洗刷好餐具，正要离开，外面却响起连续不断地叩门声。我吓坏了，以为老人的家人回来了，这下要露馅儿了。老人打开门，进来两位魁梧的保安。一位问道："有人反映，从你家窗户跳进来一个人。"我骨头都吓酥了，只待束手就擒。老人却回答："没有呀，是不是看错了？"另一位保安盯着发抖的我，狐疑地问："这小孩是谁？"老人一笑："我孙子丁丁。"两位保安看没有事就回去了。我瘫坐在沙发上，老人笑着说："真是有趣，把我孙子看成了贼，我孙子才不是那样的人呢，是不是丁丁？"我无比真诚地回答："是的，奶奶。"我心中暗暗发誓，以后饿死也不做贼了。待了一会儿，估计保安已经走远，我向老人告辞。临走，想起老人的阳台，就走过去，想替她关上窗子。

老人却在我身后说："错了，孩子，门在这边。"她已为我拉开了门。

我惊异地回头，发现老人一双清澈的眸子。我惊诧极了："您眼睛没事呀？"老人笑了。

我真心真意地叫了一声"奶奶"，深深地鞠了一个躬，然后飞一般地逃走了。那个夏天，我懂得了什么是真正的爱。

爱的力量是无穷的,小男孩的爱感动了亿万富翁,救了叔叔的命。爱是心灵的润滑剂,愿每个人都能撒播爱的种子,让世界温暖如春。

R en sheng miao di
人生妙谛

购买上帝的男孩

● 徐 彦

一个小男孩捏着一美元硬币,沿街一家一家商店地询问:"请问您这儿有上帝卖吗?"店主要么说没有,要么嫌他捣乱,不由分说就把他撵出了店门。

天快黑时,第二十几家商店的店主热情地接待了男孩。老板是个六十多岁的老头,满头银发,慈眉善目。他笑眯眯地问男孩:"告诉我,孩子,你买上帝干吗?"男孩流着泪告诉老头,他叫邦迪,父母很早就去世了,他是被叔叔帕特鲁普抚养大的。叔叔是个建筑工人,前不久从高处摔了下来,至今昏迷不醒。医生说,只有上帝才能救他的叔叔。邦迪想,上帝一定是种非常奇妙的东西,自己把上帝买回来,让叔叔吃了,他的伤就会好。

老头眼圈湿润了,问:"你有多少钱?""一美元。""孩子,眼下上帝的价格正好是一美元。"老头接过硬币,从货架上拿了瓶"上帝之吻"牌饮料说:"拿去吧,孩子,你叔叔喝了这瓶'上帝',就没事了。"

邦迪喜出望外,将饮料抱在怀里,兴冲冲地回到了医院。一进病房,他就开心地叫嚷道:"叔叔,我把上帝买回来了,你很快就会好起来!"

几天后,一个由世界顶尖医学专家组成的医疗小组来到医院,对帕特鲁普进行会诊。他们采用世界上最先进的医疗技术,终于治好了帕特鲁普的伤。

帕特鲁普出院时,看到医疗费账单上的天文数字,差点吓昏过去,可院方告诉他,有个老头儿帮他把钱付清了。那老头儿是个亿万富翁,从一家跨国公司董事长的位置上退下来后,隐居在本市,开了家杂货店打发时光。那个医疗小组就是老头儿花重金聘来的。

帕特鲁普激动不已,他立即和邦迪去感谢老头儿。可老头已经把杂货店卖掉,出国旅游去了。

后来,帕特鲁普接到一封信,是那老头儿写来的,信中说:年轻人,你能有邦迪这个侄儿,实在是太幸运了。为了救你,他拿一美元到处购买上帝……感谢上帝,是他挽救了你的生命。但你一定要永远记住,真正的上帝,是人们的爱心!

人生妙谛
Ren sheng miao di

> 指导员牺牲了自己,换来另外13个人的生命,这是人间最伟大的奉献精神,感人至深。水的眼泪,为沙漠边防战士的艰辛而流,为指导员的人间大爱而流。

水的眼泪是什么

● 余同友

那时,我在新疆一个沙漠边防站里当兵。我们那个站里只有15个人,与我们朝夕相伴的除了漫天的风沙还是风沙,我每天将营房外面打扫得干干净净,可是第二天一早起来,门却推不开了。一夜风沙堵住了房门,只好从窗子里跳出去。这样说,你就知道那是个什么样的地方了吧。

这些我们都能忍受,最要命的是用水,离营房二十多里的地方才有一眼泉,且不通车,只能用毛驴运水!运一次水要大半天,因此,每人每天用的水都是定量的,一小桶水先洗菜,再洗脸,再洗脚,再喂厨师老方养的那一头猪,这个程序是一点也错不得的。到边防站第一天,指导员就虎着脸对我们说,人5天不吃饭有可能活下来,可要是5天不喝水那就死定了。

那年,沙尘暴出奇的频繁,三个多月没有下一滴雨,我们平日取水的那眼泉早已干涸。方圆几十里的地方我们都去过了,可是也没有找到一眼泉,于是一百多公里外的营部决定每隔两天送一车水来。营部送水每次都很准时,但那次等到第四天还是不见送水车,两天没喝一口水的战友们一个个把嘴巴闭得紧紧的,一说话,嗓子里就像在拉锯子。与营部的联系也中断了,指导员眼睛里全是血丝,傍晚时分,他钻出门外,哑着嗓子对我说:"小余,我们一道到营部去,要不然大家非渴死不可。"我望了望外面呼啸的风沙,又看了看屋子里的战友,默默地点了点头,就跟他一起上了车。

果然,营部的运水车在半道上迷了路,因为我和指导员路熟,便让营部的人先回去,换了车,我和指导员连夜往回赶。风沙打在挡风玻璃上,沙沙地响,像雪粒,像暴雨,指导员皱着眉头加大了油门,我知道,他是想早一点把水送到弟兄们手里。可是,越急越出问题,那辆车开了不一会儿竟在一个小坡上抛锚了。指导员用脚狠狠地踹了车子一下,便拿着大摇把去车前摇,费了老大劲,总算将车子发动起来了。不料,刹车失灵,车子缓缓向坡下滑去。眼看车子就要从坡下翻倒,指导员慌忙抵到车子前,用铁摇把支着车子,车子的惯性受到阻止,改变了方向,终于一头抵在了旁边的一块大石头上,指导员也被夹在了中间。当我倒回车时,我看见指导员捂着胸口,半天起不来,我赶紧扶起他,说:"指导员,我们掉头往营部卫生院赶吧。"指导员把我一推说："没事，不要掉头，还有13个兄弟在等着我们俩呢。13和1谁大谁小你不会不知道吧？"

车子疯狂地在沙漠上奔跑，我将油门踩到了底，耳边已听不见别的声音，只听见指导员的喘息声越来越大，像我故乡夏季发洪水时滚过天空的雷。

天亮时分，车子呼啸着撞进了边防小站。可当我们再叫指导员时，指导员已听不见了。

我们看看天边，风沙竟停了，天边露出了一弯月牙儿。也不知是谁带头，大家拿出自己的小盆，装满了水，轻轻地放在指导员的床前，15盆水依次摆开，在这个沙漠，从没有人一次面对这么多的水啊。15盆水里映出了15个弯弯的月牙儿，像15颗硕大的水的眼泪。

在爱的词典里，没有重量、负担、危险，有的只是奉献、无私。在自己的孩子处在危险境地时，哪还顾得上考虑自己的安危。这就是亲情，这就是爱。

爱的力学

● 李雪峰

他是一个研究力学的专家，在学术界成绩斐然。他曾经再三提醒自己的学生们："在力学里，物体是没有大小之分的，主要看它飞行的距离和速度。10 个玻璃弹子，如果从 10 万米的高空自由落体掉下来，也足以把一块一米厚的钢板砸穿一个小孔。如果是一只乌鸦和一架正高速飞行的飞机相撞，那么肉体的乌鸦一定会把钢铁制造的飞机一瞬间撞出一个洞来。"

他说："这种事在前苏联已经屡次发生过，所以我提醒大家注意，千万别幻想能把高空掉落的东西稳稳接住，即使是一粒微不足道的石子。"

那一天，他正在实验室里做力学试验。忽然门被"砰"的一声撞开了，他的妻子惊恐万分地告诉他，他们那先天有些痴呆的女儿爬上了一座四层楼的楼顶，正站在楼顶边要练习飞翔。他的心一下子就悬到了嗓子眼儿，一把推升椅子，连鞋都没有来得及穿就赤着脚跑了出去。他赶到那座楼下的时候，他的许多学生都已经惊慌失措地站在那里了。他的女儿穿着一条天蓝色的小裙子，正站在高高的楼顶边上，两只小胳膊一伸一伸的，模仿着小鸟飞行的动作想要飞起来。看见爸爸、妈妈跑来了，小女儿欢快地叫了一声就从楼顶起跳了，许多人吓得"啊"的一声连忙捂住了自己的眼睛，他的很多学生紧紧地抱住了他的胳膊。看到女儿像中弹的小鸟般垂直下落，平时手无缚鸡之力的他突然推开紧拉着他的学生们，一个箭步朝那团坠落的蓝色云朵迎了上去。

"危险——"

"啊——"

随着一声尖叫，那团蓝云已重重地砸在他伸出的胳膊上，他感到自己突然像被一个巨锤狠狠砸下，腿像树枝一样"咔嚓"

一声折断了，眼前一黑就什么也不知道了。

他醒来的时候已经躺在医院的手术室里两天了。他的脑子还算好，很快就清醒了，可是下肢打着石膏，缠着绷带，阵阵钻心的疼痛让他忍不住倒吸冷气。他那些焦急万分的学生对他说："您总算醒过来了。您站在高楼下面接孩子真是太危险了，万一……"

他笑笑，看看床边自己那安然无恙的小女儿和泪水涟涟的妻子说："我知道危险，搞了半辈子力学，我怎么能不懂这个呢？只是在爱里面，只有爱，没有力学。"

爱没有力学。

在爱里，除了一种比钻石更硬的爱的力之外，再没有其他力学，爱是灵魂里唯一的一种力。

> 人性本善,那些犯过错误的孩子的心里也埋藏着善良的种子,只要给以爱的雨露,种子便会生根发芽,长成参天大树。

人生妙谛
Ren sheng miao di

在爱的阳光下,不再流浪

● 张陶帅

我刚刚度过 16 岁生日,在颠沛流离的流浪岁月里我把自己弄丢了,儿时的名字遗失了,亲人的音容笑貌模糊了,只依稀记得故乡在南方一个叫重庆的地方。

我 6 岁那年,在河北省邯郸市一个破旧的小旅馆里,妈妈将我卖给了一个中年男人。被那个男人拉走时我惊恐地哭喊着:"妈妈,救救我!"但她忙着数钱,头都没有抬一下。那一刻"母亲"两个字在我心里筑成的城堡彻底坍塌了。

养父是河北晋县的一个养鸡专业户,买我是为了传宗接代。我慢慢爱上了这个家,因为养父送我上了学。上学真快乐啊,有好多小朋友在一起学习玩耍。我拼命地学习,每次考试都是前三名,在县里的作文比赛中还获得过一等奖。然而,11 岁那年养母生下了一个小弟弟,他们为了逃避计划生育的罚款,把我扫地出门,让刚出生的孩子顶替了我的户口。

我知道这个家再也不会收留我了,天下之大,哪里是我栖身的地方?我漫无目的地走了一天,傍晚才跟着一群民工登上了去石家庄的车。

一个 11 岁的孩子填饱肚子非常艰难,连在街上乞讨也要分地盘,为此到底挨了多少次打自己也记不得了。一次次的伤害,使我变得冷酷起来。我参加了一个盗窃团伙,跟着他们抢劫、盗窃。我的破棉袄兜里总揣着一块石头,有时为了一个烂苹果也会与人拼命,因此很受老大的器重。我的脸上伤痕累累,于是得了"刀疤"的绰号。

2001 年冬季,我正在垃圾箱里捡废品,遇到了一个与父母走散的小姑娘。听着小女孩绝望的哭声,我一下子想到了自己的悲惨遭遇。我是贼,一直很害怕警察,但还是硬着头皮带她来到派出所。在警察的帮助下,小女孩找到了父母。女孩的母亲得知我是个流浪儿后非常同情我,把我送到了专门收留流浪儿的石家庄市少保中心读书。这位好心的阿姨姓张,我给自己取了第一个属于自己的名字——张陶帅。

接待我的周楠老师,温和的声音非常好听,上课前她特意表扬了我。"张陶帅同学是因为帮助与父母失散的女孩才来到我们中心的,我相信他一定会很快适应这里的生活,成为我们班的模范同学。"

我想做个好孩子，但这些年已经野惯了，总是控制不了自己。进中心时我的刀子被没收了，我就把新发的牙刷磨尖充当匕首，逼着同学给我叠被子，还必须定期给我进贡好吃的东西。

为了监督并帮助我改掉坏毛病，周老师干脆住在中心，我知道她是为我好，但还是感觉特别烦。我开始怀念无拘无束的流浪生活，决定想法逃出去。我找到新到少保中心的三个流浪儿，动员他们跟我一起出逃："我在这儿半年了，一点儿也不自由。出去以后跟着我，保证让你们吃香的喝辣的。"当天晚上熄灯时，我们悄悄翻墙头逃了出去，没想到一落地就踩在一块尖石头上，我的脚崴了，疼得满地打滚。周老师找到我时流泪了，她说："孩子，你什么时候才能懂事啊？！"

看到老师为我哭泣，我心里很震惊，低着头说："周老师，你别为我费心了。我就是一个坏孩子，改不好了。""别胡说，老师还没有放弃，你怎么能自暴自弃？"

周老师把我送到了医院，24小时守在我身边，经常从家里带好吃的给我改善生活。卸去石膏后，医生说热敷和按摩有助于康复，周老师就打来热水给我泡脚，然后轻轻地按摩受伤的部位。要知道我长这么大，除了挨打挨骂没有得到过一点温暖，连妈妈也没有给我洗过脚啊！看着周老师，我大哭起来。那一刻我不知道该怎样表达心中的感激，只是一遍遍喊着"妈妈，妈妈，妈妈……"

我一直在写日记，想把那些悲惨的经历记下来，作为长大之后惩罚那些虐待过我的大人的依据。在扉页上我用粗笔写着："唯有将那些把我推向苦难的人杀死，才能抚平我受伤的心灵。"

一天作文课上我把日记本交给了周老师，请她阅读我尘封多年的心。周老师读完之后把我拥在怀中："孩子，你写的太好了，老师一直在为你的悲惨遭遇流泪。但你知道吗？一只背负着沉重包袱的小鸟是无法展翅高飞的，你也一样。让老师帮你改掉扉页上的话好吗？"周老师认真地写下："忘却仇恨，才能真正获得新生。期待你卸下包袱，成为一只高飞的雄鹰。"

我知道，自己现在就是朝着雄鹰的目标前进。

> 父母是孩子最好的老师。父母爱子，不计付出，不求索取，而孩子也一定要懂得父母的良苦用心，不要让父母寒心失望。

人生妙谛
Ren sheng miao di

笨小孩

● 彭海清

小时候，我在村里是出了名的笨孩子。

6年级时，父亲带我去交公粮。出纳算了账，父亲觉得不踏实，便又偷偷叫我重算了一遍，结果和出纳的数目相差十几块！父亲在得到我的肯定后和出纳吵了起来，目不识丁的父亲只相信自己的儿子，居然和相交几十年的老友吵得面红耳赤！我心虚地又算了一遍，天啊！竟然是我错了！那一刻我愧疚得要死，父亲喋喋不休的争辩也一下子顿住了。那一刻，我清晰地见到父亲的脸一下子变得铁青，手也在不停地颤抖，他久久地盯着我，不发一言，然后在众人的哄笑声中拉了我便走。

也许是智商有限，加上读书不用功，虽然花了时间早起晚睡很认真去做，我每次考试的成绩总不理想，且往往被老师留堂。父母来校接我时总要被老师数落一通，他们只能满脸通红地彼此安慰说，孩子还没通性，由着他吧，长大了会自觉的，别逼着他了。显然他们彼此都很清楚自己的儿子不折不扣地笨，却仍善意地期望着。

懵懵懂懂地长到12岁，我的思想第一次发生了重大转变。

那年初秋，天气特别炎热。刚割完早稻，父母出工去了，叫我在家门口晒谷子。中午的时候，我望了一眼万里无云的天空，心想不会下雨吧，便跑去不远的小河里游泳。正游得开心，大雨骤然而至，我光着身子拼命地跑到家里的时候，父亲正拿着扫帚拼命地堵截那些被水流冲走的谷子。见我回来，就扬起扫帚。我一见吓坏了，扭头就跑，慌不择路地跑进了一条山沟，一不小心掉进了水沟，水势湍急，一下将我冲出老远。夹杂在水里的荆条又火上浇油，我一急一痛，便昏了过去。后来听说，父亲当时吓坏了，背着我没命地往医院跑，鞋子跑没了，上衣跑没了，裤子也撕破了。半路上，母亲听到消息追上来，便轮流背着，一直背到三十多里外的医院。母亲有腿疾，走路本来就一颠一颠的，我无法想象那段路她是怎样挺过来的。十多年后的今天，我每每想起父母在那条山道上心急如焚地奔跑，泪水便会不由自主地流出来，心中也悔恨不已。

看到我醒来，父母喜极而泣，抱头大哭。泪水滑过他们憔悴的脸庞，滴落在他们血痕斑斑的脚上，触目惊心！其实当时我只是惊吓过度，医生说，在家静养一下就行了。但父母的小题大作却唤醒了我那麻木沉睡的心。父母的泪水让我一下子长大了，那一刻，我突然意识到即使愚笨到这种程度，也是父母心中的最爱啊！

那年期末，我破天荒考了全班第一。邻居说这娃子就是命硬，这水中一浸不但没有浸出问题，反而把人给浸聪明了。只有我知道，正是父母的爱让我滋生了强烈的愿望——我要用最好的成绩来给父母争光。全班第一的荣耀让父母骄傲了好久，他们屡屡将我作为弟弟妹妹们的榜样。这让我开心了好久，以至于慢慢养成了读书的习惯，一读读到大学毕业。

我至今仍不知道自己的智商是高是低，也许，这对人的一生并不重要，重要的是有怎样的父母。从懵懂到明事，其实只是一桥之隔，父母温和宽厚的爱是孩子跨过这座桥的动力。就像黑云经过太阳的亲吻也会变成绚丽的彩霞，再笨的小孩，有父母的爱和呵护，也会长成顶天立地的栋梁。

人生妙谛
Ren sheng miao di

> 父母怎能不爱孩子呢？他们打骂孩子,是为了让他们上进,让他们变好,那是爱孩子的表现。如果孩子能早明白这一点,如果父母能温和一点,那么,他们就会拥有更多的快乐。

夏天,我重新发现

● 孟 唯

第一次参加高考时,我知道自己考不上大学,很早就知道了。

小时候爸爸妈妈三天一大吵,隔天一小吵,吵完之后没人管我,那时我就彻底放弃学习了。

我不上课,每天和一些小混混泡在一起,在街头巷尾游荡,对着漂亮女孩吹口哨,在游戏室通宵打电玩,甚至向低年级的学生勒索。

有一天,爸爸把我从游戏机室揪出来当众暴打了一顿。爸爸一路揪着我的耳朵,把我拽回家,一进家门便和妈妈开始对我进行"男女混合双打",打完之后便让我拖着行李搬家了。

后来我才知道,一个被我勒索过几十元钱的10岁小学生的家长找到了我家,扬言如果家里不好好管教我,就要把我废了。

转学到新学校后不久,就要中考了。我想上中专,上了中专以后我就不用学习了!当我把这个想法告诉爸爸妈妈的时候,他们俩又以一顿暴打对我进行了深刻教育:务必上高中,以后务必上大学!

就这样我被爸爸妈妈逼着上了高中。当年我正处在青春叛逆期,也许是为了报复父母对我的暴力和冷漠,也许是永远无法忘怀他们带给我的伤害,所以我学习一直不努力。我也不知道自己是不是故意气他们:你们不是想让我上大学吗?你们让我失望了这么多年,你们这么多年从来没有给过我一个幸福平和的家,我又凭什么要成全你们的梦想?

高中那三年我也是这样混着,高考结束后一切恶梦就结束了,我将考不上大学,然后被父母扫地出门,远走高飞的感觉是多么美好啊!

高考结束了,我只等着分数出来后,父母将我暴打一顿后赶出家门。

可是令我万万没想到的是,当妈妈看到我两百多分的分数条时,痛哭失声。她一边哭一边说:你真的只考了这么点儿分,你怎么办啊?你以后的日子怎么办?

我以为她看到分数条的那一刻会扑上来打我,可是那天她没有,她只是一遍一遍地看着分数条哭,问我爸爸"怎么办"。爸爸也没有打骂我,他坐在妈妈对面一声一声叹气。

这个夏天成了记忆里印象最深的一个夏天。无数个傍晚,我坐在那栋租来的破旧的五楼的阳台上,看着天边残阳如血,大片大片的红云席卷而来。爸爸妈妈的身影在夕阳的照射下拉得很长很长,他们俩搀扶着一步一步蹒跚走来。当我看到他们回家时疲惫的身影,就知道他们又奔波了一整天。四处求人,找关系,请客送礼,到处打听各个学校的招生情况,希望以自己最大的能力帮不争气的儿子尽量争取上一所大学。

我知道家里没钱,也没社会关系,因此我可以想象得到那个夏天父母在炎炎烈日下曾遭受过多少羞辱和冷遇。当我看到爸爸妈妈相互搀扶着的身影蹒跚走进家门时,第一次知道什么叫内疚。

他们不欠我的,而是我欠他们太多。我以为高考结束的这个夏天,自己会被扫地出门,但是这个夏天,我却第一次为自己的无知和冷漠付出了惨痛的代价。我配不上父母这样深沉的爱!

夏天没过完,我便复读去了。这个夏天我收获了爱,收获了理想和尊严。

R 人生妙谛
en sheng miao di

爱心有限

● 高 虹

没头没尾的，在电视里看到这样一个场景：一对夫妻神色黯然地把名叫小琴的女儿留在一个店铺，转身离去。女孩茫然地看着爹妈的背影，急急地比画着："小琴爱爹，小琴爱娘……"她的手语打得飞快而流畅，但终究是无声的，爹娘没有回头地去了。

在本能的难受中我突然反应过来：我居然看懂了女孩的手语。是的，电视里没有交代说明，是我自己看懂的。

想起多年前我曾经学过手语。因为即将到聋哑学校去做一项工作，我们先参加了手语班的学习。开始我们兴致勃勃，相信自己爱心无限，为了和聋哑孩子沟通，为了让他们感受到真诚和平等，我们一定要努力学会他们的语言。于是列出大篇的句式，让手语老师一一教我们。手语老师接过去仔细看，他没有多说什么，开始都是简单的"你好"：食指伸出平平前送，表示"你"；然后向胸前收回，同时转伸出大拇指，朝上，表示"好"。

然后学"我喜欢你"、"我们爱你"等等。手语是一件相当麻烦和琐屑的事儿，一句话中的每一个字都要比画到位——要知道平时我们说"口语"都飞快，能省三字决不多说两个字的，哪里耐得住如此艰苦卓绝的劳动！

当我们学到"你叫什么名字"时，新奇感分明少了，人也有些疲累了，起初龙飞凤舞的手也少了些生气，耷拉在胸前笨拙而迟疑地动着。这时口语老师笑了笑，把我们开出的单子往旁一推说："好吧，最后再学一句吧。这一句是我给你们加的——我可以用纸和笔和你聊吗？"果然到了那所学校后，勉强比画了"你好"以后，我们用得最多的就是这句"我可以用纸和笔和你聊吗？"用手语和聋哑孩子交流沟通的雄心，早已烟消云散。

后来我想起口语老师的神态：我们雄心勃勃时，他微笑。他没有否定我们的真心，更没有怀疑我们的耐心和爱心，但是他一定知道——爱心和耐心并不是无限的。你看他的分寸掌握得多么好，早为我们准备好一句"我可以……"

我们的爱心其实没有自以为的那么多。

爱心其实是很有限的，我们能给予别人的，真的不多。

一堂"跑步课"跑出了人生的经验与感触，老师以小见大的教导令我们难忘。

Ren sheng miao di 人生妙谛

20年前的作业

● 高汉武

毕业20周年之际，正逢共和国五十华诞，省城的同学组织了这场同学联谊会。

联谊会上，大家把一直还住在乡间的原班主任用专车接了来。老人已年过古稀，头发全白了，手脚都已不便。同学们仿照原来教室的模样布置了聚会的场合，要求各位同学按20年前的座次坐好，并给老师布置了讲台，将老师请到讲台前。

轮到同学座谈了。大家在讲话中都先感谢老师的栽培。班主任听了也不说话，直到临近结束，站了起来，说："今天我来收作业了。有谁还记得毕业前的最后一课吗？"

那天是个晴天，班主任把大家带到操场上，说："这是最后一课了。我布置一个作业，说易不易，说难不难。请大家绕这五百米操场跑两圈，并记下跑的时间、速度以及感受。"说完便走了。

20年后老师说话了："我离开操场后，在教室走廊上观看了同学们的完成情况。现在，20年后的今天，我对作业讲评一下。跑完两圈的有四人，时间在15分20秒之内。一人扭伤了脚，一人因为跑得太快摔了跤，有15人跑过一圈后觉得无趣，退出后在跑道外聊天儿。其余的嫌事小，没有起步。"

大家惊异于老师记得如此清楚，一下子看到了老师昔日的风采，纷纷鼓掌。掌声停下来，老师继续说："我就这次作业，并结合本人七十余年人生体验，送各位四句话：其一，成功只垂青有准备的人；其二，身边的小蘑菇不捡的人，捡不到大蘑菇；其三，跑得快，还需跑得稳；其四，有了起点并不意味就有了终点。你们现在都是三十六岁左右年纪，又处在世纪之交，尚不是对老师说感谢的时候。请多说说自己人生的作业。"

教室里顿时鸦雀无声。

> 格央有一颗宽厚、质朴的心，她真诚地去对待生活中的事，让一切回归真实和自然。你是否也期待拥有那样一颗心灵呢？

R 人生妙谛
en sheng miao di

心的高原

● 华木兰

一天，我去朋友家玩，认识了一个来自西藏的小姑娘，名叫格央。格央皮肤很白，似乎完全没有紫外线照射的影子，高高的额头，长长的辫子。格央会讲汉语，但很少说话，神情安静而腼腆，然而又有一种极晶莹透明的东西在眉宇间闪耀。

我一下子被她吸引住了，不停地向她问这问那。她只是简短地回答，常常微笑而沉默。后来，我的话题也山穷水尽，可我又不甘心就此罢休，便开始夸她的服饰。在我不厌其烦的赞美声中，格央红着脸坐了许久，然后一声不响地钻进了里间。过了一会儿，她换了一身衣服走了出来。

"这一身也很美。"我以为格央是穿给我看的，便情不自禁地说道。

"我就带了这两身衣服来，"格央说着把刚换下来的衣服递给我。"所以我只能送你一套。"

我呆住了。"我，并不是这个意思……"许久，我嗫嚅地说。

"可是，你不是很喜欢吗？"

"是的。"

"你不想要吗？"

"想要，可是……"我艰难地解释着，小心翼翼地找借口，以免伤害她，"可是我的身材穿不下。"

"只有能穿上的衣服你才会要吗？"

在那雪一样的目光里，我无话可说。

我把那套衣服接下来。

"谢谢。"格央率先说。

"为什么？"我问。无论如何，该

致谢的应该是我。

"你真心收下了我的礼物,我就会安心收下你的赞美。"她说。

我又一次陷入了失语之境。我知道,和纤尘不染的格央相比,我的赞美太庸俗也太浅薄。至今,我仍珍藏着这套不能穿的藏服。每当我看到这套衣服,就会想起那阳光灿烂的高原,格央就来自那个地方。也许正因为她来自那个地方,才会有那样一颗不受一丝污染的心。

那是高原的心,也是心的高原。

人生妙谛
Ren sheng miao di

我们每个人每天都在为生活忙碌着,有时难免会因为某些客观因素情绪起伏,如果我们能像那位司机一样为别人的幸福让道,我们的生活会变得更加多姿多彩!

给别人的幸福让道

● 黄金喜

晴朗的一天,我携妻乘车到省城拜访久违的朋友,由于朋友的新址不好找,我们便在电话中约定10点钟在北站门口不见不散。

疾驶的车窗外阳光明媚,满含青草味的春风飘进车内,令人心旷神怡。我与妻讲述朋友上学时的趣事,商量见到朋友该如何打招呼,是热情地拥抱,还是以一声"嗨"开头。忽然,疾驶的车慢了下来,并且越来越慢。最后竟然停了下来。往前一看,原来从另外一条街插过来一列迎亲的车队,他们走得非常从容。妻留心数了一下,竟有16辆之多,妻满含委屈地说:"看人家迎亲,多气派,你迎娶我时只有三辆车……""这车队里边很多是公车私用的'腐败车',只看那车牌号就知道。""反正是气派……"看着妻委屈的样子,怕妻再说些破坏心情的话,弄不好再把泪招惹出来,我便忙转移话题:"几点了?""9点50分,怎么了?""9点50分?恐怕10点赶不到了。"我不禁心急起来。

其他乘客也开始抱怨,有的说:"我还要上班呢,再晚就要迟到了,这月的奖金就泡汤了。"有的说:"好不容易把女友约出来,如果没按时到,又该为此赔礼道歉,并解释一大筐,能不能唤回人家的笑脸还难说。"那位中年微胖的司机不搭话,只是不时地按着喇叭。我有些着急地说:"别按了,吵得人心烦,再按喇叭他们也不会给你让路的,还不如瞅准机会超过他们呢。"司机转过脸微笑着说:"我不是想让他们让道,是在向新郎和新娘祝福呢。人这一生,这样的喜事只有一次啊!"他顿了顿又说,"别人结婚是件幸福的事。我们有机会为别人的幸福让一次道,不也是很幸福的一件事吗?"

车里顿时安静了下来,容易感动的妻子已是泪盈双眸。

下车时,已是10点30分,朋友仍在那执著地等着。听我解释完了,朋友感慨地说:"能为别人的幸福让道的人,也一定是一个幸福的人。"

爱是相互的,你善念闪现的那一瞬间,另一人也跟你一样,想着要为你做点什么。在亲人之间,这份爱更是无私的,感人肺腑的。

有爱的人生

● 程绍德

有一个老人,临终前把家里的土地和财产平均分给了两个儿子。老人过世后,小儿子想:"我独自一人日子容易打发,可哥哥拖家带口的,生活会比较艰难,我应该把自己的那一份,再分一半给哥哥才对。"他怕哥哥不肯接受,趁着夜黑风高,把自己分得的苹果和玉米,搬一半偷偷送到了哥哥的仓库里。

住在另一边的大儿子心里也想:"我已成家立业,只要一家人齐心协力,生活不会成问题,可弟弟是孤身一人,应当为他以后的日子多作打算。"怕弟弟不肯接受,于是也趁着星月无光,将自己的苹果和玉米搬一半偷偷送到弟弟的仓库里。

第二天早上,当他们走到仓库的时候,都吓了一跳,苹果和玉米丝毫未减,两兄弟都以为自己做了一个非常真实的梦。

晚上,两兄弟再一次搬苹果和玉米到对方仓库时,竟然相遇了。兄弟俩同时扔下手中的东西,紧紧地抱在一起痛哭起来。他们决定不分家,共同经营父母留下的土地。

这是一个在以色列民间广为流传的故事,这两个兄弟抱在一起哭泣的地方,后来成为耶路撒冷的圣地,也成为后人朝圣的地方。

原来,人们对爱的向往要远远大于财富。

其实,每个人来到这个世界上并不是单单为自己活着,人与人之间只有互相关心、互相给予,爱与真情才会释放出绵绵不断的能量,才会焕发出勃勃的生机。

有爱的人生是丰盈的,每一分每一秒,我们都可以在生命中感受到生活的幸福和美好。

R en sheng miao di
人 生 妙 谛

一个人的品德不是仅凭外在的东西就能判断的，而是要通过他的切实努力真实地感受到的。一双有经验的眼睛可以透过表象看到人的内在，这才是最重要的。

两个花匠

● 关 馨

初春，新婚的埃米莉随丈夫搬到一个小镇定居。新家各方面都不错，唯独荒废多年的花园让埃米莉不甚满意。重新打理可不是件容易的事，她决定请一位花匠，于是就在报纸上登出了招聘广告。

第二天，来了一高一矮两个应聘者。两人都彬彬有礼，说起话来也都很在行。正犹豫着，埃米莉突然看到邻居太太在自家前廊冲她打手势，示意她雇那个矮个子花匠。埃米莉心想，邻居太太在这里住了很久，一定知道哪个花匠好，于是就照她的意思办了。矮花匠果然能干，没几天，七零八落的小花园，就变得很有几分景色。几场春雨过后，花园就生机勃勃了。

高个子花匠后来给新搬来的另一户人家干活，埃米莉发现他打理的花园花木稀疏，草坪也修得不太齐整，远没自家的花园像样。

不久，埃米莉到邻居家做客，和那位太太谈起请花匠的事，"您推荐的人果然不错！"埃米莉感激地说，"我差点就雇那个高个子花匠了，因为我当时看高个子长得更像吃苦耐劳的人。大概您以前雇过他。"

"长相哪里靠得住！"邻居太太摇摇头，"雇花匠要看他的裤子，不是他的脸。他们都是外地人，我以前也没见过他们。但我发现矮个子花匠的裤子挺新，却在膝盖的位置有许多层补丁。高个子的裤子很旧了，膝盖却完好无损，倒是屁股那儿缝了不少补丁。我立刻就知道谁整天跪在地上干活了。"

简单的行动中有时孕育着伟大的爱，文中父亲的三句话，简单质朴，没有讲深邃难懂的大道理，似家常话，却是发自父亲那颗善良、朴实的心，表达了他对家人一生无限的爱。

人生妙谛
R en sheng miao di

父亲的三句话

● 吴忠溪

父亲一生有三句话，令我永生难忘。

父亲的第一句话是："你看这件事怎么样？"

父亲一向是说一不二的，包括母亲也别想改变。母亲爱父亲，又有一点怕父亲。虽然父亲当年只有每月 18 元人民币的微薄工资，但在母亲心目中，父亲是她的支柱和偶像。这造就了父亲的独断专行，但也树立了父亲不可撼动的威信。

我家 6 个兄弟姐妹，母亲病逝时，大姐、二姐已经出嫁，大哥、二哥在外工作，弟弟到外地读书，我在本镇读高中，家中只有我和父亲两个男人相伴。

我家有一块宅基地，有人想买。一天晚上，我们两个男人吃着晚饭，父亲突然问我："我想把那块地卖了，你看这件事怎么样？"我来不及咽下嘴里的饭，呆呆地望着父亲。父亲的眼神是诚恳的，我可以读懂。

也许，说一不二的父亲感到了他的无助。

但我相信，在他心中，他第一次感觉到，他的儿子已经是大人了。

父亲的第二句话是："我们不要和别人比吃的、比穿的，我们比不过他们，我们就和别人比学习、比工作。"

父亲只有 18 元的工资，无奈的父亲只能保住四个儿子的学业，两个姐姐没有进过一天学堂。父亲从工作到病退回家前后共 15 年，有 14 年没有回家过春节，为的是能拿到春节值班补贴和一件棉大衣。

父亲说，每年的春节和暑假，是他最难过的日子。因为他有四个儿子要缴学费。

所幸的是，我们四个兄弟没有辜负父亲，我们都完成了父亲"鲤鱼跳龙门"这一最朴素的愿望。

我们兄弟四个每个人要出门读大学的前一天晚上，父亲都帮助我们收拾简单的行李。

他对我们每个人都是这样说的："到学校里读书，我们不要和别人比吃的、比穿的，我们比不过他们，我们就和别人比学习、比工作。去睡吧，明天还要早起呢。"

　　父亲的这句话伴随我们各自的四年大学生活。我们的大学生活可以说是简朴甚至简陋的,但我们都是以优秀毕业生的身份毕业的。

　　父亲的第三句话是:"以后我如果生病了,我会很快走的,不会拖累你们兄弟。"

　　母亲生病了。父亲不得不请长假照顾生病的母亲。

　　我不知道,在家从来不做家务的父亲,从来都是说一不二的父亲,那几年是怎样弯下腰来,学会做所有的家务的。他要陪母亲说话以减轻她的病痛,他要照顾母亲的起居,他要兼顾家里的自留地,后来他甚至学会了给母亲打针。母亲痛得厉害,又不能老打止痛针,就大骂父亲。

　　三年,整整三年,威严的父亲"逆来顺受"。

　　然而父亲终究没能留住母亲。

　　母亲走的那一天,父亲一滴眼泪也没掉。只是到了第二个星期六,我从学校回来,看着母亲住过的房间,号啕大哭。父亲坐在门槛上,泪眼滂沱。

　　那天,他对我说:"以后我如果生病了,我会很快走的,不会拖累你们兄弟。"

　　退休以后,多病的父亲守着老家的三间老屋和一盏孤灯,不肯到城里和我们一起生活。那天下午,堂弟打来电话,说父亲感冒住院了,要我们回去看看。

　　第二天傍晚,父亲从容离我们而去。

　　深爱母亲的父亲,一样爱他的儿女们。他用他的箴言,表达了他的爱。

危难时刻，母亲把危险留给了自己，为的是那个还未出世的孩子。面对令人崇仰和令人感动的母爱，怎能不让我们敬畏生命，更多地爱我们的母亲呢？就像冰心老人在文章中写的那样，无论风吹雨打，母亲永远像莲叶，保护着如花朵般娇嫩的孩子。

头朝下的逃生者

● 方冠晴

这是 2004 年冬天发生在我们县城的一件真实的事情。

一天早晨，城西老街一幢居民楼起了火。这房子建于 20 世纪 40 年代，砖木结构，木楼梯、木门窗、木地板，一烧就着。顷刻间，整幢楼都被火海包围了。

居民们纷纷往外逃命，才逃出一半人时，木质楼梯就轰地一声被烧塌了。楼上还有 9 个居民没来得及逃出来。下楼的通道没有了，在烈火和浓烟的淫威下，这些人只有跑向这幢楼的最顶层四楼。这也是目前唯一没被大火烧着的地方。

9 个人挤在四楼的护栏边向下呼救。消防队赶来了，但让消防队员束手无策的是，这片老住宅区巷子太窄小，消防车和云梯车都开不进来。灭火工作一时受阻。

眼看大火一点一点地向四楼蔓延，消防队长当机立断：先救出被困的居民！没有云梯车，他只有命令消防队员带着绳子攀壁上楼，打算让他们用绳子将被困的人一个一个地吊下来。

两个消防队员遵命向楼上攀爬，但才爬到二楼，他俩借以攀抓的木椽被烧断了，两个人双双掉了下来。没有了木椽，就没有了附着点，徒手是很难爬上去的。就在这时，底层用以支撑整幢楼的粗木柱被烧得咯吱咯吱响，只要木柱一断，整幢楼就有倾塌的危险。

什么样的救援都来不及了，现在被困的人唯一能做的，就是自己救自己了。

没有时间去准备，消防队长只好随手抓过逃出来的一个居民披在身上的旧毛毯，摊开，让手下几个人拉着，然后大声地冲楼上喊："跳！一个一个地往下跳，往毛毯上跳！背部着地！"为了安全起见，他亲自示范，做着类似于背跃式跳高的动作。只有背部着地，才是最安全的，而且毛毯太旧，背部着地受力面大些，毛毯才不容易被撞破。

站在四楼护栏最前面的，是一个穿着大衣的妇女。无论队长怎么喊叫，她就是不敢跳，一直犹豫着。她不跳，后面的人也没法跳，而每耽搁一秒，危险就增大一分，楼下的人急得直跺脚，只得冲楼上喊："你不敢跳就先让别人跳，看看别人是怎么跳的。"

那妇女让开了。一个男人来到了护栏边，在众人的鼓励下，他跳了下来，动作没有队长示范的那么规范，但总算是屁股着地，落在毛毯上，毫发无伤。队长再次示范，提醒大家跳的方

式。接着,第二个人跳下来了,动作规范了许多,安全!

第三个,第四个……第八个,都跳下来了,动作一个比一个到位,都是背部着地,落在毛毯上,什么事也没有。

楼上只剩下一个人了,就是那个穿大衣的女人,可她仍在犹豫。楼下的人快急疯了,拼命地催促她。终于,她下定了决心。跨过护栏,弯下腰来,头朝下,摆了个跳水运动员跳水的姿势。

队长吓了一跳,这样跳下来哪还有命在? 他吼了起来:"背朝下!"但那女人毫不理会,头朝下,笔直地坠了下来。所有人的心都提到了嗓子眼上,只见她像一发炮弹般笔直地撞向毯子,也许是受力面太小的缘故,毯子不堪撞击,嗤的一声破了,她的头穿过毯子,撞到了地面上。

"怎么这么笨啊? 前面有那么多人跳了,你学也应该学会了嘛!"队长慌忙奔了过去,他看到,那女人头上鲜血淋漓,已是气息奄奄。女人苍白的脸上露出了一点笑意,她抚了抚自己的肚子,有气无力地说:"我只有这样跳,才不会……伤到我的……孩子。"

队长这才看出,这女人是个孕妇。

女人断断续续地说:"如果我不行了,让医生取出我肚子里的……孩子,已经……9个月了……我没……伤着他,能活……"

顿时所有的人肃然起敬,人们这才明白,这女人为什么犹豫,为什么选择这么笨的方式跳下来。她犹豫,是因为她不知道怎样跳才不会伤到孩子。选择头朝下的方式跳下来,对她来说最危险,对她肚子里的孩子来说最安全!

把最危险的留给自己,把最安全的交给孩子,这就是天底下的母亲时刻在作或者准备作的选择。

兄弟之情可谓情深似海，那是亲情的凝聚，是血浓于水的关爱。所谓长兄如父，正是爱才让"残忍"变得更情义深长，更扑朔迷离，当我们恍然发觉，不禁为之感动，为之赞叹。

人生妙谛
Ren sheng miao di

富豪兄弟

● 施　翼

　　施家有两兄弟。大哥大学毕业，在政府机关供职，因工作踏实，能力超群，前程一片辉煌，在大家的恭维声中，他却急流勇退，毅然下海，白手起家，经商办企业。小弟学习马虎，高考落榜，只好到大哥店里帮忙。

　　哥哥苦心孤诣，很快就把蛋糕做大了，成了一掷千金的大富豪。小弟粗心大意，作风拖沓。大哥悉心教导、鼓励和激发，有时肝火上来，也不免大发雷霆，严加呵斥，使小弟下不了台，泪眼汪汪……

　　几年后，小弟因受不了大哥的严厉管教，便想自立门户，要大哥提供本钱。大哥说："你想自己成就一番事业，我支持，我给你10万元启动资金。但是，我的钱是血汗钱，只能作为贷款给你，按银行利息计，期限为三年，到期后，你必须连本带利还给我。"小弟乍一听，还以为大哥在开玩笑，但审视良久，见大哥一副斩钉截铁、毫不通融的模样，他的心一下就缩紧了，一股无名怒火在心中燃起……好一会儿，他才把自己克制住，接过大哥递来的支票，按要求立了字据，愤愤地走了。

　　此事在家乡传得沸沸扬扬，有位堂兄来责问大哥："你是大款了，自己的弟弟创业，你理应扶持，再说他也给你帮了几年的忙，你现在不仅要他还本金，还要计利息，实在太过分了！你不知道，家乡的父老兄弟都在骂你心黑，为富不仁！"

　　大哥的脸一阵白，一阵红。他是个豁然大度的人，最怕人家戳脊梁骨，他犹豫片刻，只好坦然相告："你知道，我弟弟一向大大咧咧。我要他还本息，是给他施加压力，要他破釜沉舟，背水一战，走向成功。如果说白送他，钱来得容易，

他就会掉以轻心,甚至挥霍一空。其实,他立的字据,我早就焚毁了。为了小弟的成长,我希望你给我严守秘密,我只好背着骂名,承受精神折磨……"

堂兄突地跳起来:"我就知道,你不是那种人!原来你有这种深层考虑……"他握着堂弟的手,久久没有松开……

再说小弟被大哥的"绝情"深深刺伤了,他发誓,一定要发愤图强,超越大哥。他克勤克俭,苦心经营,财富不断增加,很快就成为闻名遐迩的千万富翁。当他得知为了他的成功大哥背了一副道德枷锁、人情黑锅时,才恍然大悟,禁不住热泪盈眶,号啕大哭……

飘香的生命 <<

智慧开花的人,他的芬芳会弥漫整个世界,不会被时节范围所限制。一个透过内在开展戒、定、慧的品质的人,即使在逆境里也可以飘送人格的芬芳呀!

> 在文中,掌心中融化的已不是香甜的糖,而是甜蜜的幸福。
> 至亲总是把最好的留给心爱的孩子,这是爱的习惯、心的契合。
> 沉醉在亲情的怀抱中,香甜得沁人心脾。

人生妙谛
Ren sheng miao di

化在掌心的糖

● 晓 余

去年夏天,我带儿子回到老家。老家有年过 80 的奶奶,喜欢吃核桃,我给她买了一盒核桃仁。

那些看着我长大的乡邻们,见远嫁的我回来了,会不时地过来坐坐,聊聊我小时候的趣事,打听我现在的生活情况,又告诉我儿时的朋友现在何处,生活如何如何。

这天上午,住在奶奶家后面的一位大婶也过来坐,她女儿是我童年的好友。闲聊时,奶奶把我带来的核桃仁拿出来吃,又抓了一大把递给她,她十分客气地在一番推托感谢后接下了。在后来将近一个钟头的谈话中,我和奶奶都吃了许多核桃仁,那位大婶,她从一片完整的核桃仁上掰下一小块放在口里,细细慢慢地吃了许久,就再也不吃了。我有些奇怪,叫她不要客气,吃完了再抓,她很坚决地拒绝了。我向来大而化之,见她不吃,也没有太坚持,就这样,一直坐到她离开,那把核桃仁,她都没有再动。那么炎热的夏天,我心想,核桃仁该被汗湿了吧?

大婶走后,我起身去后面的房间拿书看,透过那扇小小的窗户,我看到大婶正站在自家小小的厅房里,身边围着三个十岁上下的孩子,我知道那是她的外孙,其中就有我朋友的孩子。孩子们的小手都伸向外婆,而她正一个个地把核桃仁分发给他们,几个孩子分光了外婆手中的核桃仁,坐到门槛上用心地数,开心地吃,而他们的外婆,从门后拿出扫帚弯腰扫地,脸上极其平淡地没有任何表情。

我的眼泪夺眶而出,怕被她看到会尴尬,赶紧缩回了身子。

依稀记得童年的我,许多次和哥哥骑坐在门槛上,满怀喜悦地分一颗妈妈带回来的硬硬的黑红黑红的水果糖,不知道也不管糖从哪儿来。我总是紧盯着哥哥用手小心地剥开已经和有些化了的糖粘到一起的糖纸,眼巴巴地看他把糖放进嘴里用力咬成两半,再吐出来比较一下,大小差不多,这才各自拿一小块,甜甜地吃,妈妈这时在哪儿,在干什么,我们不知道,只知道那快化了的糖是如此的甜。

及至求学在外,每次放假回家,妈妈和奶奶会把积攒了好久的东西拿出来给我们吃,她们留了许久的,也总不过是化成一团的糖,变了味的饼子,长了霉的点心,蔫了干了的水果……

我常常会抱怨她们：自己吃了啊！不用留着，都放坏了。可是她们依然一年一年地留。

结婚后，有一天带孩子去婆婆家，婆婆招手让孩子跟她到房里去，我悄悄跟进去看祖孙俩玩什么花样，结果看到的是天下母亲都玩的游戏：婆婆从枕头边拿出一个用手帕包得好好的饼子，笑眯眯地塞给我儿子，大概是哪家新媳妇上门按老规矩分发的，也不知道放了几天了。

而今，母亲和婆婆已经先后去世，我也很少再吃糖了，连儿子都不爱吃，家里的糖果总是放到化成一团，然后扔掉，到后来索性不买了。

大婶手中汗湿的核桃仁，妈妈掌心软化了的水果糖，婆婆枕头边放干了的饼子，那样的香和甜，是买不到的。

> 母亲仿佛是一本人生的大书,书中记录着含辛茹苦的养育之恩,抒写着浓厚的抚慰之爱。身为人子,让我们常怀感恩的心,解读人生亲情的真味吧!

一本人生的大书

● 春 子

　　母亲第一次从乡下来看我,她最惊讶于书房里我积存起来的书。她把书架、书柜、书桌擦了一遍又一遍,然后望着那盆吊兰,浅浅的笑浮在嘴角……

　　母亲不识字,可是书在她的心中是神圣的东西。小时候,家里条件不好。母亲说,越是家里穷越得上学。我们兄弟就一个一个走进了学校。新课本发下来了,母亲就去邻居家里要来一张或两张报纸(邻居是村上的会计),为我们包好书皮。她的手指很灵巧,四个书角上旋出四朵花,用河边的野花染成七彩,很美。她说:"书本里尽是知识,要记好,长大了管用。"

　　母亲最喜欢看我们读书,或者说是"唱"书。我们在煤油灯下,在院子里的树荫下,在向阳的房前,或坐或站,把书举在头顶或捧在胸前,哇啦哇啦地喊或唱,看谁背得快,看谁声音高。虽然课文内容不一样,虽然母亲不一定听出是什么,但她喜欢。她纳着鞋底,或者摇着纺车,望着我们摇头晃脑地读书,一个劲儿地笑……她不让我们帮她干活。她说:"你们只要好好念书就行了。"结果,不识字的母亲供出了几个大学生!

上大学的时候,家里经济更加困难。父亲和母亲说,再难也要让我们上大学！母亲把我们用过的所有课本都留着,存了一个大箱子,整整齐齐的。她看着这些书说,上到这一步了,咋着也要上完……多不容易呀！

母亲还留着我们用过的作业本,特别是我们的作文本。她说这是我们从脑子里想出来的东西,很宝贵。她没有像邻居五婶一样,把它们当成废纸卖掉,她认真地为我们存放着。现在,我们读着当年的只言片语,感到特别亲切。她说,写过字的纸比没有字的纸宝贵,上面说不准有有用的东西。母亲说这句话是有原因的,因为她曾随手把人家借外公五元钱的一个借条当成引火纸烧了,那时,五元钱可不是一个小数目……

一天,和几个朋友联欢回来,我有些醉意。母亲给我倒了杯水,看我喝下后说:"你有这么多书本,得好好看,可不能摆在那里做样儿……"

母亲的话很轻,却重重地提醒了我。是呀,现在条件好了,买了那么多书,我却没有认真读上一本！

想一想,母亲就是一本人生的大书呀！

"不养儿不知父母恩",儿女被父母视为珍宝,可又有多少儿女真正体会过父母的感受? 亲情是骨肉相连的浓情,是忘我无私的爱的奉献。沐浴在爱中的我们,怎能忘记父母的养育之恩,怎能不心怀感激呢?

上帝的惩罚

● 刘国芳

男人从儿子出生的那天起,就像天下很多父母一样,对儿子百依百顺。

儿子两三岁时,男人整天把儿子顶在肩上,有很长一段时间,男人脖颈上总是温湿的一片,那是儿子尿的。

儿子逐渐长大,喜欢把男人当马骑,儿子说一声"我要骑马",男人便趴下来,儿子跨在男人身上,大喊:"驾——"男人在喊声中满屋子转,这段时间,男人所有裤子的膝盖都打了补丁。

一天,儿子看见天上的月亮又圆又亮,居然生出让男人摘月亮的想法,儿子开口说:"爸爸,我要月亮。"

男人满足了儿子,男人拿了一个盆,里面装满了水,男人把盆放在月光下,盆里,真有一个月亮了,儿子趴在盆边,大叫着说:"月亮在里面。"

儿子上学时,男人每天送出接进,男人总是提着书包走在儿子身后,这段时间,男人是儿子的书童。

儿子从小学到中学,又从中学到高中,到大学,再到分配工作结婚生子,这岁月不是一天两天,而是十几二十年。男人对儿子有求必应、倾其所有,男人通常衣不遮体,儿子却西装革履;男人饥肠辘辘,儿子却饱食终日,男人为儿子付出了毕生精力。岁月无情,男人在儿子年轻有为时老朽年迈了。

男人变成老人了,然而让这个老人没有料到的是,当他应该颐养天年时,儿子却把他扫地出门了。老人在被儿子推出门时,大叫:"你不应该这样对我呀。"儿子没理睬老人,"砰"的一声把门关了。

老人在流浪街头的很长时间里,常常老泪纵横。老人看见一个人,便说:"他不应该这样对我呀,我连天上的月亮也帮他摘过,就是没把心挖给他。"又看见一个人,又说:"他不应该这样对我呀,我连天上的月亮也帮他摘过,就是没把心挖给他。"再看见一个人,还这样说,没人嫌老人啰嗦,都嘘唏不已,陪着老人伤心叹息。

一个电闪雷鸣的晚上,老人蜷缩在人家的屋檐下,饥寒交迫让老人大哭不已,老人在一道闪电过后呼号起来，老人说："上帝呀，你睁开眼睛看看我受的罪吧。"

上帝没有出现，但一个比老人更老的老人在一旁开口了，"这就是上帝的安排。"

老人听了，看着那个更老的老人说："你是上帝？"

更老的老人回答："我不是上帝，但我知道这是上帝的安排。"

老人说："你是谁？"

更老的老人说："你看看我是谁？"

老人借着闪电，一次一次地端详着更老的老人，但老人始终不知道更老的老人是谁，老人后来摇了摇头，问那个更老的老人说："你到底是谁？"

更老的老人开口了，他说："你连自己的父亲都不认识，上帝怎么会不惩罚你？"

老人这才想起，他的老父还在世上。

> 拐杖的锉锵声，不仅打在南的心中，也在每个人的心中回荡。在平静中感受温情，在风雨中感受温暖，这就是亲情——值得所有人赞叹的亲情。

拐 杖

● 黑 白

雨下得很大，很冷。

教室里，北悄悄地对南说："瞧！那边墙角落里蜷缩着一个瘸子。"

南往窗外望，轻轻地问："哪儿？"

北伸出食指朝那儿一指。果然，远远的墙角落里，一个汉子，一手撑着拐杖，一手提着沉甸甸的米袋，立在那儿。

南的眼里闪过一道亮光。

北察觉了南抑制不住的激动，问南："你认识那个瘸子？"

南说："他不是瘸子。"

北说："不是瘸子，又是啥，明摆着，他不是撑着拐杖吗？你认识他？"

南摇了摇头，心情无法平静。

下课了。雨下得更密密匝匝了。

北发现南冒雨偷偷地跑到了墙角边，和那个瘸子比比画画、亲亲热热地交谈着。

南回来，北马上追问："南，你还是说说那瘸子，他是谁？"

南说："他不是瘸子。"

北说："不是瘸子，用拐杖干吗？你会不认识他？"

南摇了摇头，盯着北不语。

北说："难道是你爹？你爹是个瘸子？哈哈哈……你爹原来是个瘸子……"

南的脑袋嗡嗡嗡地直响，他的小手紧紧地攥成了小小的拳头。"啪"的一响,北"哎呀"一声跌在了地上。教室里,哄堂大笑。

铃响了,北报告了老师。

老师问南:"干吗打北?"

南咬了咬牙,倔强地在课堂上站满了45分钟。

放学了,雨仍淅淅沥沥地下。

南送父亲出校门,南说:"爹,下个月的米,我自己回家拿,你大老远的送一趟很辛苦。"

父亲一手撑着拐杖,一手拎着米袋,仿佛什么也没有听到。

南又说:"爹,下个月的米,我自己回家拿,好吗?"

父亲笑了笑,说:"南,你好好念书,其他什么也别想,下个月的米我按时送来。"

望着父亲一瘸一瘸远去的背影,南忍不住落下了泪水。

雨停了。夜晚的教室静静的。

父亲一瘸一瘸的背影,铿铿锵锵的拐杖声,平平仄仄地击打着南幼小的心灵。

南偷偷地翻开珍藏的日记本。一笔一画,一笔一画,写下刚劲有力的两个大字——"拐杖"。

一股丹田之气溢满了他的全身。

南的心在不断地升腾。

人生妙谛
Ren sheng miao di

在物质充裕的今天,有谁会在乎一条裤子的价值,又有谁能理解这一条裤子中所包含的教师对学生深切的关怀呢?文中这段真挚的情感历程带给学生的是一生的温暖。

温暖一生

● 冬 亥

在那个钞票紧张,布票、肉票更紧张的年代,我们一直过着贫困而拮据的生活。一件衣服老大穿小了老二穿,老二穿破了缝补一下再给老三套上。我有两个哥哥一个姐姐,姐姐排行第三,就经常穿一身不太合身的男式服装,而所有的旧衣服,不论是哥哥们的旧外套,还是姐姐穿小了的花毛衣,最终都套在了我身上。

我最好的一条裤子是姐姐穿小了送给我的,料子还不错,涤卡的,是做裁缝工作的姨妈送的,不过样式让我很难为情。那时候只有男的穿前开门的裤子,女式的裤子则都是侧开门的,"男女有别"让我不再把上衣扎进裤子里,而是遮掩在裤腰上。为了减少上厕所的次数,我下了课都要有意忙活出一身大汗,还努力憋着,回到家里才"肥水不流外人田"。实在憋不住了,就瞅个机会跑到教师专用小厕所里迅速解决问题。

但常在河边走,哪有不湿鞋的道理?很快我就被一位高年级的数学老师逮了个正着,并带回办公室接受批评。当我嗫嚅着把我的裤子展示给老师看的时候,他竟然什么也没说,只拍了拍我低垂着的脑袋就让我回教室上课了。回到家我在母亲面前哭了半晌,母亲叹了半天气也没松口,其实我也知道箱子里的那几张布票是给大哥结婚买被面用的。

哭过了仿佛轻松了许多。穷人的孩子总是懂事早,即使母亲答应拿出布票来给我做裤子,我也不会安然接受而耽误哥哥的婚姻大事。没有办法,我只好整个白天都光吃饭不喝水,嘴唇干裂了就趴到水龙头下润一润。但纸包不住火,上体育课的时候我穿女式裤子的事还是被眼尖的同学发现了,并一时传为笑柄。

第二天,我坚决拒绝穿姐姐的那条裤子,换上一条破旧的裤子去了学校。没想到平时从不理我的文艺委员却在校门外拦住了我,很不好意思地说她有一条前开门的裤子不好意思穿,想跟我商量商量能否跟我换换。

我当然大喜过望,从此那条裤子就松松地穿在了文艺委员的腿上,却被同学们嘲笑为我俩"合穿一条裤子"。我记得有一天她是哭着跑回家的。

后来我知道了文艺委员就是那位数学老师的孩子,而换给我穿的那条裤子花去了老师积攒了半年的布票。那条裤子后来穿破了，却一直整整齐齐地叠放在我的衣橱里，看到它我就想起一位老师是如何用自己的方式帮助了一个贫寒的孩子，并使他保留住了仅存的一点自尊。这点小小的呵护，温暖了我的一生。

人生妙谛
Ren sheng miao di

本森医生在风雨交加的夜晚出诊,他高尚的医德令我们敬佩。出诊路上的一段不寻常的经历将另一个伟大的灵魂展现在我们面前,本森医生错拿的怀表,镌刻了列兵 T.埃文斯光辉的人生。

本森的怀表

● 王宁节　译

奥特·索里夫人,这位几乎生了一打孩子的妇人,似乎总不在晴朗的天气或者白天里分娩。现在,本森医生又得连夜开车去出诊。

离索里农庄还有一段路。这时,小车前的灯光里出现了一个沿着公路行走的男性的身影,这使本森医生感到一阵宽慰,他降低车速,注视着这位吃力地顶风行走的人。车子贴近夜行者的身边,本森刹住车请他上车。那人钻进了车。

"您还要走很远吗?"医生问。

"我得一直走到底特律。"那人答道。他非常瘦小,那双眼睛被风吹得充满泪水。

"能给我一支烟吗?"

本森大夫解开外衣扣子后记起自己的香烟是放在大衣的外口袋里,他把烟盒递给正在自己衣兜里摸火柴的陌生人。烟燃着了,那人拿着烟盒愣神片刻,然后对本森说:"您不会介意吧,先生,我想再拿一支待会儿抽。"他不等本森回话,晃晃烟盒又取出一支来。本森大夫感觉到有只手触到了他的口袋。

"我把它放回您的衣兜吧。"这个瘦小的家伙说。本森想伸手接住烟盒,但他恼怒地发现,烟盒已经装在他的衣兜里了。

片刻之后,本森说:"你到底特律去做什么?"

"到一家汽车工厂去找份活干。"

"战时您在军队里干过吗?"

"在前线开了四年救护车。"

"是吗?我就是医生,我叫本森。"

"这车子里充满药味。"那人笑起来了,然后又郑重地加了一句,"我叫埃文斯。"

两人都沉默了,本森注意到陌生人猫一样的瘦脸颊上有道深长的疤痕,像是新近才有的。

他想起索里夫人,便伸手掏表,他的手摸向衣兜的深处,这才发现他的手表不见了。

本森医生慢慢地移动着手,小心翼翼地伸向座位,摸到了那支自动手枪的皮套子。

他缓慢地抽出手枪,借着黑暗把它贴在自己身体的一侧,然后疾速刹住车,把枪口冲着埃文斯:"把那只表放进我的衣兜!"

埃文斯惊吓得跳起来并慌忙举起手。"上帝!先生……"他嗫嚅着。

本森先生的枪顶得更紧了:"把那只表放进我的衣兜,否则我要开枪了。"

埃文斯把手伸进了自己的背心口袋,然后颤抖着把表放进医生的衣兜,本森医生用空着的那只手将表收好,然后逼迫对方滚下车。

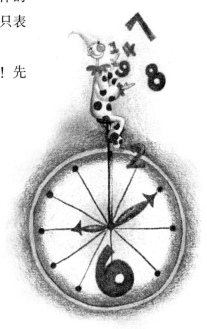

"我今晚出门是为了救一个妇人的性命,然而我还要花费时间去帮助你!"他怒气冲冲地对那人说。

本森迅速发动车子,驶向农庄。

索里夫人的关于把孩子带到这个世界来的许多经验,显然帮了她自己的忙。接生孩子没费多少事儿。

"今晚,路上搭我车的一个家伙想抢劫我。"他对索里夫人说,带着几分得意,"他拿了我的表,可我用手枪顶着他,他只好把表还给我作罢。"

"我真高兴,他能把表还给你。不然,还真没法知道孩子的出生时间。"

"孩子是半小时以前生的。此时此刻是……"他凑近桌前的灯光。

他惊奇地盯住自己手中的表。表面玻璃是破裂的,柄把也断了。他把表翻过来,紧挨着灯。他读出那上面镌刻着的磨损了的字:"赠给列兵 T.埃文斯,救护车队员,1943 年 11 月 3 日晚,在靠近意大利的前线,他一个人勇敢地保护了我们全体的生命。护士内斯比特、琼斯、温哥特。"

励志馆
LIZHIGUAN

R人 生 妙 谛
en sheng miao di

一句话语,受用一生。在陷入人生的沼泽地时,是父亲的一句忠告使奥尼尔调转了人生之舵,这才有了今天成千上万球迷喜爱的"大鲨鱼"。所以说,人与人相处只有具备了理解和尊重才会变得和谐。

仰视的理由

● [美]沙奎尔·奥尼尔　王流丽　译

（沙奎尔·奥尼尔是美国湖人队前中锋,身高2.16米,外号"大鲨鱼"。）

我记得,那时我刚刚升入中学,正是把友谊看得比什么都重要的年纪。可偏偏我长得太引人注目了:我的个子太高了,要比身边的同龄人高得多。身高常常让我备感孤独,毕竟,有谁愿意一直仰着头和朋友说话呢?为了不让同学们过于注意我的高个子,甚至为了不让有些人取笑我是"傻大个",我加入了罗克斯的小帮派。我们的目标与乐趣就是尽可能地给队伍以外的所有人都安上又损又搞笑的绰号。

为了能在队伍中显得"出色",我甚至给别人起过一些侮辱性的绰号。起初,那些同学仰起脸来狠瞪我的目光就像鞭子一样抽在我的心上,但在死党的吹捧和赞扬下,我也就渐渐麻木甚至扬扬得意起来,直到有一天我当面侮辱了班吉明。这个小个子男生连看都没有看我一眼,冷笑着从我身边走过。我听见他轻轻地对我说:"因为鄙视,我懒得抬头。"我恼羞成怒地转过身去咒骂他,却看见了站在不远处的父亲,我的脸一下子变得煞白。

父亲对我的管教一直非常严格。从小他就教育我,要像对待自己的兄弟姐妹一样与伙伴们真诚而友善地相处。我以为父亲会狠狠地教训我,然而,父亲却只是走到我面前,十分严肃地对我说了两句话,说完便拍拍我的肩膀走了。

那天我一直呆呆地站在那里,好久才发现自己哭了。

第二天,我非常坚决地退出罗克斯的帮派,我不在乎他们的不解与嘲弄;我真诚地向自己过去伤害过的每一个人道歉,包括我的父亲;我申请加入了校篮球队,一年后,我当上了队长……

光阴荏苒,很多年过去了,我一直都是非常高的个子。从当初那个青涩的男孩到现在略显啤酒肚的大叔,我永远要比同龄人高出许多。但个子不是问题,真的。我的朋友们很喜欢和我聊天,他们常常仰起脸来朝我露出会心的微笑。我儿子个子也很高,当这个小家伙开始为自己的高个子烦恼时,我就会一遍又一遍地告诉他两句话,也就是父亲当年敲醒我的那两句话:

"你只有尊重人,才会得到别人的尊重;既然大家都要仰头和你说话,请给他们一个仰视你的理由。"

为人处世是一门学问、一门艺术,它既要遵循一定的原则,又要掌握灵活度。因此,遇到事情应顺应形势,在不违背原则的基础上处理问题,这样才能更加成熟地面对这个世界。

人生妙谛
Ren sheng miao di

乔治的信用

● 高兴宇

某国际性大学的一位教授讲了一个故事:逃亡者乔治在一个小镇上住了下来,他每天都要到街口的小饭馆里吃饭。每顿5角钱:一杯牛奶和一个汉堡包。这天上午他吃完付账的时候,店主恰好没有零钱找给他,便说下午吃完一块儿给吧,乔治同意了。睡了一下午觉的乔治起床后又往小饭馆走去,忽然间,他发现饭馆周围站着几名巡捕,他们就是冲着乔治来的。怎么办? 乔治犯了难:悄悄逃走吧,就会失信于饭馆;进去还钱吧,便会冒着被捕的危险。思来想去,乔治决定化装进去。精通此道的乔治扮成了一位老年妇女大模大样地走进了小饭馆。迅速填饱肚子后,他掏出一元钱来交给店主,店主只收下5角钱。乔治说他上午欠了5角钱,连同下午的正好一元钱。可店主还是只收5角钱,因为店主记得清清楚楚,上午没有一位老妇人来吃过饭。店虽小,但不能多收钱。没办法,乔治只好露出原貌,道出原委,惊讶不已的店主便把钱收下了,可不幸的是,乔治和店主的这番异常举动引起了巡捕的注意。为了这5角钱的信用,乔治被捕了。

教授对学生们说,我们现在不去讨论乔治是否应该守法,单就5角钱的信用这个问题展开一下讨论。

来自三个不同国度的甲、乙、丙先后踊跃发言。

甲说:听到这个故事,我异常感动。我要学习乔治的这种守信精神,不论何时何地,都要说到做到。

乙说:听到这个故事,我感到乔治太愚蠢了。五角钱算啥? 店主怎么会在乎这点儿小钱呢? 况且,为了这么一点空洞的信用把整个命运都搭上,也太不合算了。信用是说在嘴上的,不是放在心上的。如果某个人一味地去遵守信用,那么他必是傻瓜无疑。

丙说：听到这个故事，我也犯了难。信用是应该遵守的，但并不是一定要遵守。当失大于得的时候，完全不必去认这个死理。如果我是乔治，要么我会悄悄逃走，等将来有机会的时候再把钱还上；要么我会托人把钱捎给店主，而不去冒这个风险。

这三位学生说得好像都在理。他们的发言分别折射出了这三个不同国度的历史文化底蕴和当前的社会风气。教授想了想，对三人的发言作了综合评价。

教授说：甲反映了一种大人格精神。如果某个国家人人都有这种大人格精神，那么这个国家必是强大的、规范的、有着旺盛生命力的。乙反映了一种小人格精神。如果某个国家中的许多人都有这种小人格精神，那么这个国家必是一盘散沙，必定软弱受欺，必定民不聊生。丙反映了一种寻常人格精神。如果某个国家大多数人都有这种寻常人格精神，那么这个国家必定是既有发展又有问题，既不会科技领先、经济繁荣，也不会国力落后、民众贫困。

教授又说，从甲身上看出了一种原则，从乙身上看出了一种阴毒，从丙身上看出了一种灵活。这三种性情决定了三种命运。讲原则的人虽然一时吃亏，但终生受益；虽然一小部分人吃亏，但大部分人因此走向辉煌。做事阴毒的人虽然在小事上占了便宜，但在大事上会跌跟头。处事灵活的人虽然做到了趋利避害，但却缺乏一股冲天干劲。

教授最后说，任何一件事情，都不能笼统地用一个"好"或"坏"来下定义。人参大补，吃多了也会伤人；砒霜有毒，但有时也是一剂良药。对三种人格、三种性情，我们不能简单地下结论，相信哪个更好些，哪个较差些，人们会清楚的。

> 宽广的胸襟包容了孩子所有的过失,博大的爱给予了孩子无限的关爱,这就是默默无闻的教师,用自己单薄的脊梁扛起了未来无数的希望,用自己的真心培育出了未来无数的栋梁。

人生妙谛
Ren sheng miao di

沉默的效应

● 崔鹤同

白老师大学刚毕业,就在一个乡镇中学带初三慢班。这个班每次考试都有零分的学生,他们厌学、旷课、打架,甚至联合起来捉弄老师。

寒冬的一天,上午第一节课是白老师的课,教室里异常安静。白老师带着疑惑推开教室的门,这时,一件意料不到的事情发生了:门上面放着的一盆水把他从头浇到脚。一些学生大笑,更多的学生发愣。

白老师一言不发地走上讲台。天气非常冷,正对着讲台的玻璃窗被学生打碎了,冷风正呼呼地吹着。白老师的发梢慢慢结了冰,衣服开始发硬,脚下汇聚的一摊水也结了冰,寒意遍布全身。

教室里一下子安静了下来,学生们没有一个敢抬起头看老师,他们等着那座火山爆发。可是白老师依旧没有说话,他的牙齿开始打战,浑身发抖。一些学生偷偷地看他一眼,赶紧低下头。不久,他听到一些女生嘤嘤的哭声。

一个大胆的女生站起来说:"老师,你原谅我们吧。我们错了,你赶紧去换衣服吧。"白老师没有言语,依旧沉默着。

班里最捣蛋最不服管教的王小锋站了起来,说:"老师,是我放的水,你打我骂我都行,那样,我心里会好受些。别在这里挨冻了,我后悔极了。"

白老师依旧没有说话,沉默着,注视着他们。哭声弥漫了整个教室。这节课,对老师,对学生,可以说是最漫长的一节课。终于,下课铃响了,白老师一言不发地走出了教室。回到宿舍,他感冒了,发起了高烧。第二天,他拖着酸软的身体坚持上课,哑着嗓子,不停地咳嗽。那一节课,是他教学以来学生们听得最认真的一堂课,没有一个人做小动作,没有一个人看课外书。

从那以后,班上的学生变了,中考成绩甚至可以和快班相提并论。这在全校引起了轰动。老师们都向白老师讨教秘密,白老师说是因为一盆水。毕业后,不少学生经常给白老师来信,说得最多的就是难忘的那一盆水和那一堂课。

人生妙谛
R en sheng miao di

生命是美丽的,就像四季更迭,就像春种秋收,就像透过色彩斑斓的玻璃屋顶射进屋内的一缕阳光,折射出七彩炫目的光芒。对于老师无言的爱,一颗感恩的心已经弥足珍贵。

生命是美丽的

● 李永康

　　举目远眺,没有绿色,天是黄的,地是黄的,路两边的蒿草也是焦黄的。尽管来这个地方之前,我有充分的心理准备,可眼前的景象还是让我大吃一惊。

　　最难的是给乡村的孩子们上课,书上好多外面世界的精彩,他们闻所未闻,一些新鲜的词汇,我往往旁征博引、设喻举例,讲得口干舌燥,他们却一脸陌生。

　　有一天上自然课讲到鱼,我问同学们鲫鱼和鲤鱼的区别,他们一个个都摇头。他们压根儿就没有走出过大山见到过鱼呀!我和学校领导商量,买几条回来做活体解剖,校领导露出一脸难色。我只好借了辆自行车,利用星期天骑了三十多里路到一个小镇上,自掏腰包买了几条回来。

　　那节课,同学们高兴得像过节一样,我却流下了热泪。

　　听当地的老师讲,这里的学生有个最大的缺点,就是上课爱迟到。但开学两个月来,我教的班还未发现过这样的现象。为此,我非常得意。我当年读初中的时候不喜欢哪位老师的课,就常常采取这种极端的行为来"报复"。虽然最终受伤害的是我,可当时就是不明白。现在我也为人师表了,如果我的学生这样对待我,我又作何感想呢?

　　世界上的事就是怪,不想发生的事偏偏发生了。我把那位迟到的学生带到办公室了解情况。原来他家离学校有二十多里路,他如果要准时到校的话,早晨5点钟就得起床,还要摸黑走上十几里山路。夏天还可以对付,可眼下是冬季——寒风刺骨。我要求他住校,他说他回家跟父母说。第二天,他却没来上课。我非常着急,找了个与他家相隔几个山头的同学去通知他,他还是没有来。

　　我在当地老乡的带领下,来到他家。忽然间,"家徒四壁"这个成语从我的记忆深处冒了出来。面对他的父母,我哽咽着对他说:"老师不要求你住校,只要你能坚持来上课就行。"离开他家的时候,他父母默默地把我送过几道山梁。

　　出乎意料的是,家访的第二天,他居然带着被褥来到学校。我心里非常激动。可没隔几天,他又不来上课了。

我再次来到他家。他父母告诉我，他小时候常患病，身体弱，有尿床的坏毛病，他怕在学校尿床被同学笑话。

我问他想不想走出大山。

他说，想。

我说，要想走出大山就得好好读书。

他抹着眼泪点点头。

我说，相信老师，老师会帮助你的。

这个冬天，每天早晨等上课铃响过后，我和另一位老师轮换着去检查他的被褥。如果是湿的，我们就悄悄地拿到自己的寝室里烘干。

做这些工作，我们既是在尽责任，更是凭良知。坦率地说我心里也有过埋怨：这个学生从来就没有当面向我说过半个"谢"字——想到这一点我就脸红——我是不是太自私太虚荣太渴望回报了呢？

一件事净化了我的灵魂。

我知道山村的孩子的渴求，他们需要知识，更需要做人的道理。

我尝试着给他们读一些脍炙人口的诗篇："风雨沉沉的夜里／前面一片荒郊／走进荒郊／便是人们的道呀／黑暗里歧途万千／叫我怎样走好／上帝！快给我些光明吧／让我好向前跑／上帝说：光明／我没处给你找／你要光明，你自己去造！"

一双双纯洁清亮的眼睛盯着我。我又声情并茂地朗读着穆旦的《理想》："没有理想的人像是草木／在春天生发，到秋日枯黄／对于生活它作不出总结／面对绝望它提不出希望／没有理想的人像是流水／为什么听不见它的歌唱／原来它已为现实的泥沙／逐渐淤塞，变成污浊的池塘……"

下课后，同学们都围过来，要我把诗集借给他们传抄。我既高兴又担心。

我看了他们抄的诗，有的抄了顾城的《一代人》，有的摘录了惠特曼的《我自己的歌》，有的摘了穆旦的《森林之魅》。我心里充满了喜悦。

那位尿床的学生却写出这样的一句话——老师，你让我懂得了这样一个道理：生命是美丽的！

霎时，我的眼泪夺眶而出。

> 女孩的心中有怜悯、有关怀、有无私的爱。虔诚礼佛是形式上的泽被苍生，但小女孩叶子纯真的善举，让我们清楚地看到，在那个瘦小的身体里，有着熠熠发光的如金子一般的慈悲之心。

佛 心

● 张丽钧

初秋时分，我与几个新结识的朋友一道乘一辆小面包车去游览峨眉山。

一个叫叶子的小女孩很快就成了车上的中心人物。5岁的叶子居然可以声情并茂地背诵李清照的《声声慢》。她妈妈让她再背一首苏轼的《念奴娇·赤壁怀古》，叶子说："我没情绪背这首词。"大家哄笑起来。

过了一会儿，叶子蹭到司机眼前，小声问他："叔叔，后面那只小猴是你的吗？"大家见她这样问，便都回头去看——在后窗的一边，悬着一只小布猴，身体随着车身的晃动来回摆个不停。司机说："喜欢吗？喜欢就送给你。"叶子连忙摆手说："叔叔，我不想要你的小猴子，我只想动动它。"司机笑了笑说："动吧，我批准了。"叶子爬上后座，摘下小猴子，让它"坐"在后排的椅背上，说："好了，坐着它就不会累了。"

安顿好了小猴子，叶子又蹭到司机跟前，疑惑地指着汽车挡风玻璃上的一片片斑迹问："叔叔，你的汽车玻璃是不是该擦了？"司机打开喷水装置和雨刮，很快就把玻璃上的污物清理干净了。但是，刚开了一小段路，玻璃上面就又污渍斑斑了。叶子问司机怎么这么快就脏了，司机说那不是脏，是车开得太快，一些飞行的小昆虫撞死在玻璃上了。叶子"啊"了一声，这时候，一个小蚂蚱样的东西，"咚"地一下子撞在了玻璃上面，飞行的生命，登时变成一摊红红黄黄的污迹，叶子看呆了。她带着哭腔央求司机说："叔叔，你开慢点吧，别撞死这些小虫子。"

中午的时候，我们到了峨眉山报国寺下面的停车场。大家徒步往寺院方向走。这时，一位老先生不解地问导游："地上怎么这么多一截一截的电线啊？"导游笑着说："您真有想象力，这可是晒死的蚯蚓！这里的蚯蚓特别多，也特别粗。这么毒的太阳，它们爬到水泥地面上来，还不很快就给晒成'电线'了。"大家听罢都大笑起来。

过了一会儿，突然听见叶子的哭声，大家跑过去惊问原委。叶子妈妈说："叶子在路上看到一条蚯蚓，怕它晒死，就勇敢地把蚯蚓扔进草地里。但不知怎么的，扔完了蚯蚓自己就哭了，可能是吓的吧。"

到了报国寺，大家都去寺里礼佛。叶子没有去，她在一边哭，一边扔爬上水泥地面的蚯蚓。我也没有去，我的那颗虔诚的心不由朝向了小小的叶子。

生活原本没有痛苦。很多时候,人之所以活得痛苦,不是因为拥有的东西太少,而是因为想要的东西太多。所以,不要再抱怨那些琐事了,看看你是多么幸福吧!懂得珍惜、知足的人才会拥有快乐。

人生妙谛

Ren sheng miao di

你是否是个幸福的人

● 刘燕敏

幸福是一种非常奇妙的东西。当你远离它时,你可能无时不感到它的存在;可是当你身处其中时,又不知它为何物。

2004年3月17日,美国情报部门截获两份电子邮件,一份是伊拉克前总统萨达姆的女儿拉娜发给她的密友阿伊莎的,另一封是阿伊莎的回信。这两封信对美国的军事行动虽然毫无用途,但对人们认识幸福却产生了不可低估的作用。前不久,英国《太阳报》刊登了这两封信。

阿伊莎:

阿布杜拉国王总算正式收留了我们,居住条件也有了改善,热水已正常供应;虽然我们还不能自由活动,但至少安全有了保障。昨天,红十字会的官员带来一封信,说父亲的精神并不像外面传言的那样糟糕。感谢真主!能让我听到这样的好消息。现在我正在考虑写一封既能通过检查,又能给父亲安慰的信。他太需要我了。另外,军管处已允许我们其中的一人回伊拉克与律师接触,这真是一件令人高兴的事。一切都在好转,感谢您的支持!

阿伊莎是谁?美国情报部门没有公布,但从她给萨达姆女儿的信可以看出她是阿拉伯世界的一位公主。她的信是这么写的:

拉娜:

我烦透了,所有的仆人都在跟我作对。我要的是凉咖啡,端上来的却冒着热气;我最讨厌带奶油的芝麻点心,而他们送来的偏偏就是这种东西。我的卡罗里也堕落得让我伤心,昨天,它竟从外面叼了一只仆人的鞋子回来。今天,班斯玩水果刀划破了手,服侍他的6个仆人已被我全部辞退,他们是一群我所能见到的最无责任心的家伙。明天我准备到班加西去,如果日子再这样下去,我非发疯不可。祝你好运,真主保佑你。

《太阳报》之所以刊登这两封信,据说纯粹是挖别人的隐私。然而,美国《基督教科学箴言报》却发现了衡量幸福的标准,它在转载《太阳报》上的这两封信时加了这么一段评述:衡量一个人是否幸福,我们不应看他拥有多少高兴的事,而应看他是否正为一些小事烦恼着。如果他正在为小孩玩耍时划破了手发牢骚,正在为自己的狗叼来了仆人的鞋闹情绪,说明他正居住在天堂里,他的心正处于安逸、舒适的状态。因为只有幸福的人,才会把不关痛痒的事挂在心上,才会对鸡毛蒜皮的小事有感觉;那些正经历着大灾大难的人,是无暇顾及这些小事的。

在这个世界上,烦扰你的事情越小,越微不足道,越证明你正生活在幸福之中。

R 人 生 妙 谛
en sheng miao di

泰戈尔说:"信念是鸟,它在黎明仍然黑暗之际,感觉到了光明,唱出了歌。"小女孩玛莎虽然身在狱中,但她的心灵始终向往光明。是不灭的信念之火照亮了她的希望,是动听的音符唱响了感人的生命之歌。

心中有光

● 马国福

"二战"时期在纳粹集中营里有一个叫玛莎的犹太小女孩,写过一首诗:

这些天我一定要节省,虽然我没有钱可节省/我一定要节省健康和力量,足够支持我很长时间/我一定要节省我的神经我的思想我的心灵和我精神的火/我一定要节省流下的泪水/我需要它们很长很长的时间/我一定要节省忍耐,在这些风暴肆虐的日子/在我的生命里我有那么多需要的/情感的温暖和一颗善良的心/这些东西我都缺少/这些我一定要节省/这一切,上帝的礼物,我期望保存/我将多么悲伤/倘若我很快就失去了它们。

在食不果腹、朝不保夕的环境和条件下,玛莎仍然热爱生命。她不怨天尤人,她只是在一点点地聚拢心里的光,生命中有限的时间少了,但她心中的光却多了;她不畏惧厄运,她只是用自己稚嫩的文字给自己弱小的灵魂取暖;她不悲观失望,她只是节省着自己的泪水和精神的火,用这些微弱的火烘烤自己所处的阴暗的角落。这是天使的语言:乐观、豁达、坚强。字里行间都充满希望,每一个音符都富含金子般的硬度,每一个笔画都贯穿信念的力量。

英国浪漫主义诗人雪莱有这样一句诗:"冬天来了,春天还会远吗?"即使你处在寒冷的冬天,只要你心中有光,你就能闻到春天的气息;即使你被逆境所困,只要你心中有光,头顶的乌云总会被它所穿透;即使你被挫折和失败打翻100次,只要你心中有光,你同样可以在101次站起来的,把苦涩的微笑留给昨日,用不屈的毅力和信念赢得未来。

海明威说过:"人可以被打倒但不可以被打败。"因为只要你心中有光,任何外来的不利因素都扑不灭你对人生的追求和对未来的向往。很多时候击败我们的不是别人而是我们自己,是我们那颗失去自信的心熄灭了心中那片犹如火山般沉寂的光。

心中有光,那是信念的基点,那是力量的源泉,那是开启人生之路的探照灯,那是打开成功之门的金钥匙!

心为物役,患得患失的人不会有太多的快乐。与其为发生过的事情而痛苦,不如从痛苦中解脱出来,去体会更加丰富多彩的内心世界。用淡雅的兰花装点心房;让芬芳的玫瑰盈满生命。

人生妙谛
R en sheng miao di

种一株快乐的兰花于我心

● 陈文杰

唐代著名的慧宗禅师常为弘法讲经而云游各地。有一回,他临行前吩咐弟子看护好寺院的数十盆兰花。

弟子们深知禅师酷爱兰花,因此非常殷勤地侍弄兰花。但一天深夜,狂风大作,暴雨如注。偏偏当晚弟子们一时疏忽将兰花遗忘在了户外。第二天清晨,弟子们后悔不迭:眼前是倾倒的花架、破碎的花盆,棵棵兰花憔悴不堪、狼藉遍地。

几天后,慧宗禅师返回寺院。众弟子忐忑不安地上前迎候,准备领受责罚。得知原委后,慧宗禅师的神态依然是那样平静安详。他宽慰弟子们说:"当初,我不是为了生气而种兰花的。"

就是这么一句平淡无奇的话,在场的弟子们听后,肃然起敬之余,更是如醍醐灌顶,顿时大彻大悟……

记得初次读到这句话时,我也曾怦然心动。

在现实生活里,现代人时常心为物役,有太多的患得患失。因此,我们错过了许多的快乐和幸福。

"我不是为了生气而种兰花的。"看似平淡的话语里,暗藏了多少佛门玄机,又蕴涵了多少人生智慧:

我不是为了生气而工作的,我不是为了生气而交往的,我又何尝是为了生气而生儿育女的,我又何尝是为了生气而生活的……

常言道:人生在世,不如意事十之八九。况且事已至此,生气又何益?从此将那棵快乐的兰花栽种于心田,拥有了兰心蕙质,我们的内心一定会盈满幸福。

人生妙谛
Ren sheng miao di

心中的清凉，是给久已疲惫的心一缕馥郁的芬芳，芳香了整个心房；是给躁动不安的心一阵清爽的和风，拂去了心中的燥热。我们应时时拂拭蒙尘的心灵，让明媚的阳光能够穿过晶莹的心，反射出七色的闪光。

心中的清凉

● 张丽钧

一条渡船，上面载满了急切到对岸去的人。船夫撑起了竹篙，船就要离岸了。这时候，有个佩刀的武夫对着船家大喊："停船！我要过河！"船上的客人都说："船已开行，不可回头。"船夫不愿拂逆众人的心，遂好生劝慰武夫道："且耐心等下一趟吧。"但船上有个出家的师父却说："船离岸还不远，为他行个方便，回头载他吧。"船夫看说情的是一位出家人，便掉转船头去载那位武夫。武夫上得船来，看身边端坐着一位出家的师父，顺手拿起鞭子抽了他一下，骂道："和尚，快起来，给我让座！"师父的头被抽得淌下血来。师父揩着那血水，却不与他分辩，默默起身，将座位让给了他，满船的人见此情景，煞是惊诧。大家窃窃议论，说这位禅师好心让船夫回头载他，实不该遭此鞭打。武夫闻听此言，知道自己错打了人，却不肯认错。待到船靠了岸，师父一言不发，到水边洗净血污。武夫看到师父如此安详的神态举止，愧怍顿由心生。他上前跪在水边，忏悔地说："师父，对不起。"师父应答道："不要紧，外出的人心情总不太好。"

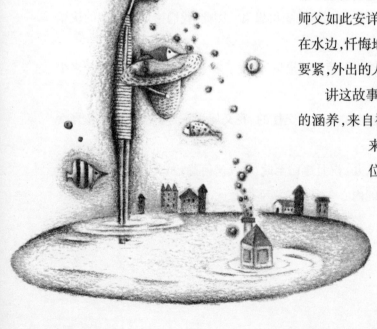

讲这故事的人是这样评价这件事的：禅师如此的涵养，来自视"众生皆苦"的慈悲之心。在禅师看来，武夫心里比自己苦多了。不要说座位，只想把心中的清凉也一并给了他。

我听完这个故事后长久发呆。我轻抚着自己的心，悄然自问：这里面，究竟有几多"清凉"？

和那位拥有着"沉静的力量"的师父比起来，我是近乎饶舌的。现实的鞭子还没有抽打到我的身上，我已经开始喋喋地倾诉幽怨了。我不懂得有一种隐忍其实是蕴蓄力量，我不懂得有一种静默其实是惊天的告白。我的心，有太多远离清凉的时刻。面对误解，面对辜负，面对欺瞒，面对伤害，我的心燃起痛苦仇怨的火焰，烧灼着那令我无比憎恶的丑恶，也烧灼着我自己颤抖不已的生命。我曾天真地以为，这样的烧灼过后，我的眼前将迎来一片悦目的青葱。但是，我错了。我看到了火舌舔舐过的丑恶又变本加厉地朝我反扑，我也看到了自己"过火"的生命伤痕累累，不堪其苦。总能感到有一道无形的鞭影在我的头顶罗织罪名，总是先于伤口体会到头破血流时的无限痛楚。我漂泊的船何时靠岸？洗净我满头血污的河流又在何方？

当我和这位禅师在一本书里相遇时，曾忍不住抚着纸页痴痴地对他讲：因为怜恤，所以，你不允那人独自滞留岸上；遭遇毒打时，你因窥见了那人焚烧自我生命的满腔怒火而万分焦灼；当那人跪下向你忏悔，你原谅了他，还真心地为他开脱——你的心中，究竟储备着多少清凉？面对你丰富的拥有与无私的施予，我一颗寒酸寒苦的心，感动得轻颤起来。

几年前在一个寺院，一位师父告诉我说："一照镜子，你就读到了一个字。"愚钝的我傻傻地问道："那是个什么字呢？"师父在自己的双眉上画了一横，又在两眼上各画了一下，然后，在鼻子上打了一个十字，末了，又指指自己的嘴，问："猜着了吗？"我懵懵懂懂地说："没……有。"师父说："哦，猜不着才好。猜不着，你有福了。"说完，径自去了。我急匆匆地问同行的伙伴："到底是个什么字啊？"伙伴说："是个'苦'字哦。"

——原来，我们带着一个"苦"字来到尘世间。你是苦的，我是苦的，众生皆是苦的。

惊悸的心，枯涩的心，猜疑的心，怨怼的心，愤怒的心，仇恨的心，残忍的心，暴虐的心……这些心，全都淤塞着太多太多的苦。被苦主宰着的心远离春天，远离自由。当我们宣泄内心的苦的时候，这苦最先蜇伤的，往往是我们自己。就像那个高举鞭子的武夫，鞭子未及落下，自己的灵魂已皮开肉绽。说到底，无非就是这样一个道理——虐人亦即自虐，爱人亦即自爱。

让我们在每一面镜子前驻足，认清自己脸上刻着的那个清晰的字。让我们深深怜惜那些被这个字穷追不舍的可怜的人。让更多的人一抬手就能轻易得到自己心中无尽的清凉。

一张笑脸的背后,一定拥有着一颗乐观开朗的心。有时,生活会将不如意丢给我们,我们就需要用百倍的努力和热情去克服困难,需要用积极乐观的心态去挑战自我。

R人 生 妙 谛
en sheng miao di

没有人拒绝微笑

● 马国福

单位位于闹市区,上班时间经常有小商、小贩趁门卫不注意的时候偷偷溜进办公大楼,推销商品。有时当我们专心致志地工作的时候,突然有商贩敲门,有的甚至不敲门直接推门进来推销商品,打扰我们的工作,让沉浸在材料中动脑筋的我头疼不已,十分反感。

有一天,一个小伙子敲门走进我们办公室,用格式化的语言礼貌地说道:"对不起,打扰一下,我是某某某公司的驻地代表,请问你们是否需要电脑清洁纸巾?如果需要我们可以给你们优惠。"见多了形形色色上门推销的商贩,专心工作的我们对此并不感兴趣。一位同事说:"你好,我们不需要你的产品,不要扰乱我们的工作秩序,上班时间不容许推销商品,请你离开好吗?"深受其扰的我们一脸不悦地给他冷冰冰的脸色。

他并没有沮丧,而是带着微笑温和地说:"不买也可以啊,容许我给你试一下产品好吗?"还没等我们同意,他很快拿出一包纸巾擦拭我们电脑有污垢的部位,动作十分认真娴熟,但埋头工作的我们并没有买他的账。见状后他还是礼貌地说了声:"对不起,打扰了,再见!"

片刻,他又来了,他说:"你们领导说了,需要这种产品,请你们考虑考虑好吗?"一个同事开玩笑地说:"领导需要就让领导买去,我们不需要,请你还是走吧!"同事的话没有一点儿商量的余地。他并没有因为我们的冷漠而放弃可能赢得的希望,努力详细地介绍他所推销的产品的性能和好处。最终忙于工作的我们谁也没有理睬他,在我们看来,他很自讨没趣,但是他却使出浑身解数推销。无论他怎么游说,我们没有一个人动心。他还是微笑着离开了。

第二天早上一上班,他又来了。还是一样的诚恳,一样的期待,我们一样的冷漠,一样的脸色,很坚决地拒绝了,并明确告诉他如果再来打扰我们工作,我们就不客气。让我纳闷儿的是不论我们对他有多么讨厌、冷漠、拒绝,他脸上始终洋溢着笑容,没有一点儿不悦的表情,微笑着进来,微笑着离开。我在想,如果我遇到这样情况,肯定早已放弃了。

第三天早上,他还是来了,但得到的还是同样的遭遇。我们以为吃了几次闭门羹的他会放弃,第四天不会再来了。没想到的是第四天他又出现在办公楼内,考虑到单位电脑较多,我们答应买他三百多元的产品,前提是他必须拿出正规有效的发票,否则不予购买。他的发票是上海市的,尽管有水印,但财务人员不在,我们不能确定发票真伪。最终我们明确告诉他不要了,请他到别处去推销。他眼里闪出一丝希望的光芒,连声说谢谢,微笑着告退。

第五天他仍然来了,出乎意料的是他不但带了价值300元的产品,还带了税务部门的发票鉴定证明!我们买下了他的产品。他临走时,我一改往日的冷淡说:"我真的服了你,难道你就没想到过放弃?有何秘诀?"他一脸阳光,给我一句掷地有声的话:"没有一块冰不被阳光融化!没有人拒绝微笑,就这么简单。谢谢,我走了。"

我愣住了,想想也是,我们给他太多的冷漠冰霜,但是最终被他的执著融化了。

没有人拒绝微笑,且这种执著的微笑精神往往是通向成功的道路。

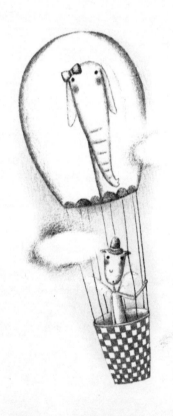

R 人生妙谛
en sheng miao di

花园里的花受时间、风向、范围的限制,花香时有时无,而我们内心的花却长久地盛开在我们心间,花香弥漫,与我们相伴永远。智慧之花,色虽淡雅,却有馨香,心灵结果,味未必甜,却也丰硕。

逆风的香

● 林清玄

阿难是佛陀的十大弟子之一。

有一天,阿难独自在花园里静坐,突然闻到园中的花,随着黄昏吹来的风,飘过来一阵一阵的花香。

平常有风吹着花香的时候,由于心绪波动,不一定能闻到花香。当心静下来的时候,又不一定有风吹来,所以也嗅不到花香。

那一个黄昏,阿难的心情特别的宁静,又是春天——花朵最香的时节;正好春风飒飒,缓缓吹送。在这么多原因的配合下,阿难闻到了有生以来最美妙的花香。

花香围绕着阿难,花香流过他的身心,然后流向不可知的远方。这些花香使阿难从黄昏静坐到夜里舍不得离开,这些花香也使阿难非常感动。

在感动中,阿难宁静的心也随花香飘动起来,他想到了一些从未想过的问题:草木都是开花的时候才会香,有没有不开花就会香的草木呢?花朵送香都限制在一个短暂的因缘,有没有经常芬芳的花朵呢?春花的香飘得再远也有一个范围,有没有弥漫全世界的香呢?所有的花香都是顺风飘送,有没有在逆风中也能飘送的香呢……

阿难想着这些问题,想到入神,竟然使他在接下来的几天无法静心。有一天,阿难又坐在花香中出神,佛陀走过他静坐的地方,就问他:“你的心绪波动,到底是为了什么呢?”阿难就把自己苦思而难解的问题请教了老师。

佛陀说:守戒律的人,不一定要开花结果才有芬芳,即使没有智慧之花,也会有芳香。有禅定的心,就不必要在因缘里寻找芬芳,他的内心永远保持喜悦的花香。智慧开花的人,他的芬芳会弥漫整个世界,不会被时节范围所限制。一个透过内在开展戒、定、慧的品质的人,即使在逆境里也可以飘送人格的芬芳呀!

阿难听了,垂手肃立,感动不已。佛陀和蔼地说:"阿难,修行的人不只要闻花园的花香,也要在自己的内心开花——有德行的香。这样,不管他居住在城市或山林,所有的人都会闻到他的花香!"

如果我们的内心就是一个花园,人生的哪一天不是最美的花季呢?

如果我们的内心春风洋溢,人生的哪一个时候不是最好的春天呢?

如果我们有着怜爱、珍惜、欣赏的心,即使在人生的无寸草处行走,也会看见那美丽神奇的一瞥。

所以,花季的时候,不要忘了在自己的心里种花。

人生妙谛
Ren sheng miao di

心怀善意、真诚待人的人，他的生命是有回声的，你送去什么它就送回什么，你给予什么就会得到什么。与人相处，就像面对一面镜子，你笑他就笑，你哭他就哭。因此，聪明的人都会笑对他人。

不变的善良

● 黄艺宁

一位老人路过乡村公路时，被一辆从后面开过来的小车碰着了，老人倒在了地上。路上没有行人，也没有人看见所发生的一切。

小车停了下来，从里面走出一个又白又胖的男人。男人看了看老人，老人就要坐起来。男人说："你先别动，伤着哪里了？"老人说："轻轻地碰了一下，没伤着。"男人又看了看老人，说："你真的没伤着？"老人说："我真的没伤着。"男人说："你没伤着，那我走了啊。"老人说："你走吧。"

男人走到车门边，要打开车门上车时，又回到老人身边，说："你真的没伤着，那我真的走了啊！"老人说："我真的没伤着，你走吧。"男人上了车，发动了引擎，又熄了火下来，再次走到老人身边，说："你真的没伤着？那你坐起来给我看看。"老人就动了一下，想坐没坐起。男人说："要不要我扶一下？"老人说："不用，人老了。起床时也不能一下子就起来。"老人挣扎了一下，坐了起来。

男人帮老人拍了拍身上的衣服，看了看老人的头和手，又对老人说："你真的没事？那你站起来走几步我看看。"老人用手撑了一下地，趔趄了一下，站了起来走了几步，说："是吧？我真的没伤着。"男人看了，笑着说："你真没伤着，可是，你要是说你伤着了，我会给你钱的，你真傻。"老人也笑了，说："你还说我呢？你还不是一样傻？这里没人看见，你是可以走的，可你怎么没走？幸好我没受伤，我要是受伤了，你少不了要花一笔钱为我治伤。"

两人笑过了，男人又看了看老人，说："看得出，你的日子过得并不宽裕，在农村，你应该算是穷人了。你虽然穷，可你还是这样善良！"老人也看了看男人，说："看得出，你不是发了财的就是当了官的，你不是有了钱就是有了权，你这么发达了，可你还是这样善良！"

男人拍了一下老人的肩膀，说："好样的。"老人握了一下男人的手，说："你也一样。"两人就走了。

这匆匆一遇，姓名是没记住，但两个人记住了彼此间不变的善良。

爱是爱心,爱是真心,爱是人类最美丽珍贵的语言。在售票员眼中,爱是不分等级、不分阶层的,所以爱是正大无私的奉献。学会爱你身边的每一个人,你的心会变得像水晶一样纯洁、透明、美丽。

人 生 妙 谛
Ren sheng miao di

公共汽车上的人

● 刘秀梅

上车时,我就注意到了她。一个衣着俗艳的女售票员,脸上有着似乎打了通宵麻将的疲倦,她的嗓音沙哑,面无表情地嚷着:"上车的买票了。"在她挤过我的身边时,我厌恶地躲闪了一下。

上来一位抱小孩的乡下女人,干枯的头发胡乱用旧格子围巾裹着,过时的衣服缀着补丁。没有谁瞟她一眼。大家都盯着窗外——有家"海鲜楼"开张,请了乐队吹打着好热闹。

女售票员叫道:"哪位同志给这位抱小孩的让个座?"没有反应,有看窗外的,有低头看手机的,还有对镜子补妆的……就连乡下女人也木然着,她似乎还没意识到与她有关。女售票员又叫了一遍,乡下女人倒明白了是为了她,脸上有窘羞的神情,仿佛为惊扰了他人而抱歉。

一个急刹车,慌张的女人险些跌倒。女售票员倒处变不惊地边卖着票,边固执地叫着:"请哪位同志给这位抱小孩的让个座?"但是仍未有人回应。

女售票员挤到一个染着栗色短发的女孩身边示意她起来让个座,仍是不带什么表情。女孩很不情愿地起了身,乡下女人终于抱着孩子坐下了。

下车时,我已对那位衣着俗艳的女售票员改变了印象。因为为了一个衣衫陈旧的乡下女人,"哪位同志请给这位抱小孩的让个座?"这句话她固执地重复了 11 次。

*R*en sheng miao di 人生妙谛

> 一种感恩善良的心态,不仅可以消除生活中的不快,驱散世俗的纷扰,更可以让我们体会到前所未有的美好。生命是一种心境,温馨与快乐是它最美丽的风景。

每天都有高兴的事

● 罗 西

正走路,前面是对小恋人,男的翻开钱夹,让女的看照片,两枚硬币悄然滚落,他们浑然不觉,我随即叫住他们,笑着提醒:钱掉了……他们很高兴,还略带羞涩地感谢了我。虽然只是区区两元钱,但是我仍然为这样小小的不足挂齿的好事而开心。

每天,我几乎都能遇到类似这样的开心事。

我原先是个不太快乐的人,看见乞丐会抑郁,看见美女很惆怅,自从习惯每天都为别人做些小事情后,内心晴朗、敞亮了许多,这是很美的。

我们都在奔小康、中产生活,可是我们的心灵小康、富足了吗? 这是一个有趣的问题。

有个小孩子在快餐店门口捡到一枚硬币。他高兴地说:"今天真是我的幸运日。"然后他又想:"嗯,我可以用它去买一块糖。"进门后,他看到很多人,心想:"也许这是谁掉的。"于是他去问收银员。收银员说:"没有人掉钱,你自己留着吧。"小孩子很高兴。这时候,他又看到快餐店门口坐着一个无家可归的人,他身边放着一个切割过的可乐瓶子,等待人们施舍。小孩子动了恻隐之心,把这枚硬币给了那个流浪汉,很高兴地对那人说:"今天是我们两个的幸运日!"

这是美国教科书里的一篇短文,没有轰轰烈烈,但是那孩子内心的变化与感悟值得推敲,它不去升华什么大主题,它只告诉你,做件小小的好事,都应该由衷地高兴,并且深感幸运。

所以,西方心理学家早就建议,如果你遇到人生的不幸、挫折和痛苦,那不妨去医院做一天义工,那是最好的心灵拯救与解脱;东方人喜欢把它演绎为积德,其实也是,你可以得到所谓的"现世报",准确地说是"当下报",回报给你的是可贵的快乐。快乐真的非常珍贵。

一次打车,刚坐定,只见那师傅果断地把抽了一半的烟摁灭。我当即谢谢他,他非常惊喜地回头端详我,然后回我一句"也谢谢你",彼此陌生,但是内心那一刻是默契的,都读懂了对方的喜悦。下车的时候,跟朋友一般地告别,很温暖。那天,我是去办理一件棘手的事情,也许是好心情赋予我的好容颜、好态度,结果事情办得异常顺利……再次带着好心情走回家,也不会轻易发火打儿子了! 良性循环,一天下来,像是看每一朵花开,赏心悦目。

再比如,这天下班走路回家,薄雨,在天桥下,看见一堆人七嘴八舌地围着一个脸上有刮伤、衣服脏湿的小学生模样的孩子,地上有倾倒的自行车,旁边停着一辆摩托车……当即,我就明白是一起事故。我拨开围观的人,挥手拍着那个脸朝一边正与一个妇女对话的孩子:"你家电话是多少?"马上有人异口同声地说,那女的就是他妈妈!原来已经有人通报他家人来了,肇事者垂站一边,满脸懊悔……知道孩子家长已经来了,我二话不说,马上就知趣地退出,这时有个细节让我很享受:原先是挤进人群,这回所有看热闹的人都主动闪出一条缝,让我出去,他们的表情是敬佩与赞赏的。其实,我至多算见义勇为未遂,但是仍然赢得人们的尊敬,这是很合算也很快乐的事情,是对热心的奖赏。

好事,如此简单,只要你心里多了一些悲悯、关怀与友善,如同蓝天里飘一些白云,只会让天空更蓝更辽阔,而不会增加负担。

不久前,单位员工一起去度假,节省开支后,每人还可分到 50 元的现金,因为出纳手头都是整票 100 元,只好每两人合领 100 元,个人再去分。我与小潘一组,他代领,结果回来后,他忘记了这个事情,没有给我 50 元。在家里吃饭的时候我笑谈过这个事情,孩子问我那怎么办,我说,在心里,我早就愉快地把那 50 元赠给他了,他常常帮助我维护电脑,虽然这份感激的"薄礼"他没有觉察到,也可能永远都不知道,但是我很安心,送礼的真诚与快乐都在心里,现在想着这件"不署名的好事",还忍不住会心一笑。

确实,还有一种好事是发生在心里的,一件很普通甚至不好的事情,转念一想,就可以变成好事,这很考验一个人的快乐胸襟与快乐能力。

让生命充满芬芳,让心情满载阳光。放下世俗的纷争与阴霾,不必被忧伤和烦恼所打扰,背起寻找幸福的行囊,在人生之路上,做一个快乐的旅人。

人生妙谛
Ren sheng miao di

晴朗的心可以牧马

● 罗 西

有个女生,在网络上认识一男子,她很诚恳地答应对方的要求,先发去了照片,结果那男人在 QQ 里立即表示疑问:"是你的吗?"开了视频证实后,他又进一步杞人忧天:"你会不会把我头像截图,拿去乱发?"这让她有些恼火,忍不住回击:"谁会那么无聊,而且交朋友很正常,怕什么?"后来彼此交往得差不多,准备见面,他又啰嗦地问:"你不会是交友网站的托吧?"令她无话可说,斩钉截铁地把他加为"黑名单",然后写邮件问我,这样的男人,心理怎么了?

谁都不喜欢满脸狐疑的人,特别是敏感、多疑的男人;如果习惯性怀疑,就没有诸如干脆、坦荡、果断等魄力,男人没有魄力,是很窝囊的。

显然,该男人定是个弱者,一个习惯以弱者身份思维的男人,总把别人想得太坏,总害怕甚至觉得自己是受害者!神经质的人,内心一般不够强大与敞亮,可见他不是一个健康的人。

我喜欢气息清新、内心明亮、面容晴朗的人,如同我不喜欢蛇与猫,因为总觉得它们阴冷。我平常也喜欢去锻炼,如爬山,可是我常常见到一些满脸仇恨或者忧戚的跑者,我不小心看见这样的面容,都很不舒服,心想,如果内心不开朗、面孔很沉重,再坚苦卓绝地跑啊爬啊也没有用。常常有一种冲动,恨不得叫住那种挂一张"旧社会脸"的人,提醒他们驱散脸上的阴云,让阳光闪耀!

曾经有幸见识过一个内蒙古的学生,他声音洪亮,相貌堂堂。刚开始,我都有些不好意思带他出去,因为他真的跟城市里的人不一样,大方到可以在天桥上放声高歌,毫不忸怩,没有担心、顾虑,仿佛也没有秘密,一个绝对可以朗读的人,清爽到豪迈!有人好奇,围着他问:草原怎么上课?他说:"老师骑着马,拿着粉笔,在这边写一画,骑马走到那边再写一画;老师提问时,我们就把答案绑在箭上,然后射在黑板上!"再问:你家养羊吗?他的回答:"嗯,那是那是,睡觉时我搂一只,我妹搂两只。"又问:你们打的吗?他笑声朗朗:"打,有钱打个马的,没钱打个骆驼的。"

这样的人,阳光、辽阔,还带着青草的香。他不太习惯城市里局促的环境,他回去后给我写信,有这样一句:我想送你一匹马,可是你得有草原。我的回答是:"谢谢!我愿意在心里开辟出无边的草原。"

胸藏阳光,才能点亮生活的希望,才能驱散心中的阴霾,才能看见快乐的方向。"有怎样的心灵,就有怎样的世界,有怎样的心灵,就有怎样的人生。"成功需要一颗快乐的心去发现。

人生妙谛

R en sheng miao di

胸藏阳光

● 李雪峰

一个人带着他的两个孩子到撒哈拉沙漠去旅行。

见到无边无垠的大沙漠后,一个孩子不屑地说:"这么大的沙漠,这么多的沙子,真是个不毛之地啊!"而另一个孩子看到沙漠则惊讶地说:"这么大的沙漠,这么多的沙子,真是一笔巨大的财富啊!"

旅人问第一个孩子说:"你为什么不喜欢这片大沙漠呢?"孩子说:"大沙漠除了这些没用的沙子,没有树,没有草,没有水,没有一点点的用途,谁喜爱沙漠谁准是世界上最大的傻瓜。"

另一个孩子听了哥哥的话,立刻纠正说:"不,一点都不是你说的那样,虽说这沙漠里没有树,没有草,也没有水,但它有金子。难道你没听说过沙里藏金这句话吗?这么大的沙漠,该藏着多少金子啊!"

还有两个小女孩,她们一起到公园里玩耍。公园里盛开着许许多多的白玫瑰和红玫瑰,一朵朵娇艳欲滴,花香醉人。一个小女孩面对着漂亮的玫瑰惋惜地说:"多么漂亮的花朵,怎么长了那么多丑陋的尖刺。"

而另一个小女孩则赞赏地说:"刺上竟开了这么多美丽的花朵,真是不可思议啊!"

几十年后,在沙漠里只看到满眼沙子的那个孩子在贫困潦倒中死去了,在花园里惋惜玫瑰上生着刺的女孩在忧郁中积劳成疾,也早早死去了。而在沙漠里看到黄金的孩子,从一文不名的穷小子渐渐成了一个家产上亿元的大富翁,那个惊叹刺上绽开着玫瑰的小女孩虽然生活很贫困,但她很乐观,她的一生温暖而幸福。

有怎样的心灵,就有怎样的世界;有怎样的心灵,就有怎样的人生。心布阴霾,命运将是黯淡的;胸藏阳光,生活将是明媚而幸福的。

所有的生命都是从平凡开始的,平凡人平凡的贡献打造了美丽的生活,漠视平凡就是在漠视美丽。于平凡中透出伟大,尊重平凡,这才是生命中飘香的真意。

飘香的生命

● 包利民

有一次和朋友在街上闲逛,路旁有个垃圾堆,清洁工人已经把垃圾都装上了车,可是车却怎么也发动不起来,那个清洁工很着急。朋友忙跑过去,不顾脏乱和难闻的气味,用力地帮他推车。几经努力,车终于启动了。我对朋友说:"你也不嫌脏,那味儿多难闻!"朋友看着我,给我讲了一个故事。

在他上大学的时候,校园后面的围墙下是一个大垃圾场,学校里每天都有大量的垃圾被堆放到这里。有一个五十多岁的老工人开着一辆破旧的车来运垃圾,一车一车,每天不知要跑多少趟。在一次上大课的时候,白发的老教授忽然问了大家一个与课堂内容不相关的问题:"你们谁能告诉我每天运走校园垃圾的那个人的名字?"大家一片茫然,老教授又问:"那你们谁能给我描述一下那个人的样子?"下面仍然一片寂静。老教授感叹地说:"你们不会注意他的!因为他只是一个运垃圾的。谁会想到10年前,他也曾站在这里给学生们讲课!后来他因病告别了讲台,几年后病体恢复,他没有应邀再来授课,而是买了一辆旧货车,每天往城外运送校园里的垃圾,不要一分钱!"学生们都呆了,仿佛在听着一个美丽的童话,可是这是事实,是撞痛人心的事实!

老教授接着说:"今天早晨我经过那个垃圾堆,他的车陷在泥里,束手无策。当时有很多晨跑的大学生经过他身旁,却看也不看他

一眼,是我帮他把车推上来的。一个人应该理解别人的劳动,更应该尊重别人的劳动,关心别人。在别人有困难时主动伸出双手,是做人应具备的最起码的品质。可我们大学生又做了些什么呢?没有一个健全的心灵,有再多的知识又有什么用?"

阶梯教室里静得可以听见大家忏悔的心跳,老教授的话像一柄重锤,敲开了每个人心中的一扇门,那一刻,大家仿佛长大了许多。

我问:"后来呢?"

朋友说:"有一次在往车上装垃圾时,他的病忽然发作,倒在垃圾堆上,再也没有起来!他的追悼会,几乎所有的学生都参加了!"

我默然,为自己刚才的心态而羞愧。很久以后的一个夏天,我和女友一起逛街,路过一个臭味冲天的垃圾场,一群清洁工人正在清理。女友一脸厌烦地掩住鼻子,神情很是不屑。我说:"你不该这样看他们,没有他们就没有清洁的城市!"然后我给她讲了朋友说的那个故事。

她听完,停住脚步,回头凝视着那一群身影,久久不语。

> 诚信是这个美丽世界的春风,它吹到哪里哪里就会变得温暖。真诚地对待身边的每一个人,相信我们都会在轻松与欢笑中幸福地生活。

人生妙谛
Ren sheng miao di

我在美国借钱

● 崔修建

那天,刚到美国不久的我独自驾车去西雅图,在一个前不着村后不着店的路边加油站给车加完油后,才发现钱包不知何时已去向不明。我焦急地翻遍全身,也凑不足那50美元的加油费了。情急之中,我打电话向在西雅图工作的一位老同学求援,他让我在那里等待,他最好的朋友布朗将赶来帮我摆脱尴尬。

大约一个小时后,布朗驱车赶到。他借给我100美元,付了加油费,剩下的50美元以备我路上应急。我用不大流利的外语向他道过谢,就准备上车赶路。

这时,布朗微笑着递给我一张纸,让我给他写一张借条。

区区的100美元还需要郑重其事地打借条?他可是我关系最好的同学最好的朋友啊。要知道,在国内,我与朋友之间相互借成千上万的钱,彼此也从未打过借条啊。我惊讶地接过布朗那张执意递来的白纸,并没有立刻动手。

布朗似乎丝毫没有察觉我的心理反应,他又掏出了笔,并递给我一个硬皮的笔记本做书写的垫板。

看到布朗那副律师般一丝不苟的认真,我草草地写下借钱数目,并签了名字和日期,不情愿地递给布朗。

布朗看了看借条,连连摇头,他告诉我,不应该把借条写得这么简单。

"简单?借100美元,难道还要写多么复杂吗?"我在心里暗暗嘀咕布朗实在是有些小题大做了。

"一定要写清楚的。"布朗撕掉了我刚才写的借条,又递给了我一张白纸。

"请你告诉我怎么写吧,我听你的。"我拗不过他的认真。

于是,在布朗的指点下,我详详细细地写下了借钱的时间、地点、原因、用途、还款时间、我的联系方式等等,整整一页纸都写满了。

末了,布朗又像检察官似的逐字审阅了一遍,确认无误后,他将借条塞到那个简易公文包里。随后,他又给我写下他详细的联系方式,微笑着与我握手道别。

一周后，我按布朗留下的银行账号还上了他的100美元，并在电话里告诉他，请他把我写的借条撕掉就行了，不必送回来了。正在新泽西谈一桩重要生意的他在电话里连连说"No"，坚持要亲自过来给我送借条。

放下电话，我心里暗暗地说："这个布朗真是不嫌麻烦，当初他就不该让我给他打借条。"

没有想到，第二天，布朗真的匆匆赶来了，亲自把借条交到我的手上。

"您乘飞机赶一千多里的路程，只是为我送这么一张小小的借条？"我不禁比那天他执意让我给他打借条还要惊讶。

"是的，你还钱给我了，我就应该早些还你借条嘛，很正常的事情。"布朗很自然地摊摊手。

而随后发生的又一件借钱的小事，让我的内心再次受到深深的震动。

那天，我在一个小型超市里，遇到了我的小邻居——7岁的女孩琳娜，她正对一个来自中国的布娃娃爱不释手，可显然她手头的钱不够。我走过去，得知她还差3美元。我便慷慨地说我可以帮她付那3美元。小女孩摇头，认真道："可我不能要你的钱啊！"

"那就算我借给你的吧。"我轻轻地拍拍她那可爱的小脸蛋。

"那……好吧。"琳娜犹豫了片刻，欣然同意了。

我把3美元硬币放到琳娜的手里，看着她快乐地走向收银台，我转身朝卖电脑的柜台走去。

三十多分钟后，在超市出口处，我又看到了琳娜，她一手抱着心爱的布娃娃，一手拿着一张卡片，上面用简笔画了3个面值1美元的硬币和一个女孩的头像。

"怎么还没有走啊？"我看出琳娜是专门等我。

"给您这个，算我的借条吧。"琳娜把卡片交到我的手上。

"这个借条很别致啊，我喜欢。"刹那间，我被琳娜的纯净无瑕感动了，把卡片塞到贴胸口的衣袋里。

当天晚上我便乘车出远门了，直到半个月后才回来。一进门，房东便告诉我："那个叫琳娜的小女孩，这半个月每天都过来问你哪一天回来，她说找你有特别重要的事情。"

"有什么特别重要的事情呢？"我正不解地猜测着，琳娜来了，原来她是来还我那 3 美元。

"辛苦你了，琳娜，怪我没有告诉你我要出远门。"我很不好意思，没有在意她在超市里说过第二天就会还钱的承诺。

"现在好了，我可以轻松地跟爸爸妈妈去海边度假了。"琳娜像完成了一项重大任务一样，开心地笑了。

这时，我才知道，她为了还我 3 美元，竟然把度假的日期整整推迟了一周。

"那要是我今天还不回来，那还会等吗？"我逗琳娜。

"当然会了，虽然我很想去看大海，可我答应过您会早点儿还钱，说话要算数啊。"琳娜毫不犹豫地回答道。

望着琳娜消失的背影，我还久久地站在那里发呆，我不禁又想起了布朗的借条。这时，我才恍然发觉：在美国亲历的两次借钱事件里面，其实藏着很深刻的文化意味。无论平素关系如何，无论借钱多少，借主都认真地写下一张借条。有了借条便有了一份契约，有了一份承诺。大家彼此坦坦荡荡、清清楚楚、认认真真地借钱和还钱，清清爽爽，既维护和滋养了彼此间已有的情谊，又因一份自觉的承担而卸去了许多不必要的担忧和猜疑，还可以避免许多不必要的尴尬，实在是一种很不错的为人处世的方式。

金钱可以买到任何需要的物品，却买不到一个纯洁的灵魂，一份快乐自在的生活。因而，不要成为金钱的奴隶，也不要让金钱成为你的枷锁，勇敢地去爱，畅快地享受生活，生活自然为你而精彩。

人 生 妙 谛
Ren sheng miao di

4亿美元和一个灵魂

● 李家同

我在美国柏克莱念博士的时候，结识了一位美国好友约翰。尽管约翰夫妇都是学生，收入不多，可是家里却布置得很舒适，窗台上摆满了各式各样从旧货摊上买来的瓷娃娃。

我们先后拿到博士学位，各奔前程。约翰从事感测器研究，他用感测器做防盗器材，生意越做越大，成为美国最大的保安系统公司的老板。恐怖袭击事件之后，约翰更是得到了大宗合约，替汽车、监狱、住宅设置安全系统。这时，约翰的身价已达4亿美元。

有一年圣诞节，我去拜访约翰，约翰开车接我回到他家。那里是纽约州的乡下，全是有钱人住的地方。约翰的家拥有很大的庄园，没有围墙，但有三层红外线保护，除非乘飞机，否则绝不可能闯入，如果硬闯的话，不仅附近的警卫会知道，家里的挪威纳犬也会大举出动。这座豪宅安静至极，并且有极为复杂的安全系统。我发现，入夜以后最好不要四处走动，连到厨房拿杯水喝都必须打电话给主人，请他解除防盗系统，才能拿到水。

约翰唯一的女儿在哈佛念书，那一天要开车回来，到了6点，还没到家，他们夫妇有点不安。原来，这个女孩子厌恶有钱人的生活方式，开一部老爷车，也不肯带移动电话，他们担心她的老爷车会中途抛锚。我们一直等到8点，才接到女孩子的电话，果真她的车子坏了，她现在在别人家里，要约翰前去接她。

约翰要我一起去接他的女儿，雪已经下得很大了。他女儿落脚的地方是一幢小房子，屋主是年轻的男孩，一脸年轻人的稚气。他女儿告诉我们，车子坏了以后她曾去求救，没想到家家户户都装了爸爸公司设计的安全系统，使她完全无计可施。

他女儿说，当被拒绝的时候，她相信家家户户都在放圣诞音乐，圣诞节应该是充满爱与关怀的日子，可是她却被拒于门外。她最后找到了这座又破又旧的小房子，猜想这座房子是不会用安全系统的，果然不出所料。

年轻的男孩子一面给我们热茶喝，一面发表他奇特的看法。他说，家家户户都装了安全系统，耶稣到哪里去降生呢？可怜的圣母玛利亚可能连马厩都找不到。

约翰听了这些话，内心受到极大的触动，他一再感谢这个年轻人，并真诚地邀他一起吃晚

饭。年轻人立刻答应了。

晚餐很丰盛，每一道菜都是精品，每一种餐具更是讲究无比，可是我看着那位不知所措的年轻人，还是觉得当年我们在约翰家一起做的黄油面包更美味可口。第二天，约翰送我到机场。下了车，他无意碰到另一部汽车，那车立刻警铃大作，这又是约翰的杰作。我们假装没在意，可是我看到约翰一脸不自然的表情，还有些厌恶和反感。

一年以后，我在《华尔街日报》上看到一则消息，约翰将他的公司、豪宅卖掉了，得到 4 亿多美元。他在记者会上宣布，自己只留下一个零头，用 4 亿美元成立了一个慈善基金会。

可是，我有把握约翰会找我的。果真，我收到了他的信。他告诉我他现在住在英国一个偏远的乡下，那里没有一户人家用安全系统，他给我他的电话和地址，可是他故意不给我他的门牌号码，他说我会找到的。

借着去英国开会的机会，我与约翰约好了去看他。我找到了那条小街，看到一幢像旧货店的房子，落地大玻璃窗台上放满了可爱的瓷娃娃，我想起约翰夫妇喜欢瓷娃娃，决定进去买一个，没有想到当我抬起头来的时候，我看到了约翰，原来这就是他们的家。他们的家完全对外开放，且放满了瓷娃娃。

约翰告诉我为什么他最后决定放弃一切。他的公司得到了一个大合同，改善整个加州监狱的安全系统。他发现，加州花在监狱上的钱比花在教育上的还多，而他呢？越来越有钱，却越来越像住在监狱里似的。约翰决心不再拼命赚钱，只为了找回失去了好久的自由。约翰告诉我他的女儿已经和那位年轻人结了婚，他们一起到非洲帮助穷人去了。

我告诉约翰：我好佩服他，因为他已经捐出他的所有。他忽然一笑，告诉我他仍有一样宝物没有捐掉。我大为好奇，问他是什么。他用一张小纸写了下来，叫我在火车开了后再看。

火车开了，我打开那张纸，看到纸上写的是："我的灵魂"。

幸福的生活不一定要住豪华别墅、吃山珍海味、开名牌跑车,那样的生活将使人缺乏对幸福的感悟。真正的幸福生活不需要太多,只要一点点珍惜、一点点知足,就够了。

人生妙谛
Ren sheng miao di

简 单

● 赵丹健

昨晚刚刚从外省出差回来,还没睡上四个小时,第二天又得照常上班,做着似乎永远也做不完的工作。下午,去合作单位对账,出来的时候,已是下午5点多了。

没有去坐车,只想一个人在街道上慢慢地走回去。

经过一家蔬菜店,店门口摆着一大堆的西红柿,在其他青菜的衬托下,显得特别红艳、新鲜、圆润,比起沿路走来看到的时令水果:西瓜、桃子、荔枝、甜瓜……不知为什么,这廉价的既当菜又当果的西红柿却让自己有一种特别的感动,也许是想到了小时候在园子里给西红柿施肥的那个夏天吧!

于是买了一个,借老板的小水桶里的一点儿水洗净,就这么边走边吃了起来。

夏日黄昏的阳光透过路旁大树的枝叶洒到肩上,不多不少。

刚经历了长途旅行的自己,似乎仍未完全回到标准的上班族的轨道。身上穿着一件用多年前一个远方朋友送的带着热带风情的花布做的短衫,衣衫随风飘扬,无拘无束。

手腕上第一次戴了一条手链,其实是出差到那个石头城时买的用小石子串成的小玩意儿,两元一串的廉价品。比起那些金银珠宝,这些小石子对于我,倒更显得充满了灵性。

就这么简单,一缕黄昏的阳光,一件轻柔的衣衫,一串廉价的小石头,伴随着吃下的第一口饱含着浆汁的西红柿,疲劳开始走远,酸楚渐渐退去,惬意慢慢靠近,微笑又来到了心间……

真的不需要太过执著,为了永无止境的期盼:美味佳肴、昂贵的衣饰、豪华的住宅、充满鲜花与祝福的友谊,带着海誓山盟的华丽的爱情……

因为,真的不需要太多,这生活,只要一点点,食品、衣服、友情和温情,比起那些所有的华贵,它们可以让自己更直接地投入到自然的舒展与美丽之中,看到朝阳与带着露水的绿色田野,于是自己便拥有了真实的美好和无限的想象了。

R en sheng miao di 人生妙谛

做一个优秀的听众，实属不易。因为这不但需要一份心平气和、稳若泰山的心境，而且要求从聆听中真正明白发言者的心声。通过聆听，收获经验与教训，增长智慧，这才是智者的行为。

聆听世界

● 张小尖

一个周末下午，我在公司里与一群同事就新项目的实施问题进行了一场激烈的辩论。我当时情绪激昂，口若悬河，舌战群儒，表现十分精彩。

那天晚上，我感觉很累，草草洗脸、洗脚就上床，想好好地睡一觉。可是，脑海里翻腾的东西越来越多，我开始回忆起下午的辩论细节——兴奋的面孔、激烈的语言不住地从眼前闪过。我为自己的辩才而得意，觉得自己是公司里的一个富有影响力的人物。我发现我的呼吸无法平稳，疲劳的身体也无法入睡，只好又穿起衣服，到小区外的环城河边散步。那时，我看见明月映照下的河面波光粼粼，虫子的鸣叫轻轻地在耳畔荡漾，树林深处还传来情侣的窃窃私语。我一边漫步，一边聆听，聆听那个夜晚的世界。

又一个周末，我去档案室调出那次辩论的录像资料，观看时，我真的羞愧了——我清晰地看见，当我口若悬河的时刻，有一个人静静地坐在长桌的尽头，他是我们的老总，自始至终，他几乎就没有发言，只是不时转头看着发言者，偶尔微笑或点头，最"激烈"的动作不过是随着大家鼓掌——他完全是个"聆听"者，但是，谁也无法否认，他是场面上真正的核心人物。他使我回忆起去年的那个孤独的夜晚，也就是我聆听世界的时刻，我终于发现：一个善于聆听的人，往往比滔滔不绝的"语言斗士"更有影响力——他可能通过聆听这个世界，而最终获得了对全盘的把握。

策　　划：钟　雷

主　　编：崔钟雷

副 主 编：王丽萍　刘　超　那兰兰

策划编辑：陈佩雄

责任编辑：侯娟雅

装帧设计：稻草人工作室

图书在版编目(CIP)数据

学会读懂人心的智慧／崔钟雷主编.一长春：吉
林出版集团有限责任公司，2010.8
（知书达礼·励志馆）
ISBN 978-7-5463-3498-1

Ⅰ．①学…　Ⅱ．①崔…　Ⅲ．①人间交往－社会心理学
－通俗读物　Ⅳ．①C912.1-49

中国版本图书馆 CIP 数据核字（2010）第 146067 号

书　　名：学会读懂人心的智慧

出　　版：吉林出版集团有限责任公司

地　　址：长春市人民大街 4646 号（130021）

印　　刷：北京鹏润伟业印刷有限公司

开　　本：889×1194 毫米　1/16

印　　张：15

版　　次：2010 年 8 月第 1 版

印　　次：2010 年 8 月第 1 次印刷

发　　行：北京吉版图书有限责任公司

地　　址：北京市宣武区椿树园 15-18 栋底商 A222 号（100052）

电　　话：010-63106240（发行部）

书　　号：ISBN 978-7-5463-3498-1

定　　价：19.80 元

敬 启

　　本书的编选参阅了一些报刊和著作，由于多种原因我们未能与部分入选文章作者（或译者）取得联系，在此深表歉意。敬请原作者（或译者）见到本书后，及时与我们联系，我们将按国家有关规定支付稿酬并赠送样书。

联系方式

公司名称：黑龙江省同源文化发展有限公司

地　　址：黑龙江省哈尔滨市香坊区汉水路110号

邮　　编：150090

联系人：吴晶

电　　话：0451-55174988

编委会